VENTOS DE QUARESMA

LEONARDO PADURA

VENTOS DE QUARESMA

ESTAÇÕES HAVANA

TRADUÇÃO
ROSA FREIRE D'AGUIAR

© Leonardo Padura, 2001
© da tradução Boitempo, 2008, 2016
Traduzido do original em espanhol *Vientos de cuaresma*
First published in Spanish language by Tusquets Editores, Barcelona, 2001

Direção editorial	Ivana Jinkings
Edição	Bibiana Leme
Assistência editorial	Thaisa Burani e Mariana Tavares
Tradução	Rosa Freire d'Aguiar
Coordenação de produção	Livia Campos
Capa	Ronaldo Alves
	sobre fotos de Ty Nigh (frente) e Sang Trinh (quarta)
Diagramação	Antonio Kehl

Equipe de apoio: Allan Jones / Ana Yumi Kajiki / Artur Renzo / Eduardo Marques / Elaine Ramos / Giselle Porto / Isabella Marcatti / Ivam Oliveira / Kim Doria / Leonardo Fabri / Marlene Baptista / Maurício Barbosa / Renato Soares / Thaís Barros / Tulio Candiotto

CIP-BRASIL. CATALOGAÇÃO NA PUBLICAÇÃO
SINDICATO NACIONAL DOS EDITORES DE LIVROS, RJ

P141v
2. ed.

Padura, Leonardo, 1955-
Ventos de quaresma / Leonardo Padura ; tradução Rosa Freire d'Aguiar. - 2. ed. - São Paulo : Boitempo, 2016.
(Estações Havana)

Tradução de: Vientos de cuaresma
ISBN 978-85-7559-519-0

1. Romance cubano. I. D'Aguiar, Rosa Freire. II. Título. III. Série.

16-36642

CDD: 868.992313
CDU: 821.134.2(729.1)-3

É vedada a reprodução de qualquer parte deste livro sem a expressa autorização da editora.

2ª edição: novembro de 2016
1ª reimpressão: agosto de 2021

BOITEMPO
Jinkings Editores Associados Ltda.
Rua Pereira Leite, 373
05442-000 São Paulo SP
Tel.: (11) 3875-7250 / 3875-7285
editor@boitempoeditorial.com.br
www.boitempoeditorial.com.br | www.blogdaboitempo.com.br
www.facebook.com/boitempo | www.twitter.com/editoraboitempo
www.youtube.com/tvboitempo | www.instagram.com/boitempo

Para Paloma e Paco Taibo II.
E mais uma vez, e como sempre, para você, Lucía

Primavera de 1989

"Ele é quem conhece o mistério e o testemunho."
Alcorão

Era Quarta-Feira de Cinzas e, com a pontualidade do eterno, um vento árido e sufocante, como se enviado diretamente do deserto para relembrar o sacrifício do Messias, penetrou no bairro e revirou as sujeiras e as angústias. A areia dos canteiros e os ódios mais antigos se misturaram com os rancores, os medos e os restos das latas de lixo transbordantes; voaram as últimas folhas secas do inverno fundidas com os odores mortos do curtume e desapareceram os pássaros primaveris, como se tivessem pressentido um terremoto. A tarde esmaeceu com a nuvem de poeira, e o ato de respirar tornou-se um exercício consciente e doloroso.

Em pé, na entrada de sua casa, Mario Conde observou os efeitos do vendaval apocalíptico: as ruas vazias, as portas fechadas, as árvores vencidas, o bairro como que assolado por uma guerra eficaz e cruel, e chegou a pensar que atrás das portas trancadas podiam estar ocorrendo furacões de paixões tão devastadores como o vento da rua. Então sentiu crescer dentro dele uma onda previsível de sede e melancolia, avivada também pela brisa quente. Desabotoou a camisa e andou até a calçada. Sabia que o vazio de expectativas para a noite que se aproximava e a secura na garganta podiam ser obra de uma força superior, capaz de moldar seu destino entre a sede infinita e a solidão invencível. De cara para o vento, recebendo a poeira que corroía sua pele, admitiu que devia haver um toque de maldição naquele vento de Armagedom que se desencadeava a cada primavera para lembrar aos mortais a ascensão do filho do homem rumo ao mais dramático dos holocaustos, lá em Jerusalém.

Respirou até notar que seus pulmões se derretiam, carregados de terra e fuligem, e, quando julgou ter pagado uma cota de sofrimento a seu manifesto masoquismo, voltou para o abrigo da porta e tirou de vez a camisa. A sensação de secura na garganta se fazia então muito maior, ao passo que a certeza da solidão tinha transbordado e era mais difícil localizá-la em algum desvão de seu corpo. Fluía irrefreável, como se corresse por seu sangue. "Você é um saudosista desgraçado", sempre lhe dizia seu amigo, o magro Carlos, mas era inevitável que a Quaresma e a solidão o fizessem recordar. Aquele vento deixava que flutuassem as areias negras e os restos de sua memória, as folhas secas de seus afetos mortos, os cheiros amargos de suas culpas com uma persistência mais perversa que a sede de quarenta dias no deserto. Foda-se a ventania, disse então para si mesmo, pensando que não devia ficar dando voltas e voltas em suas melancolias, pois conhecia o antídoto: uma garrafa de rum e uma mulher – quanto mais puta melhor – eram a cura instantânea para essa depressão entre mística e envolvente.

Quanto ao rum, podia-se dar um jeito, inclusive dentro dos limites da lei, pensou. O difícil era combiná-lo com a mulher possível que ele havia conhecido três dias antes e que estava lhe causando aquela ressaca de esperanças e frustrações. Tudo começara no domingo, depois de almoçar na casa do Magro, que já não era magro, e de perceber que Josefina andava em altas transações com o Diabo. Só mesmo aquele açougueiro de apelido infernal era capaz de propiciar o pecado da gula para o qual foram arrastados pela mãe de seu amigo; incrível mas verdadeiro: cozido madrileno, quase como deve ser, explicou a mulher quando os fez entrar na sala de jantar onde já estavam servidos os pratos de caldo e, circunspecta e transbordando de promessas, a travessa de carnes, legumes e grãos-de-bico.

– Minha mãe era asturiana, mas sempre fazia o cozido à madrilena. Questão de gosto, sabe? Mas o problema é que, além dos pés de porco salgados, dos pedaços de galinha, toucinho, chouriço, morcela, batatas, verduras e grãos-de-bico, também leva vagens verdes e um osso grande de joelho de vaca, que foi a única coisa que faltou. Se bem que está gostoso assim mesmo, não está? – perguntou, retórica e satisfeita, diante do sincero espanto de seu filho e de Conde, que se atiraram sobre a comida, concordando desde a primeira garfada: sim, estava uma delícia, apesar das ausências sutis que Josefina lamentava.

– Do caralho, deus do céu – disse um.

– Ei, deixe para os outros – o vizinho advertiu.

– Porra, esse chouriço era meu – o primeiro reclamou.

– Vou arrebentar – o outro admitiu.

Depois daquele almoço inimaginável estavam com os olhos fechando e os braços pesados, numa clamorosa petição orgânica de cama, mas o Magro insistiu em sentar diante da televisão para assistir, como sobremesa, a dois jogos de beisebol. O La Habana, até que enfim, estava jogando como devia nessa temporada, e a cada partida, mesmo que transmitida só pelo rádio, ele se deixava arrastar pelo cheiro de vitória de seu time. Acompanhava as fases do campeonato com uma fidelidade que só alguém como ele, tremendamente otimista, era capaz de demonstrar, embora soubesse que a última vitória tinha sido no ano já distante de 1976, quando até os jogadores pareciam mais românticos, sinceros e felizes.

– Vou sair por aí – disse então Conde, no final de um bocejo que o estremeceu. – E não se iluda para depois não morrer de decepção, bicho: no finzinho essa gente acaba fazendo uma cagada e perde os jogos importantes, lembre-se do ano passado.

– Eu sempre disse, besta, que adoro ver você assim: empolgado e com essa alegria... – E o apontou com o indicador. – Você é um malandro tinhoso. Mas este ano a gente vai ganhar.

– Tomara, mas depois não venha me dizer que não avisei... É que além disso tenho de escrever um relatório para encerrar um caso e sempre deixo para o dia seguinte. Lembre que sou um proletário...

– Não enche o saco, pô, que hoje é domingo. Olha só, cara, olha só, hoje estão jogando de arremessadores o Valle e o Duque, vai ser moleza... – disse, e o interrogou com o olhar. – Não, é mentira, você vai fazer outra coisa.

12

– Quem dera – suspirou Conde, que odiava a placidez das tardes de domingo. Sempre lhe parecera que a melhor metáfora de seu amigo escritor Miki Cara de Boneca era afirmar que alguém é mais bicha do que um domingo de tarde, lânguido e sossegado. – Quem dera – repetiu e colocou-se atrás da cadeira de rodas em que o amigo já estava vivendo havia quase dez anos e o levou até o quarto.

– Por que você não compra uma birita e vem de noite? – propôs-lhe então o magro Carlos.

– Estou sem um tostão, bicho.

– Pegue dinheiro na mesinha de cabeceira.

– Olhe que amanhã eu trabalho cedo – Conde tentou protestar, mas viu o trajeto feito pelo dedo ameaçador de seu amigo ao apontar o local do dinheiro. O bocejo se uniu ao sorriso e então ele soube que não havia defesa possível: melhor me render, não é? – Bem, sei lá, vou ver se posso vir de noite. Se consigo o rum – ainda lutou, procurando salvar alguma coisa de sua dignidade encurralada. – Vou descer.

– Não compre porcaria, hein – Carlos avisou, e Conde, já no corredor, lhe gritou:

– O Orientales vai ser campeão! – e correu para não ouvir os insultos que merecia.

Saiu no vapor do meio da tarde com a balança na mão e os olhos como que vendados. Sou justo, pensou, avaliando o dever e as necessidades peremptórias de seu corpo: o relatório ou a cama, embora soubesse que o veredicto já estava decretado em favor de uma sesta tão madrilena como o cozido, pensava ao dobrar a esquina indo em direção à *calzada* Diez de Octubre, mas antes de vê-la a pressentiu.

Essa experiência quase nunca falhava; quando subia num ônibus, quando entrava numa loja, ao chegar a um escritório, até no escurinho do cinema, Conde a praticava e gostava de comprovar sua eficácia: um sentido recôndito de bicho amestrado sempre guiava seus olhos para a figura de mulher mais bonita do lugar, como se a busca da beleza fizesse parte de suas exigências vitais. E agora aquele magnetismo estético capaz de alertar sua libido não poderia ter falhado. Sob o fulgor do sol a mulher resplandeceu como uma visão do outro mundo: o cabelo é vermelho, cor de fogo, ondulado e suave; as pernas são duas colunas coríntias, terminadas nos atributos dos quadris e mal e mal cobertas por um *jeans* cortado e desfiado; o rosto vermelho por causa do calor, meio escondido atrás dos óculos escuros de lentes redondas, e logo abaixo uma boca um tanto carnuda de gozadora vital e resoluta. Boca para qualquer desejo, fantasia ou necessidade imaginável. Porra, que bonita!, pensou. Era como se nascesse da reverberação do sol, quente e feita sob medida para certos desejos ancestrais. Fazia tempo que Conde não tinha ereções na rua, com os anos se tornara lento e cerebral demais, mas de repente sentiu que em seu ventre, bem debaixo das camadas proteicas do cozido madrileno, algo se desorganizava e as ondas resultantes desse movimento eram enviadas até a solidez imprevista que começou a se formar entre suas pernas. Ela estava encostada no para-lama traseiro de um carro e, ao fixar-se de novo em suas coxas de corredora amadora, Conde descobriu a razão de seu banho de sol na rua deserta: um pneu furado e um macaco hidráulico encostado no meio-fio da calçada explicavam o desespero que viu em seu rosto quando ela tirou os óculos e com uma elegância assustadora limpou o suor da face. Não posso pestanejar, Conde exigiu de si mesmo, adiantando-se à sua preguiça e à sua timidez, e, ao chegar perto da mulher, falou, com toda a coragem:

– Quer ajuda?

Aquele sorriso era capaz de compensar qualquer sacrifício, inclusive a imolação pública de uma sesta. A boca se alargou e Conde chegou a pensar que o brilho do sol era dispensável.

– Sério? – ela duvidou um instante, mas só um instante. – Saí para pôr gasolina, e olhe para isto – queixou-se, mostrando com as mãos sujas de graxa o pneu ferido de morte.

– As porcas estão muito duras? – ele perguntou, para dizer alguma coisa, e muito desajeitado tentou parecer habilidoso no gesto de colocar o macaco no devido lugar. Ela se agachou a seu lado, numa atitude que queria expressar apoio moral, e então Conde viu a gota de suor que escorria pela ladeira mortal do pescoço e despencava entre dois seios pequenos e, sem a menor dúvida, bem empinados e soltos debaixo da blusa úmida de suor. Cheira a mulher fatal e saudável, avisou a Conde a protuberância persistente que ele tentava disfarçar no meio das pernas. Ah, se alguém visse você neste estado, Mario Conde!

Mais uma vez Conde confirmou a razão de sua eterna nota sete em trabalhos manuais e educação agrícola. Levou meia hora para trocar o pneu furado, mas nesse meio-tempo aprendeu que os parafusos se apertam da esquerda para a direita e não ao contrário, que ela se chama Karina e tem vinte e oito anos, é engenheira, está separada e vive com a mãe e um irmão meio amalucado, músico de um conjunto de *rock*: Los Mutantes. Los Mutantes? Que a chave de roda tem de ser girada com o pé e que na manhã seguinte, bem cedinho, ela iria de carro para Matanzas com uma comissão técnica e trabalharia até sexta-feira na fábrica de fertilizantes, e que, pois é, rapaz, tinha morado a vida inteira ali, nessa casa em frente, por onde fazia vinte anos que Conde passava todo dia, justamente por essa rua, e que uma vez ela leu alguma coisa de Salinger e achou fantástico (e ele até pensou em corrigi-la: não, é sórdido e comovente). E também aprendeu que trocar um pneu furado pode ser uma das tarefas mais difíceis do mundo.

A gratidão de Karina era alegre, total e até mesmo tangível quando lhe propôs que, se ele a acompanhasse ao posto de gasolina, ela o levaria em casa, veja só como você ficou suado, tem graxa até no rosto, que vergonha, tinha lhe dito, e Conde sentiu que seu coraçãozinho se agitava com as palavras da mulher inesperada, que sabia rir e falava muito devagar, com uma doçura magnética.

No final da tarde, depois de fazerem fila para a gasolina, de ele saber que fora a mãe de Karina quem amarrara o ramo de palmeira-real no espelho retrovisor do carro, de falarem um pouco sobre pneus furados, sobre o calor e os ventos da Quaresma e de tomarem café na casa de Conde, combinaram que ela lhe telefonaria quando voltasse de Matanzas: lhe devolveria *Franny e Zooey*, é o melhor que Salinger escreveu, Conde havia comentado, incapaz de conter o entusiasmo, ao entregar a ela o livro que nunca tinha emprestado desde que conseguira roubá-lo da biblioteca da universidade. Bom, assim se veriam e conversariam um pouco mais. Está bem?

Conde não deixou de olhá-la um só segundo e, embora tenha reconhecido, honestamente, que a moça não era tão bonita como pensara (no fundo, talvez sua boca fosse muito grande, a expressão dos olhos caídos parecia triste e ela era bem escassa no quesito nadegal, admitiu criticamente), ficou impressionado com sua alegria desenvolta e com a própria capacidade inesperada de levantar, no meio da rua, depois do almoço e sob um sol assassino, o extremo muscular de sua virilidade.

Então Karina aceitou mais uma xícara de café, e deu-se a revelação que deixaria Conde definitivamente alucinado.

— Foi meu pai que me viciou em café – disse e olhou para ele. – Tomava café todo dia, qualquer quantidade.

— E o que mais aprendeu com ele?

Ela sorriu e balançou a cabeça, como que espantando ideias e lembranças.

— Ele me ensinou tudo o que sabia, até a tocar saxofone.

— Saxofone? – quase gritou, incrédulo. – Você toca saxofone?

— Bem, não sou música nem nada. Mas sei soprar, como dizem os jazzistas. Ele adorava jazz e tocou com muita gente, com Frank Emilio, Cachao, Felipe Dulzaides, a turma da velha guarda...

Conde mal a ouvia falar do pai e dos trios, quintetos e septetos de que ele participara ocasionalmente, das festas no La Gruta, no Las Vegas e no Copa Room, e nem precisava fechar os olhos para imaginar Karina com a boquilha do saxofone entre os lábios e o pescoço do instrumento dançando entre suas pernas. Será que essa mulher existe mesmo?, duvidou.

— E você também gosta de jazz?

— É uma coisa, sabe... sem a qual não consigo viver – disse ele e abriu os braços, para marcar a imensidão daquele gosto. Ela sorriu, aceitando o exagero.

— Bem, vou embora. Tenho de arrumar as coisas para amanhã.

— Então você me telefona? – e a voz de Conde beirou a súplica.

— Lógico, assim que voltar.

Conde acendeu um cigarro, para se encher de fumaça e de coragem, à beira da estocada decisiva.

– O que quer dizer separada? – largou de supetão, com cara de aluno meio retardado.

– Procure num dicionário – ela propôs, sorriu e voltou a balançar a cabeça. Pegou as chaves do carro e foi para a porta. Conde a acompanhou até a calçada. – Obrigada por tudo, Mario – disse e, depois de pensar um momento, comentou: – Mas você não me contou o que faz da vida...

Conde atirou o cigarro na rua e sorriu ao sentir que voltava a um terreno conhecido.

– Sou policial – disse e cruzou os braços, como se o gesto fosse um complemento necessário à revelação.

Karina olhou para ele e mordeu ligeiramente os lábios antes de dizer, incrédula:

– Da Polícia Montada do Canadá ou da Scotland Yard? É, bem que eu achei, você tem cara de mentiroso – disse, apoiou-se nos braços cruzados de Conde e o beijou no rosto. – Tchau, policial.

O tenente investigador Mario Conde não parou de sorrir, mesmo depois que o Fiat polonês se perdeu na curva da Calzada. Voltou para casa dando pulos de alegria e de pressentida felicidade.

Mas, por mais que contasse e recontasse as horas que faltavam até o novo encontro com ela, ainda era apenas Quarta-Feira de Cinzas. Três dias de espera, até agora, já tinham sido suficientes para que ele imaginasse tudo: casamento, inclusive filhos, passando, como etapa prévia, por atos amatórios em camas, praias, gramados tropicais e prados britânicos, hotéis de diversas estrelas, noites com e sem lua, amanheceres e Fiats poloneses, e depois ele a imaginava, ainda nua, pondo o sax no meio das pernas e chupando a boquilha, para atacar uma melodia pastosa, dourada e morna. Não conseguia fazer mais nada além de imaginar e esperar, e masturbar-se quando a imagem de Karina, de saxofone em riste, era insuportavelmente erótica.

Decidido a enfrentar de novo a companhia do magro Carlos e a garrafa de rum, Conde voltou a vestir a camisa e trancou a porta de casa.

Saiu para a poeira e o vento da rua e pensou que, apesar da Quaresma, que o irritava e deprimia, naquele momento pertencia à rara estirpe do policial em vésperas de ser feliz.

– E você não vai me contar que merda aconteceu com você?

Conde apenas sorriu e olhou para o amigo: o que dizer a ele?, pensou. Os quase cento e cinquenta quilos daquele corpo vencido sobre a cadeira de rodas lhe doíam, um a um, no coração. Era muita crueldade falar de felicidades potenciais para aquele homem cujos prazeres tinham se reduzido para sempre a uma conversa regada a álcool, uma refeição pantagruélica e um fanatismo doentio por beisebol. Desde que levara o tiro em Angola e ficara definitivamente inválido, o magro Carlos, que já não era magro, tinha se transformado num lamento profundo, numa dor infinita que Conde assumia com um estoicismo culpado. Que mentira contar? Terei de mentir também para ele?, pensou, e sorriu de novo, amargo, enquanto se via andando bem devagar diante da casa de Karina e até parando para tentar vislumbrar, pelas janelas da frente, a presença impossível da mulher na penumbra de uma sala repleta de samambaias e antúrios de corações vermelhos e alaranjados. Como era possível que nunca a tivesse visto, se era uma dessas mulheres que a gente fareja de longe? Acabou seu copo de rum e finalmente disse:

– Ia lhe contar uma mentira.

– E você precisa disso?

– Acho que eu não sou quem você pensa, Magro. Não sou igual a você.

– Peralá, meu chapa, se você está a fim de falar bobagem, me diga – e levantou a mão para marcar a pausa que pedia enquanto dava outro gole de rum. – Eu pego o tom rapidinho. Mas antes lembre-se de uma coisa: você não é o melhor do mundo, mas é o meu melhor amigo no mundo. Embora me mate de tanta mentira.

– Conheci uma mulher por aí, bicho, e acho que... – disse, e encarou o Magro.

18

– Putz! – o magro Carlos exclamou, e também sorriu. – Era isso. Então era isso. Mas você não toma jeito, hein?

– Não fode, Magro, queria que você a visse. Sei lá, é possível até que a conheça, ela mora logo ali virando a esquina, na outra quadra, se chama Karina, é engenheira, ruiva, lindíssima. Não sai daqui, ó – e apertou com o dedo um ponto no meio das sobrancelhas.

– Caralho, mas você está a mil... Calma, calma. Vocês estão namorando?

– Quem dera – Conde suspirou e exibiu sua cara de homem desconsolado. Serviu-se de mais rum e contou seu encontro com Karina, sem omitir um só detalhe (toda a verdade, inclusive que era meio ruim de retaguarda, sabendo o valor que tinha uma boa bunda para as opiniões estéticas do Magro) e nem uma só esperança (inclusive a espionagem de adolescente que acabara de fazer à noite). No final sempre contava tudo ao amigo, por mais feliz ou terrível que fosse a história.

Conde viu que o Magro se esticava sem conseguir pegar a garrafa e entregou-a a ele. O nível do líquido já se perdia atrás do rótulo e ele calculou que a conversa era para uns dois litros, mas achar rum em La Víbora, àquela hora, podia ser uma tarefa inútil e exasperante. O que fez Conde se lamentar: falando de Karina, no quarto do Magro, entre nostalgias tangíveis e velhos pôsteres desbotados pelo tempo, começava a se sentir tão tranquilo como nos tempos em que para eles o mundo girava exclusivamente ao redor de uma boa bunda, umas tetas duras e, sobretudo, daquele orifício imantado e alucinante do qual sempre falavam em termos de gordura, profundidade, população capilar e facilidades de acesso (Não, não mesmo, cara, olha só como ela anda, se é virgem eu sou um helicóptero, o Magro costumava dizer), pouco importando a quem pertenciam esses claros objetos do desejo.

– Você não muda, besta, nem sabe que diacho de mulher é essa, mas já está amarrado e indo atrás, igual a cachorro vira-lata. Olhe o que aconteceu com a Tamara...

– Não, meu velho, não compare.

– Não me venha com essa, você é... E é verdade que ela mora logo ali na esquina? Ei, será que não é lorota?

– Não, meu velho, que nada. Olhe, Magro, eu preciso conquistar essa mulher. Ou conquisto, ou me mato, ou fico louco, ou viro bicha.

– Antes bicha do que morto – o outro interrompeu, sorrindo.

– Sem brincadeira, bicho. A minha vida está uma droga. Preciso de uma mulher igual a essa: nem sei muito bem quem ela é, mas preciso dela.

O Magro o observou como se dissesse: Você não toma jeito.

– Sei lá, mas tenho a leve impressão de que você está falando besteiras de novo... Como você adora essa punhetagem... Você é policial porque isso aí vem lá do fundo das bolas. Não deu certo? Desista, cara, e mande tudo à merda... Mas depois não venha me dizer que, pensando bem, você gostava de foder com a vida dos filhos da puta e dos malandros. Esse seu papo furado, isso sim, é que eu não vou aguentar. E o que aconteceu com a Tamara já estava escrito com sangue, meu amigo: nunca na vida essa mulher foi feita para uns caras iguais a nós, portanto esqueça-a de uma vez por todas e anote na sua autobiografia que pelo menos você se livrou da vontade e conseguiu dar uns pegas nela. E que se dane o mundo, bicho. Me dê mais rum, vá.

Conde olhou a garrafa e lamentou sua agonia. Precisava ouvir da boca do Magro as coisas que ele mesmo pensava, e naquela noite, enquanto lá fora o vento de Quaresma alvoroçava as imundícies e bem dentro dele pairava uma esperança em forma de mulher, estar no quarto de seu amigo mais querido, falando sobre o humano e o divino, era na verdade algo muito puro e alentador. E o que vai ser de mim se o Magro morrer?, pensou, quebrando a corrente que conduzia à paz espiritual. Optou pelo suicídio alcoólico: serviu mais rum ao amigo, jogou outra dose no seu próprio copo e então notou que tinham se esquecido de falar de beisebol e de ouvir música. Melhor a música, decidiu.

Levantou-se e abriu a gaveta das fitas cassete. Como sempre, espantou-se com a mistura de gostos musicais do Magro: qualquer coisa possível entre os Beatles e Los Mustang, passando por Joan Manuel Serrat e Gloria Estefan.

– O que você quer ouvir?

– Beatles?

20

– Chicago?

– Fórmula V?

– Los Pasos?

– Creedence?

– Aham, Creedence... Mas não me diga que o Tom Fogerty canta que nem um negro, pois eu já lhe disse que ele canta que nem Deus, é ou não é? – e os dois concordaram, é, é, admitindo sua mais radical concordância: o desgraçado cantava igual a Deus.

A garrafa acabou antes da versão integral de "Proud Mary". O Magro largou o copo no chão e moveu a cadeira de rodas até a beira da cama onde estava sentado seu amigo policial. Pôs uma das mãos esponjosas no ombro de Conde e mirou-o nos olhos:

– Tomara que dê tudo certo com você, meu irmão Quem é bom merece ter um pouco mais de sorte na vida.

Conde achou que ele tinha razão: o próprio Magro era a melhor pessoa que conhecia e a sorte tinha lhe virado a cara. Mas isso parecia inaceitavelmente patético e, buscando um sorriso, respondeu:

– Já está você falando bobagem, companheiro. Faz tempo que os bons se acabaram.

E se levantou, com a intenção de abraçar o amigo, mas não se atreveu. Nunca se atreveu a fazer centenas e centenas de coisas.

Ninguém imagina como são as noites de um policial. Ninguém sabe que fantasmas o visitam, que ardores o agridem, em que inferno ele próprio se cozinha a fogo lento – ou envolto em chamas agressivas. Fechar os olhos pode ser um desafio cruel, capaz de despertar essas penosas figuras do passado que nunca abandonam sua memória e retornam, uma noite ou outra, com a persistência incansável do pêndulo. As decisões, os erros, os atos de prepotência e até as fraquezas da bondade retornam como culpas impagáveis a uma consciência marcada por todas as pequenas infâmias cometidas no mundo dos infames. Às vezes me visita José de la Caridad, aquele caminhoneiro negro que me pediu, me suplicou, que não o pusesse na cadeia porque era inocente e eu o interroguei quatro dias seguidos, tinha de ser ele, não podia ser outro, enquanto ele se desmilinguia e chorava e repetia sua inocência, até que o meti atrás das grades para esperar um julgamento que o declararia inocente. Às vezes retorna Estrellita Rivero, a menina que tentei agarrar um segundo antes que desse o passo fatal e levasse no meio dos olhos o tiro que o sargento Mateo tentou dar nas pernas do homem que fugia. Ou vêm da morte e do passado Rafael e Tamara, dançando uma valsa, como há vinte anos, ele de terno, ela de vestido comprido branco, como a noiva que logo seria. Nada é doce nas noites de um policial, nem sequer a recordação da última mulher ou a esperança da próxima, pois cada recordação e cada esperança – que um dia também será recordação – arrastam a nódoa impregnada pelo horror cotidiano da vida do policial: encontrei-a quando investigava a morte do marido dela, as fraudes, as mentiras, as chantagens, os abusos e os medos daquele homem que parecia perfeito no alto de seu poder; e dela me lembrarei, talvez, por causa do assassinato de um, do estupro de outra, da dor de alguém. São águas turvas as noites de um policial: com cheiros pútridos e cores mortas. Dormir!... Talvez sonhar! E aprendi a única forma de vencê-las: a inconsciência, que é morrer um pouco todo dia e que é a própria morte a cada manhã, quando a suposta alegria do brilho do sol é uma tortura para os olhos. Horror do passado, medo do futuro: assim correm para o dia as noites do policial. Pegar, interrogar, prender, julgar, condenar, acusar, reprimir, perseguir, pressionar, oprimir são os verbos em que são conjugadas as lembranças, a vida inteira do policial. Sonho que poderia sonhar com outros sonhos felizes, construir alguma coisa, ter alguma coisa, dar alguma coisa, receber alguma coisa, criar alguma coisa: escrever. Mas é um desvario inútil para quem vive do destruído. Por isso a solidão do policial é a mais terrível de todas: é a companhia de seus fantasmas, de suas dores, de suas culpas... Se pelo menos uma mulher com um saxofone tocasse sua canção de ninar para o policial dormir. Mas silêncio!... Chegou a noite. Lá fora o vento maldito está queimando a terra.

As duas duralginas pesavam em seu estômago como uma culpa. Conde as engolira com uma xícara gigantesca de um solitário café, depois de perceber que os restos do último leite comprado eram um soro terrível no fundo do vasilhame. Por sorte, descobriu que no guarda-roupa ainda lhe restavam duas camisas limpas e deu-se ao luxo de escolher: votou pela listrada de marrom e branco, de mangas compridas, que arregaçou até a altura do cotovelo. O *jeans*, que tinha ido parar debaixo da cama, somava apenas quinze dias de combate desde a última lavagem e podia resistir mais outros quinze, vinte dias. Ajeitou a pistola no cinto da calça e notou que havia perdido peso, embora estivesse decidido a não se preocupar: fome não era, mas câncer também não, caralho. Além do mais, fora a ardência no estômago estava tudo bem: tinha olheiras, a calvície incipiente não parecia ser das mais corrosivas, o fígado continuava demonstrando coragem, a dor de cabeça se esfumava, já era quinta-feira e amanhã seria sexta, contou nos dedos. Saiu para o vento e o sol e quase se pôs a maltratar um velho bolero de amor.

Pasarán más de mil años, muchos más,
yo no sé si tenga amor, la eternidad,
*pero allá tal como aquí...**

---

* "Passarão mais de mil anos, muitos mais / e não sei se tem amor a eternidade, / mas ali, tal como aqui...", versos de "Sabor a mí", de Álvaro Carrillo. (N. E.)

24

Entrou na Central de Polícia às oito e quinze, cumprimentou vários colegas, leu com inveja no quadro de avisos do *hall* a nova resolução de 1989 sobre a aposentadoria e, fumando o quinto cigarro do dia, esperou o elevador para ir ver o oficial de guarda. Nutria a bela esperança de que ainda não lhe entregassem um novo caso: queria dedicar toda a sua inteligência a uma só ideia e, nesses últimos dias, até sentira, mais uma vez, vontade de escrever. Releu dois livros sempre capazes de sacudir sua moleza e num velho bloco escolar, de papel amarelo com pauta verde, tinha escrito algumas de suas obsessões, qual um jogador de beisebol esquecido que recebe a ordem de aquecer o braço para atuar como arremessador num jogo decisivo. Seu reencontro com Tamara, meses atrás, tinha despertado nostalgias perdidas, sensações esquecidas, ódios que ele imaginava desfeitos e que voltaram para a sua vida convocados por um reencontro inesperado com essa fatia essencial de seu passado, com a qual valeria a pena chegar a um acordo um dia desses e então condená-la ou absorvê-la de uma vez e para sempre. Agora pensava que em tudo isso talvez houvesse material para montar uma história bem comovente sobre os tempos em que todos eram muito moços, muito pobres e muito felizes: o Magro, quando ainda era magro; Andrés, teimando em ser jogador de beisebol; Dulcita, que ainda não tinha ido embora; o Coelho, que seria, claro, historiador; Tamara, que não havia se casado com Rafael e era tão, tão linda; e até ele mesmo, que na época sonhava mais que nunca em ser escritor e só escritor, quando de sua cama observava, pendurada na parede, uma foto do velho Hemingway e tentava descobrir naqueles olhos o mistério do olhar com que o escritor decompõe o mundo, vendo o que outros não veem. Agora pensava que se um dia escrevesse toda essa crônica de amor e ódio, de felicidade e frustração, poria o título de *Passado perfeito*.

O elevador parou no terceiro andar, e Conde virou à direita. Os pisos da Central brilhavam, recém-varridos com pó de serra umedecido com querosene, e o sol que penetrava pelas janelas altas de alumínio e vidro pintava o longo corredor com sua claridade recém-despertada. Positivamente, aquilo estava tão limpo e bem iluminado que nem parecia uma chefatura de polícia. Empurrou a porta de vidro duplo e entrou no salão da guarda, que naquela hora da manhã vivia seus momentos mais atropelados do dia: oficiais que entregavam relatórios, investigadores reclamando de alguma medida do tribunal, auxiliares que pediam auxílio, e até o tenente Mario Conde, que, com um bolero insistente na ponta da língua – "*De mi vida, doy lo bueno / soy tan pobre qué otra cosa puedo dar...*"* – e um cigarro entre os dedos, ao se aproximar da mesa do oficial de guarda, ocupada de manhã pelo tenente Fabricio, mal conseguiu ouvir:

– O major pediu para você ir vê-lo. Não me pergunte o que ele quer porque não sei porra nenhuma e hoje isto aqui está uma zona, e você sabe que os seus casos quem dá é o chefe, afinal você é o queridinho dele.

Conde olhou um instante para o tenente Fabricio, que de fato parecia atordoado entre papéis, campainhas de telefones e vozes, e percebeu que suas mãos começavam a suar: era a segunda vez que Fabricio o tratava daquele jeito, e Conde pensou que não, não estava disposto a aguentar aquelas cavalices. Meses antes, durante o inquérito de uma série de roubos em diversos hotéis de Havana, o major Rangel mandara que Conde, após encerrar um caso, substituísse Fabricio na investigação. Conde tentou recusar, mas não teve saída: o Velho tinha decidido, Isso não pode continuar, e ele preferiu se desculpar com o tenente Fabricio, explicando-lhe que não era decisão sua. Muitos dias depois, quando Conde descobriu os culpados pelos roubos, ensaiou comentar com o colega o final do caso e Fabricio lhe disse: "Muito me alegro, Conde; aposto que o major vai lhe dar um beijo ou até mais que isso". E ele apelou para todas as razões possíveis a fim de desculpar a atitude do tenente. E finalmente o desculpou. Mas agora uma consciência longínqua de suas origens lembrou-lhe que tinha nascido num bairro muito esquentado e muito briguento, onde era proibido arriar, mesmo por um instante, as bandeiras da virilidade, sob pena de ficar sem bandeira, sem virilidade e até mesmo sem o pau da bandeira: não, não estava disposto, na sua idade, a engolir esse tipo de resposta. Levantou um dedo, preparando-se para iniciar um discurso, mas se

---

*   "De minha vida, dou o que é bom / sou tão pobre, que outra coisa posso dar...", versos de "Sabor a mí", de Álvaro Carrillo. (N. E.)

conteve. Esperou um instante até que a sala se esvaziasse e então apoiou as mãos na beira da mesa e baixou a cabeça até a altura dos olhos de Fabricio para dizer:

— Se você está de saco cheio, querendo partir para a briga, me avise. Posso te arrebentar quando você quiser, onde quiser e como quiser, está ouvindo? — e deu meia-volta, sentindo os punhais saídos dos olhos do outro ferindo suas costas. — Mas que merda está acontecendo com esse cara...

Já fodeu com a minha semana, pensou. Agora não tinha paciência nem ânimo para esperar o elevador e enfrentou as escadas até o sétimo andar. Sentiu que as duralginas voltavam a gravitar em seu estômago e pensou que aquela história ia acabar mal. Vá para o diabo que o carregue, concluiu, e entrou na recepção do escritório do major Rangel.

Maruchi olhou para ele e balançou a cabeça num gesto de cumprimento, sem parar de datilografar.

— O que foi que houve, minha nega? — cumprimentou-a e se aproximou de sua mesa.

— Ele mandou chamá-lo bem cedinho, mas parece que você já tinha saído — disse a moça, enquanto indicava com a cabeça a porta da sala. — Sei lá, acho que é um baita rolo.

Conde suspirou e acendeu um cigarro. Tremia quando o major falava de rolos enormes, que vinham do alto, Conde, não há tempo a perder. Mas desta vez não aceitaria substituir ninguém, nem que isso lhe custasse o emprego. Ajeitou a pistola, que vivia tentando escapulir do cinto do seu *jeans* — e ainda mais agora que ele estava emagrecendo, aparentemente sem motivo —, e pôs a mão sobre o papel que a secretária do Velho copiava.

— Que tal estou, Maruchi?

A moça olhou para ele e sorriu.

— Vai se declarar e está com medo de levar um fora?

Agora foi Conde que sorriu, sem jeito:

— Não, é que nem eu mesmo me suporto mais — e bateu com os nós dos dedos no vidro da porta.

— Entre, venha, ande logo.

O major Rangel fumava um charuto e pelo cheiro Conde soube que o Velho não estava em seus melhores dias: cheirava a charuto barato e ressecado, desses de sessenta centavos, e isso podia alterar de forma definitiva o humor do chefe da Central. Apesar do charuto mata-ratos capaz de deixá-lo de cara enfezada, a pose marcial do chefe era admirável: usava o uniforme com muita classe, e isso realçava sua pele queimada de jogador de *squash* e nadador habitual. Não entrega os pontos, o safado.

— Me disseram... — tentou explicar, mas o major indicou-lhe uma cadeira e depois mexeu a mão, pedindo silêncio.

— Sente-se, sente-se, que acabou a hora do recreio. Procure o Manolo, que há um caso para você. Já faz mais ou menos uma semana que você não tem nada de especial, não é?

Conde olhou um instante para a janela da sala do Velho. Dali o horizonte era uma mancha azul e não se percebia a revoada de folhas e papéis causada pelo vento, então compreendeu que não tinha escapatória. Agora o major tentava reavivar a brasa de seu charuto e a angústia desse exercício de fumante mal correspondido se refletia nas caretas de seu rosto. Naquela manhã o Velho também não estava feliz.

Parece que o fim do mundo está chegando, que uma maldição caiu sobre nós, que neste país todos enlouqueceram. Sabe, Conde, ou estou ficando velho ou as coisas estão mudando e ninguém me avisou. Acho até que vou largar o vício, ninguém aguenta isso, olhe, olhe bem: você acha que esta merda pode ser chamada de charuto? Olhe para isto: para esta capa que é mais enrugada que o cu da minha avó, é como se eu estivesse fumando um pedaço de pau feito de folhas de bananeira, juro. Hoje mesmo vou marcar hora com um psicólogo, deitar no sofá dele e pedir que me ajude a parar de fumar. Logo hoje que eu precisava tanto de um bom charuto: não digo um Rey del Mundo ou um Gran Corona ou um Davidoff... Eu me contentaria com um Montecristo... Maruchi, nos traga um café, ande... Vamos ver se consigo me livrar deste gosto de gororoba na boca. Bom, se isto é café, que Deus apareça e assine embaixo... Voltando à vaca-fria: preciso que você mergulhe de cabeça nesse caso e se comporte bem, Conde; não quero ouvi-lo resmungar, nem se queixar, nem que fique bebendo, nem porra nenhuma; quero que resolva isso já. Trabalhe com o Manolo e com quem lhe der na telha, tem carta branca, mas se mexa. Preste atenção, e isto fica só entre nós, mas abra bem os ouvidos: tem coisa graúda pintando por aí, não sei bem onde nem o que, mas farejo no ar e não quero que peguem a gente de surpresa, pensando na morte da bezerra. Só pode ser coisa graúda e feia, porque a movimentação não é dessas que eu conheço. Vem de muito alto e é uma dessas investigações de rolar cabeças. Ponha isso na cachola, está bem?... E não me pergunte, que eu não sei nada, entendeu?... Bem, vamos ao que lhe interessa: aqui está a papelada sobre o caso. Mas não comece a ler agora, meu caro. Eu lhe conto: uma professora do colégio pré-universitário, vinte e quatro anos, militante da Juventud, solteira; foi assassinada, asfixiada com uma toalha, mas antes bateram nela pra valer, quebraram uma costela e duas falanges de um dedo e a estupraram, pelo menos dois homens. Aparentemente, não levaram nada de valor: nem roupa, nem eletrodomésticos, nem aparelhos... E na água da privada da casa apareceram fibras de um cigarro de maconha. Gostou do caso? É barra-pesada, e eu, eu, Antonio Rangel Valdés, quero saber o que aconteceu com essa moça, porque não sou policial há trinta anos por gosto: deve haver muita sujeira escondida por aí para que a tenham matado do jeito que mataram, com tortura, maconha e estupro coletivo incluídos... Mas que diabo de charuto é este? É o fim do mundo que está chegando, juro pela minha mãe! E lembre-se do que lhe disse: comporte-se bem, que a maré não está para peixe...

Conde se considerava um bom farejador. Era o único de seus atributos que lhe parecia respeitável, e seu olfato lhe disse que o Velho tinha razão: aquilo cheirava a merda. Soube disso assim que abriu a porta do apartamento e observou o cenário, onde só faltavam uma vítima e seus imoladores. No chão, marcada com giz, aparecia em sua pose final a silhueta da jovem professora assassinada: um braço tinha ficado bem perto do corpo, e o outro, como se tentasse chegar à cabeça, as pernas juntas e dobradas, num esforço inútil de proteger o ventre já vencido. Era um traçado doloroso, entre um sofá e uma mesa de centro virada de banda.

Entrou no apartamento e fechou a porta atrás de si. Então observou o resto da sala: num móvel integrado que ocupava toda a parede oposta à da sacada havia uma televisão em cores, na certa japonesa, e um gravador para duas fitas cassete, com uma fita terminada do lado A. Apertou o *stop*, tirou a fita e leu: *Private dancer*, de Tina Turner. Em cima da televisão, na prateleira mais comprida do móvel, havia uma fileira de livros que lhe interessou mais: vários de química, as obras de Lenin em três volumes com capa de um vermelho desbotado, uma *História da Grécia* e alguns romances que Conde jamais se atreveria a reler: *Dona Bárbara, O pai Goriot, Mare Nostrum, Las inquietudes de Shanti Andía, Cecilia Valdés* e, na ponta, o único livro que teve vontade de roubar: *Poesia*, de Pablo Neruda, que combinava tão bem com seu estado de espírito naquele momento. Abriu o livro e leu alguns versos ao acaso:

Quítame el pan, si quieres,
quítame el aire, pero
no me quites tu risa...*

e o recolocou no lugar, porque em sua casa tinha a mesma edição. Não parece boa leitora, concluiu, quando teve de sacudir a poeira que ficou em suas mãos.

Andou até a sacada, abriu as portas de persianas, e a claridade e o vento entraram, fazendo tilintar um chocalho de cobre que Conde não tinha notado. Ao lado da silhueta marcada no chão descobriu então outra, uma mancha menor e quase apagada, que escurecia a claridade dos ladrilhos. Por que mataram você?, perguntou-se, imaginando a moça deitada sobre o próprio sangue, estuprada, golpeada, torturada e asfixiada.

Entrou no único quarto do apartamento e encontrou a cama feita. Numa parede, bem emoldurado, havia um pôster de Barbra Streisand,

---

* "Tire-me o pão, se quiser / tire-me o ar, mas / não me tire seu riso". (N. E.)

30

quase bonita, mais ou menos na época de *Nosso amor de ontem*. No lado oposto, um espelho enorme cuja utilidade Conde quis verificar: jogou-se na cama e se viu de corpo inteiro. Que maravilha, hein? Então abriu o armário e o cheiro inicial se intensificou; o guarda-roupa não era comum nem atual: blusas, saias, calças compridas, camisetas, sapatos, calcinhas e casacos de uma qualidade *made in* algum lugar distante que Conde foi apalpando.

Voltou para a sala e foi até a sacada. Daquele quarto andar do bairro de Santos Suárez tinha-se uma vista privilegiada de uma cidade que, apesar da altura, parecia mais decrépita, mais suja, mais inalcançável e hostil. Descobriu em terraços no alto de prédios vários pombais e alguns cachorros se carbonizando no sol e na brisa; deparou-se com construções miseráveis, grudadas como escamas ao que fora um quarto ou escritório e agora servia de casa para toda uma família; observou caixas-d'água destampadas recebendo poeira e chuva, escombros esquecidos em cantos perigosos, e respirou ao ver, quase em frente a dele, um jardinzinho plantado dentro de latas de banha serradas ao meio. Então percebeu que à sua direita, a apenas dois quilômetros, atrás de um arvoredo que cortava sua visão, ficavam a casa do Magro e, ao dobrar a esquina, a de Karina, e lembrou-se mais uma vez de que já era quinta-feira.

Voltou para a sala e sentou-se o mais longe possível da figura de giz. Abriu o relatório que o Velho lhe entregara e, enquanto lia, pensou que às vezes vale a pena ser policial. Quem era, de verdade, Lissette Núñez Delgado?

Em dezembro daquele ano de 1989, Lissette Núñez Delgado faria vinte e cinco anos. Nascera em Havana em 1964, quando Conde tinha nove anos, usava sapatos ortopédicos, estava no esplendor de sua infância de menino rueiro levado da breca e não havia imaginado uma única vez – como não imaginaria nos quinze anos seguintes – que seria policial e que em alguma ocasião deveria investigar a morte dessa moça nascida num apartamento moderno do bairro de Santos Suárez. Fazia dois anos que a jovem tinha se formado em química no

Pedagógico Superior de Havana e, ao contrário do que seria de esperar naquela época de escolas no campo e em praças do interior do país, foi nomeada diretamente para o pré-universitário de La Víbora, o mesmo onde Conde estudara entre 1972 e 1975 e onde se tornara amigo do magro Carlos. Ser professora do pré-universitário de La Víbora era um dado que podia resultar em prejulgamentos: quase tudo o que se referia àquele lugar costumava despertar em Conde uma simpatia nostálgica ou uma condenação irrecorrível. Não quero prejulgar, mas não há meio-termo. O pai de Lissette tinha morrido três anos antes, e a mãe, divorciada desde 1970, vivia no Casino Deportivo, na casa do segundo marido, um alto funcionário do Ministério da Educação cujo cargo fez Conde entender na mesma hora por que a moça não fizera seu serviço social fora de Havana. A mãe, jornalista do *Juventud Rebelde*, era uma colunista relativamente famosa em certos círculos graças a comentários bem calculados no tempo e no espaço, que iam tranquilamente da moda e da cozinha até as tentativas de convencer os leitores, com exemplos do dia a dia, da intransigência ética e política da autora, que se oferecia como um modelo em matéria de ideologia. Sua imagem se completava com uma presença assídua na televisão, onde dissertava sobre penteados, maquiagens e decoração do lar, "porque a beleza e a felicidade são possíveis", costumava dizer. Por coincidência, Conde sempre tinha achado essa mulher, Caridad Delgado, pior que um soco no estômago: era vazia e insípida, igual a uma fruta murcha. Quanto ao falecido pai, tinha sido um eterno gerente: de fábricas de vidro a empresas de bijuterias, passando por conglomerados de derivados de carne, pela sorveteria Coppelia e por um terminal de ônibus que lhe custara um infarto agudo do miocárdio. Lissette era militante da Juventud desde os dezesseis anos e sua folha de serviços ideológicos parecia impecável: nem uma admoestação, nem uma mera sanção. Como é possível em dez anos de vida não ter um só esquecimento injustificável, não cometer um só erro, nem sequer xingar alguém de filho da puta? Tinha sido dirigente dos Pioneros, da Feem e da FEU e, embora o relatório não especificasse, devia ter participado de todas as atividades programadas por essas organizações. Ganhava cento e noventa e oito

32

pesos, pois ainda estava na suposta fase de serviço social; pagava vinte de aluguel, descontava dezoito por mês para a geladeira que tinham lhe concedido numa assembleia e devia gastar uns trinta com almoço, lanche e transporte até o pré-universitário. Seriam suficientes cento e trinta pesos para montar aquele guarda-roupa? No apartamento havia impressões digitais recentes de cinco pessoas, sem contar as da moça, mas nenhuma constava dos registros policiais. O vizinho do terceiro andar foi o único que disse alguma coisa vagamente útil: ouviu música e sentiu as passadas rítmicas de gente dançando na noite da morte, em 19 de março de 1989. Fim do texto.

A foto de Lissette que acompanhava o relatório não parecia muito recente: havia escurecido nas margens e o rosto da jovem, ali capturado para sempre, não sobressaía como dos mais atraentes, embora ela tivesse olhos profundos, muito escuros, e sobrancelhas grossas, capazes de formar um desses olhares que costumam ser chamados de enigmáticos. Se eu tivesse te conhecido... De pé, novamente debruçado na grade da sacada, Conde viu o sol subir resoluto para o zênite; viu a mulher lutar contra o vento para estender no terraço a roupa lavada; viu o menino que, de uniforme escolar, subia para um telhado por uma escada de madeira e abria a porta de um pombal de onde brotaram várias pombinhas que se perderam ao longe, batendo suas asas em liberdade contra as rajadas veementes do vendaval; e viu, num terceiro andar, do outro lado da rua, uma cena que o manteve alerta por alguns minutos, sofrendo o sobressalto de quem descobre, sem ter direito, certas intimidades proibidas: perto de uma janela, pela qual entravam os ventos de Quaresma, um homem de quarenta anos e uma mulher talvez muito mais moça discutiam já na fronteira da conflagração bélica. As vozes se perdiam na brisa, mas mesmo assim Conde entendeu que as ameaças de punhos e unhas cresciam com a aproximação milimétrica daqueles corpos excitados, já em posição de sentido. Conde sentiu-se preso ao crescendo da tragédia que lhe chegava silente: viu o cabelo dela, como uma bandeira despregada ao vento, e o rosto dele enrubescendo a cada rajada do vendaval. É o vento maldito, pensou, quando a mulher se aproximou da janela e, sem parar de gritar, fechou os postigos e obrigou o espectador furtivo a imaginar o final. Quando Conde pensava que com certeza era o homem que tinha razão e que ela parecia uma fera, viu um carro alucinado dobrando a esquina e freando com um chiado de borracha queimada defronte do edifício de Lissette Núñez Delgado. Finalmente viu a porta do carro se abrir e pôr o pé no chão o sujeito magro e desengonçado que seria mais uma vez seu companheiro de trabalho: o sargento Manuel Palacios sorriu satisfeito quando levantou a cabeça e descobriu que Conde, entre tantas coisas que tinha visto, podia agora incluir aquela demonstração de automobilismo de Fórmula 1 num Lada 1600.

Mentira, pensou. A nostalgia não podia ser mais o que era. Agora, em 1989, funcionava como uma sensação enjoativa e perfumada, cândida e agradável, que o abraçava com a paixão descansada dos amores bem envelhecidos. Conde preparou-se e esperou-a agressiva, disposta a pedir satisfações, a exigir juros e correção monetária por todos esses anos, mas a espreita tão prolongada serviria para limar todas as asperezas da lembrança e deixar apenas a sensação tranquila de pertencer a um lugar e a um tempo já cobertos pelo véu rosado da memória seletiva, que, sábia e nobre, preferia evocar os momentos alheios ao rancor, ao ódio e à tristeza. Sim, posso resistir a ela, pensou ao contemplar as colunas quadradas que sustentavam o pórtico altíssimo do velho Instituto de Ensino Secundário de La Víbora, transformado depois no pré-universitário que, por três anos, daria guarida aos sonhos e às esperanças daquela geração escondida que quis ser tantas coisas que jamais conseguiria ser. A sombra das vetustas *majaguas* de flores vermelhas e amarelas subia pela pequena escadaria, esmaecendo o sol de meio-dia e protegendo inclusive o busto de Carlos Manuel de Céspedes, que também não era o mesmo: a efígie clássica dos velhos tempos, de cabeça, pescoço e ombros fundidos em bronze, debruada de verde por tantas chuvas, havia sido substituída por uma figura ultramoderna que parecia enterrada num bloco alto de concreto mal trabalhado. Mentira, pensou de novo, porque desejava

34

intensamente que tudo fosse mentira e que a vida fosse um ensaio com possíveis retoques antes de sua execução final: por aquele pórtico e por aquela escada, o magro Carlos, quando era muito magro e tinha duas pernas saudáveis, caminhava, corria e pulava com a alegria dos justos, enquanto seu amigo, Conde, se dedicava a olhar para todas as moças que não seriam suas namoradas apesar de seus mais veementes desejos de que fossem; Andrés sofria (como só ele era capaz de sofrer) seus desgostos amorosos, e o Coelho, com sua moderação invencível, se propunha a mudar o mundo refazendo a história, a partir de um ponto determinado, que podia ser a vitória dos árabes em Poitiers, a de Moctezuma contra Cortés ou, simplesmente, a permanência dos ingleses em Havana desde a conquista da cidade em 1762... Entre aquelas colunas, naquelas salas de aula, atrás da escadaria e naquela praça ilogicamente batizada de Vermelha – porque era negra, simplesmente negra, como tudo o que era tocado pela fuligem e a graxa do ponto de ônibus tão perto –, a infância chegara ao fim, e, embora mal tivessem aprendido algumas operações matemáticas e leis físicas obstinadamente invariáveis, tornaram-se adultos quando começaram a conhecer o sentido da traição e também o da maldade, quando viram surgir os oportunistas e frustrarem-se certos corações puros, quando amaram apaixonadamente e se embriagaram de dor e alegria e quando aprenderam, sobretudo, a existência dessa necessidade invencível que, na falta de nome melhor, se chama amizade. Não, não é mentira. Ainda que fosse apenas como um tributo à amizade, aquela nostalgia inesperadamente pausada valia a angústia de ser vivida, convenceu-se, quando já atravessava a colunata e ouvia Manolo explicando ao bedel na porta que desejavam ver o diretor.

O bedel olhou para Conde e Conde olhou para o bedel, e por um instante o policial se sentiu pego cometendo uma falta. Era um velho de mais de sessenta anos, elegante e bem penteado, de olhos claríssimos, que ficou olhando para o tenente com cara de esse-aí-eu-conheço. Se Manolo não tivesse se apresentado como policial, talvez o bedel lhe perguntasse se ele não era aquele safadinho que fugia diariamente ao meio-dia e quinze, dando o fora pelo pátio de educação física.

Das salas de aula descia um leve burburinho e o pátio interno estava deserto. Conde sentiu definitivamente que o lugar aonde voltava após quinze anos de ausência já não era o mesmo que conhecera. Talvez lhe pertencesse na lembrança, no cheiro inconfundível da poeira do giz e no aroma alcoólico dos estênceis, mas não na realidade, obstinada em confundi-lo com uma desordem de dimensões: o que ele imaginava pequeno era na verdade grande demais, como se tivesse crescido naqueles anos, e o que ele pensava ser imenso podia ser insignificante ou não localizável, pois talvez só tivesse existido em sua memória mais afetiva. Entraram na secretaria e depois no *hall* da diretoria, e então foi impossível não lembrar o dia em que ele percorreu o mesmo itinerário para ouvir que estava sendo acusado de escrever contos idealistas que defendiam a religião. A boceta da sua mãe, quase disse, quando uma jovem saiu da sala do diretor e perguntou o que desejavam.

– Queremos falar com o diretor. Viemos por causa da professora Lissette Núñez Delgado.

É costume dizer que ensinar é uma arte e há muita literatura e muitas frases bonitas sobre a educação. Mas a verdade é que uma coisa é a filosofia do magistério e outra é ter de exercê-lo todo dia, durante anos e anos. Bem, desculpem-me, mas nem café posso oferecer. Nem chá. Mas sentem-se, por favor. O que ninguém diz é que para ensinar também é preciso ser meio louco. Sabem o que é dirigir um pré-universitário? Melhor que nem saibam, porque é isso, uma loucura. Não sei o que está acontecendo, mas os garotos têm cada vez menos interesse em aprender de verdade. Sabem há quanto tempo estou metido nisso? Vinte e seis anos, companheiros, vinte e seis: comecei como professor, já estou há quinze como diretor e acho que está cada vez pior. A verdade é que tem alguma coisa funcionando mal, e a garotada de hoje é diferente. É como se de repente o mundo avançasse rápido demais. É, é algo assim. Dizem que é um dos sintomas da sociedade pós-moderna. Nós, pós-modernos? Com esse calor e esses ônibus superlotados? O fato é que todo dia saio daqui com dor de cabeça. Tudo bem que se preocupem com o cabelo, os sapatos e a roupa, que todos queiram estar, desculpem a palavra, fodendo como alucinados aos quinze anos, porque isso é óbvio, não é? Mas que também se preocupem um pouco com a escola. E todo ano dispensamos um bocado de alunos, porque resolvem se meter a *freakies* e, segundo eles, os *freakies* não estudam nem trabalham nem pedem nada: só querem que os deixem tranquilos, ouça bem, que os deixem tranquilos fazendo paz e amor. Velha história dos anos sessenta, não é?... Mas o que mais me preocupa é que hoje em dia o senhor pega um do último ano, que dali a três meses vai se formar, e pergunta o que vai estudar, e ele não sabe, e se diz que sabe, não sabe por quê. Vivem no mundo da lua e... Bem, desculpem o palavrório, pois os senhores não são funcionários do Ministério da Educação, não é mesmo?... Ontem de manhã, é, ontem, vieram nos contar o caso da nossa colega Lissette. Eu não conseguia acreditar, juro. É sempre difícil aceitar que uma pessoa jovem, que a gente vê todo dia, saudável, alegre, sei lá, esteja morta. É difícil, não é mesmo? É, ela começou aqui conosco no ano passado, com a turma do primeiro ano, e a verdade é que nem eu nem sua chefe de turma temos, ou melhor, tínhamos nenhuma queixa dela: cumpria todas as obrigações e fazia tudo direito, acho que era das poucas jovens que nos mandaram que tinha de fato vocação para professora. Gostava do trabalho e vivia inventando coisas para motivar os alunos; acampava com eles, repassava as matérias à noite ou fazia educação física junto com seu grupo, porque jogava muito bem voleibol, é verdade, e acho que os garotos gostavam dela. Sempre achei que entre professores e alunos deve haver uma distância e que essa distância é criada pelo respeito, não pelo medo nem pela idade: o respeito pelo conhecimento e pela responsabilidade, mas também creio que cada professor tem sua cartilha e, se ela se sentia bem em companhia dos alunos e os resultados escolares eram bons, então quem é que ia dizer alguma coisa? No ano passado as suas três turmas todinhas foram aprovadas em química, com uma média de quase nove, e isso não é todo mundo que consegue, portanto pensei cá comigo: se esse é o resultado, então vale a pena, não é? Bem, soa a Maquiavel, mas não é maquiavélico. Seja como for, um dia comentei com ela alguma coisa sobre o excesso de intimidade, mas ela me disse que se sentia melhor assim, e não se falou mais nisso. É uma pena o que aconteceu, e ontem tivemos problemas com a frequência à tarde, pois muitíssimos alunos foram ao velório e ao cemitério, mas resolvemos abonar as faltas... Quanto ao lado pessoal? Não sei, aí não a conhecia tanto. Teve um namorado que vinha apanhá-la de moto, mas isso foi no ano passado, se bem que no velório a professora Dagmar tenha me dito que uns três dias antes o vira esperando por ela lá fora. Sabem, a Dagmar, sim, é que pode falar dela, era sua chefe de turma e acho que sua melhor amiga aqui no pré-universitário, mas não veio hoje, essa história da Lissette deixou-a muito afetada... Hum, ela se vestia muito bem, isso sim, mas pelo que sei o padrasto e a mãe viajam para o exterior com frequência, e era natural que lhe trouxessem coisinhas de fora, não é? Lembrem que ela também era muito moça, dessa mesma geração... Que tristeza, era tão bonita...

O sinal decretou o fim da ladainha: o leve burburinho de antes transformou-se em gritaria de estádio superlotado e os alunos saíram desabalados pelos corredores em busca da cantina, das namoradas e dos namorados e dos banheiros, onde inevitavelmente fumariam seus cigarros furtivos. Enquanto Manolo anotava certos dados da rotina de trabalho da jovem assassinada e o endereço da professora Dagmar, Conde saiu para o pátio com a intenção de fumar um cigarro e respirar o ambiente de suas lembranças. Encontrou os corredores repletos de uniformes nas cores branco e mostarda e sorriu, como um maldito. Ia matar um amável fantasma, fumando um cigarro ali mesmo, no lugar mais proibido, em pleno pátio, bem em cima da rosa dos ventos que marcava o centro do instituto. Mas no último instante se conteve. No térreo ou no primeiro andar? Por instantes ficou na dúvida sobre onde concretizar sua decisão. Eu gostava mais de cima, convenceu-se, e subiu as escadas para o banheiro masculino no primeiro andar. A fumaça que escapava pela porta era como um sinal *sioux*: "aqui se fuma cachimbo da paz", conseguiu ler no ar. Entrou e causou o inevitável rebuliço entre os fumantes clandestinos, os cigarros desapareceram e todos quiseram urinar ao mesmo tempo. Conde levantou os braços depressa e disse:

– Ei, ei, não sou professor. E venho fumar – e tentou parecer despreocupado quando acendeu enfim o cigarro diante dos olhares desconfiados dos garotos. Para compensar os cigarros estragados com sua chegada, ofereceu o maço, passando-o em círculo, mas só três jovens aceitaram a oferta. Conde ia olhando um por um, como querendo encontrar a si mesmo e a seus amigos naqueles estudantes, e mais uma vez achou que alguma coisa tinha mudado: ou eles eram muito pequenos ou estes eram muito grandes; eles imberbes e tão inocentes e estes com barba de homens, músculos de adultos e olhar muito firme. Talvez fosse isso mesmo, e só pensassem em trepar, agora que estavam no melhor momento. E eles, quinze anos antes, se importavam com coisas muito diferentes? Talvez não, pois naquele mesmo banheiro, em cima da primeira pia, já estivera uma famosa pichação que de certo modo explicava essa necessidade irreprimível aos dezesseis anos: QUERO MORRER FODENDO: ATÉ NO CU, MAS FODENDO, dizia em sua filosofia erótica elementar o anúncio já coberto pela pintura e por outras gerações de pichações mais intelectuais, como este que Conde leu agora: PICA TEM IDEOLOGIA? Só quando guardou o maço de cigarros é que decidiu perguntar:

– Algum de vocês foi aluno da professora Lissette?

Os fumantes que tinham permanecido no banheiro recuperaram a desconfiança mal atenuada pelo oferecimento de cigarros. Olhavam para Conde como Conde sabia que seria olhado, e alguns se observaram mutuamente, como se dissessem: Cuidado, cuidado que esse aí só pode ser tira.

– É, sou tira. Me mandaram para investigar a morte da professora.

– Eu – disse então um garoto magro e pálido, um dos poucos que não jogaram fora o cigarro quando Conde violou a intimidade coletiva do banheiro. Fumou a guimba mínima antes de dar um passo na direção do policial.

– Este ano?

– Não, ano passado.

– E como ela era? Como professora, digo.

– Se eu disser que era ruim o que acontece? – ensaiou o estudante, e Conde pensou ter encontrado um *alter ego* do magro Carlos: demasiado suspicaz e sonso para sua idade.

– Não acontece nada. Já disse que não sou do Ministério da Educação. Quero esclarecer o que aconteceu com ela. E qualquer coisa pode me ajudar.

O magrelo esticou o braço para pedir um cigarro a um colega.

– Não, era gente boa, no duro. Ela se dava bem conosco. Ajudava os que estavam ferrados.

– Dizem que era amiga dos alunos.

– É, não era como os professores mais coroas, que estão em outra.

– E qual era a dela?

O magrelo olhou seus colegas de fumadouro, como se esperasse uma ajuda que não veio.

– Sei lá, ia a festas, essas coisas. O senhor entende, né?

Conde concordou, como se entendesse.

– Como é seu nome?

O magrelo sorriu e balançou a cabeça. Parecia dizer: eu sabia...

– José Luis Ferrer.

– Obrigado, José Luis – disse Conde, e estendeu-lhe a mão. Então olhou para o grupo. – Eu preciso é que, se alguém souber de alguma coisa que possa ser útil, peça ao diretor para me telefonar. Se a professora era mesmo gente boa, acho que ela merece isso. Até logo – e saiu de novo para o corredor, depois de apagar o cigarro na pia e refletir um instante sobre a dúvida ideológica gravada na parede.

No pátio, Manolo e o diretor o esperavam.

– Eu também estudei aqui – disse então, sem olhar para seu anfitrião.

– Não me diga. E fazia tempo que não vinha aqui?

Conde assentiu com a cabeça e demorou a responder.

– Um bocado de tempo, é... Estive dois anos naquela sala de aula ali – e apontou para um canto do segundo andar, na mesma ala onde ficava o banheiro recém-visitado. – E não garanto que fôssemos muito diferentes desses garotos de agora, mas não suportávamos o diretor.

– Os diretores também mudam – disse o outro, e ajeitou as mãos nos bolsos da *guayabera*. Parecia que ia iniciar outro discurso, para demonstrar suas preocupações e seu hábil domínio do espaço cênico. Conde olhou para ele um instante, a fim de ver se essa mudança era possível. Podia até ser, mas não seria fácil convencê-lo.

– Tomara. O nosso foi posto para fora por cometer uma fraude.

– É, aqui todo mundo sabe dessa história.

– Mas o que não se disse é que havia diversos professores metidos nisso. Botaram para fora o diretor e dois chefes de turma, que pelo visto eram os mais implicados no negócio. Talvez um desses professores ainda esteja por aqui.

– Diz isso para me assustar?

– Digo porque é a verdade. E porque aquele diretor botou para fora a melhor professora que tínhamos, uma de literatura que fazia coisas parecidas com as de Lissette. Preferia estar conosco e nos ensinou a ler muita gente... O senhor leu *O jogo da amarelinha*? Ela achava o melhor livro do mundo e dizia isso de tal forma que por muitos anos também fui da mesma opinião. Mas não sei se realmente esses garotos são muito diferentes de nós. Continuam fumando nos banheiros e fugindo pelo pátio de educação física?

O diretor quis sorrir e deu uns passos até o centro do pátio.

– O senhor fugia?

– Pergunte ao Julián, o cão de guarda, o responsável pelo portão. Talvez ainda se lembre de mim.

Manolo se aproximou, calado, e se pôs ao lado do chefe, mas muito longe da conversa. Conde sabia que estaria observando as garotas, respirando o cheiro de tantas virgindades ameaçadas ou muito recentemente imoladas, e então o imitou, mas só por uns segundos, pois logo se sentiu velho, terrivelmente distante daquelas raparigas em flor, de saias amarelas batendo no meio das coxas e com um frescor que ele sabia ser irrecuperável para sempre.

– Bem, me desculpem, mas é que eu...

– Não se preocupe, diretor – disse Conde, sorrindo-lhe pela primeira vez. – Já estamos indo. Mas queria lhe fazer uma pergunta... difícil, como o senhor diz. Ouviu algum comentário de que os garotos estejam fumando maconha?

O sorriso do diretor, que esperava outro tipo de dificuldade na pergunta, se transformou numa caricatura malfeita de sobrancelhas unidas. Conde assentiu: é, isso mesmo, ouviu direito.

— Bem, por que a pergunta?

— Por nada, para saber se são de fato diferentes de nós.

O homem pensou um instante antes de responder. Parecia confuso, mas Conde sabia que estava procurando a melhor resposta.

— A verdade é que não acredito. Eu, pelo menos, não acredito, embora tudo possa acontecer, numa festa, no bairro onde moram, não sei se os *freakies* fumam maconha... Mas não acredito. São desligados e meio superficiais, mas não quis dizer que sejam maus, sabe?

— Eu também não — disse Conde, e estendeu a mão para o diretor.

Andaram até o portão, onde vários estudantes tentavam convencer Julián, o cão de guarda, a deixá-los sair para fazer alguma coisa de inadiável urgência. Não, não me inventem histórias, se não tiverem um papel da diretoria, daqui ninguém sai, certamente dizia Julián, repetindo sua palavra de ordem dos últimos trinta anos. Bem, não são tão diferentes, é a mesma história de sempre, pensou Conde, que, ao passar perto do bedel, voltou a olhá-lo nos olhos e, enquanto o homem abria a porta para deixá-los sair, disse:

— Julián, sou o Conde, o mesmo que fugia lá por trás para ir ouvir os episódios de *Guaytabó* – e saiu, satisfeito com o passado, para a ventania do presente que desgalhava as últimas flores primaveris das *majaguas*. Só então notou que haviam derrubado as duas árvores mais próximas da escadaria, debaixo das quais tinha namorado duas garotas. Que triste, não é?

— Desculpe, mas estou ocupada até lá pelas sete — disse, e Conde pensou que ultimamente todos se desculpavam e que a voz da mulher continuava a ser suave e convincente, como ao afirmar publicamente que um rosto anguloso combina melhor com um corte de cabelo comprido que ultrapasse o maxilar. — É que estou terminando um artigo que preciso entregar amanhã. Pode ser a essa hora?

42

– Claro, claro. Aí estaremos. Até logo – despediu-se, enquanto verificava no relógio que eram só três e meia da tarde. Desligou o telefone e voltou para o carro, quando Manolo já ligava o motor.

– Conte, como foi? – perguntou o sargento, pondo a cabeça pela janela.

– Até as sete.

– Puta que pariu – disse o outro, e bateu no volante com as duas mãos. Já tinha dito a Conde que de noite sairia com Adriana, sua namorada da vez, uma mulata com a bunda mais dura que tinha agarrado na vida, umas tetas que espetavam a gente e uma cara que, arre, nem é bom contar. Olhe em que estado ela me deixa, tinha dito, abrindo os braços, acusando sua mais recente aquisição sexual de ser a responsável por sua irremediável depauperação física.

– Vamos, você me deixa em casa e me pega às seis e meia – propôs o tenente Mario Conde, pensando que não estava disposto a ir de ônibus até o Casino Deportivo só porque Manolo precisava desesperadamente agarrar a bunda de Adriana.

O carro saiu e desceu pela ladeira negra da Praça Vermelha até a tisnada *calzada* Diez de Octubre.

– Ligue para a sua garota e diga que vai vê-la às nove. Com Caridad deve ser coisa rápida – Conde propôs para tentar aliviar a frustração do colega.

– Que remédio, né? E por que não vamos ver agora a tal Dagmar?

Conde olhou a caderneta onde Manolo tinha anotado o endereço da professora.

– Prefiro não fazer nada até falarmos com a mãe. É melhor você ligar para Dagmar e combinar para amanhã. E preciso que você se encarregue de outra coisa: dê um pulo na Central e vá ver o pessoal dos Narcóticos. Tente falar com o capitão Cicerón. Quero que me digam tudo a respeito de maconha nessa área e que analisem a que apareceu na privada da casa de Lissette. Nessa história há várias coisas muito esquisitas e o que mais me preocupa são esses restos de maconha na privada, porque tem de ser muito *amateur* para deixar um vestígio desses.

Manolo esperou o sinal da avenida de Acosta ficar verde e disse:

— E também não houve roubo.

— Pois é, se tivessem levado uma ou duas coisas se poderia pensar que esse era o motivo do crime.

— Escute aqui, Conde, no duro, no duro, você acredita que a gente vai terminar cedo?

O tenente sorriu.

— Você é pior que carrapato com insônia.

— O negócio, Conde, é que você não viu a Adriana.

— Porra, Manolo, se não é a Adriana é a irmã dela, o seu problema é sempre o mesmo.

— Não, meu amigo, não, essa é especial. Imagine que ando até pensando em casar. Ah, não acredita? Juro por minha mãe mortinha...

Conde sorriu porque foi incapaz de calcular quantas vezes Manolo tinha feito a mesma promessa. O espantoso é que, com tanto juramento em vão, a mãe dele continuava viva. Olhou para a Calzada, repleta de gente que tentava desesperadamente pegar um ônibus para voltar para casa e ir vivendo uma vida que quase nunca era normal. Após tantos anos trabalhando na polícia, tinha se acostumado a ver as pessoas como possíveis casos, pessoas em cuja existência e miséria um dia ele teria de remexer, qual um abutre, e destampar toneladas de ódio, medo, inveja e insatisfações em ebulição. Ninguém que conheceu em suas investigações era feliz, e essa ausência de felicidade que também atingia sua própria vida já era para ele uma condenação longa e exaustiva demais, e a ideia de largar aquele trabalho começava a se transformar em uma decisão. Afinal de contas, pensou, tudo isso é muito engraçado: eu ponho em ordem a vida das pessoas, mas e a minha, como é que vou endireitar?

— Sério que você gosta de ser policial, Manolo? — perguntou, quase sem querer.

— Acho que sim, Conde. Além do mais, não sei fazer outra coisa.

— Pois se gosta é porque está louco. Eu também estou louco.

— Gosto da loucura — Manolo admitiu, cruzando a linha do trem sem reduzir a velocidade. — Que nem o diretor do pré-universitário.

— O que você achou do homem?

44

– Sei lá, Conde, acho que não gostei, mas não ligue muito para o que estou dizendo. É uma impressão.

– De impressão em impressão: também tenho a mesma.

– Ei, Conde, digo oito e meia para a Adriana, tá legal?

– Já lhe disse que sim, Manolo. E você, que se gaba de ter tido tantas mulheres, algum dia teve uma que tocasse saxofone?

Manolo mal reduziu a velocidade para olhar para o chefe e sorriu:

– Com a boca?

– Vá tomar no cu, pô – soltou Conde, e também sorriu. Não há respeito, pensou, enquanto acendia um cigarro, duas quadras antes de chegar em casa. Agora se sentia melhor: tinha quase três horas de folga e ia se sentar para escrever. Escrever qualquer coisa. Escrever.

Exigi os Beatles. Vai ser no seu gravador e tudo o que você quiser, mas estou com vontade de escutar esses veados dos Beatles, "Strawberry Fields" é a melhor música da história do mundo, defendo meus gostos, assim, com veemência, e por que você me ligou, pô? Dulcita, ele disse. Era tão magro que às vezes dava a impressão de que não ia conseguir falar, e o gogó se mexeu como se engolisse alguma coisa. Sei, e daí? Dulcita vai embora. Vai embora, me disse, e de repente eu não soube para onde é que ia: para a casa dela, para a escola, para a lua ou para Loma del Burro, e então percebi que o único burro ali era eu; "vai embora" é ir, dar o pira, partir rápido e rasteiro, ir saindo, com um só destino: Miami. Vai embora é não voltar. Mas que história é essa, cara? Ontem à noite me telefonou e me disse. Desde que briguei com ela quase não a vejo, às vezes me liga, ou ligo para ela, continuamos sendo bons amigos apesar da merda que aprontei com Marián, e me disse: Vou embora.

A luz da tarde entrava pela janela e pintava o quarto de amarelo. Agora "Strawberry Fields" era uma música triste e nos olhamos sem falar. Falar de quê? Dulcita era a melhor de nós todos, a defensora dos humildes e dos desvalidos, como lhe dizíamos para chateá-la, a única que ouvia os outros e de quem todos nós gostávamos porque ela sabia gostar, era igual a nós, e de repente ia embora. Talvez nunca voltássemos a vê-la para dizer Mas, puxa, como a Dulcita está bonita, nem pudéssemos escrever-lhe, nem conseguíssemos falar com ela, quase nem conseguíssemos mais nos lembrar dela, porque vai embora e quem vai embora está condenado a perder tudo, até o espaço que ocupa na memória dos amigos. Mas por que ela vai embora? Não sei, ele me disse, não perguntei: isso não interessa, o que interessa é que ela vai embora, respondeu e se levantou e parou encostado na janela e a claridade não me deixava ver seu rosto quando me disse Que merda, né?, vai embora, e soube que naquele momento ele podia chorar e seria ótimo que chorasse, porque até as lembranças já estariam incompletas, e então ele me disse: Vou vê-la esta noite. Eu também, disse-lhe. Mas nunca a vimos: a mãe de Dulcita nos disse Ela está doente, está dormindo, mas sabíamos que nem dormia nem estava doente. É que vai embora, pensei, e vivi muito tempo sem entender por que: Dulcita, a perfeita, a melhor, aquela mulher que tantas vezes demonstrou ser um homem, um homem em tudo. Voltamos para casa, calados e desconsolados, e depois de atravessar a Calzada lembro-me do que o Magro me disse: Olhe como a lua está bonita.

Conde sempre imaginara gostar daquele bairro: o Casino Deportivo, inteiramente construído nos anos cinquenta para uma burguesia incapaz de ter casas de campo e piscinas, mas disposta a pagar o luxo de um quarto para cada filho, uma sala agradável e uma garagem para o carro que não ia faltar. A diáspora da maioria dos moradores originários e os anos que se passaram ainda não tinham conseguido mudar demais a fisionomia daquele condomínio. Porque é um condomínio, não um bairro, Conde retificou quando o carro avançou pela rua 7, procurando o cruzamento com a avenida de Acosta, e notou que ali a noite chegava calmamente, sem mudanças bruscas, e não tinha ventania, como se as contingências e impurezas da cidade estivessem proibidas naquele refúgio pasteurizado quase totalmente ocupado pelos novos dirigentes dos novos tempos. As casas continuavam pintadas, os jardins bem tratados e as garagens estavam agora ocupadas por Ladas, Moskvichs e Fiats poloneses recém-comprados, com seus vidros escuros e excludentes. As pessoas praticamente nem andavam pelas ruas, e, quando andavam, era com a calma que a segurança proporciona: neste condomínio não há ladrões, e todas as moças são lindas, quase tão imaculadas como as casas e os jardins, ninguém tem cachorro vira-lata e os bueiros não transbordam de merda e outros eflúvios coléricos. Ali Conde tinha ido a algumas das melhores festas de sua época do pré-universitário: sempre havia um conjunto, os Gnomos, os Kent, os Signos, e sempre se dançava *rock*, nunca os passos complicados do ritmo *casino* nem nada de música latina, e as festas não terminavam com brigas e garrafadas, como no seu bairro, arruaceiro e mal pintado. Sim, era um bom lugar para viver, pensou, quando viu a casa de dois andares – linda também, e pintada, e com um jardinzinho bem tratado – onde vivia Caridad Delgado.

A mãe de Lissette tinha cabelo louro, quase branco, embora pertinho do couro cabeludo se descobrisse sua cor persistente: um castanho-escuro que talvez ela considerasse muito vulgar. Conde teve vontade de tocá-lo: tinha lido que, quando Marilyn Monroe morreu, seu cabelo, depois de tantos anos de descolorações implacáveis para fabricar aquele louro perfeito e imortal, parecia um monte de palha seca pelo sol. Mas o de Caridad Delgado conseguia dar a impressão de vivo, resistente. A cara não; apesar dos conselhos que dava às outras mulheres e que ela mesma devia seguir com um fanatismo pertinaz, seus cinquenta anos eram indisfarçáveis: a pele das bochechas estava começando a enrugar desde a borda dos olhos, e na altura do pescoço a cascata de rugas já formava uma bolsa macia, irreverente. Mas devia ter sido uma mulher bonita, embora fosse muito mais baixa do que aparentava na televisão. Para mostrar ao mundo e a si mesma que ainda restavam glórias e que "a beleza e a felicidade são possíveis", usava uma camiseta sem sutiã, através da qual se viam bem marcados, ainda ameaçadores, os mamilos roliços, como chupetas para bebês.

Manolo e Conde entraram na sala da casa e, como sempre, o tenente começou o inventário das utilidades domésticas.

– Sente-se um momento, por favor, vou trazer o café, já deve estar coado.

Um aparelho de som com dois alto-falantes reluzentes e uma torre giratória para guardar fitas cassete e CDs; televisão em cores e vídeo marca Sony; um ventilador de luxo em cada teto; dois desenhos assinados por Servando Cabrera, nos quais se via a luta de dois torsos e ancas: num deles a penetração vitoriosa ocorria frente a frente e de forma honesta, enquanto no outro era obtida *per angostam viam*; os móveis de vime, de um rústico estudado, não eram desses comuns que tinham chegado às lojas lá do distante Vietnã. O conjunto era agradável: samambaias que caíam do teto, cerâmicas de diversos estilos e um barzinho de rodinhas no qual Conde descobriu, acabrunhado e invejoso, uma garrafa de Johnnie Walker (Black Label) cheia até o gargalo e uma garrafa de um litro de Flor de Caña (envelhecido), que parecia transbordar em sua imensidão. Assim qualquer um é belo e talvez até feliz, pensou, quando viu Caridad voltando com uma bandeja sobre a qual tremelicavam três xícaras.

– Eu não deveria tomar café, ando nervosíssima, mas o vício me consome.

Entregou as xícaras aos homens e ocupou uma das cadeiras de vime. Provou o café, com a calma que inclui levantar o dedo indicador no qual brilhava um anel de platina com um coral preto engastado. Deu vários goles e suspirou:

– É que tive de escrever hoje o meu artigo para domingo. As colunas fixas são assim, escravizam a pessoa; queira ou não, você precisa escrever.

– Sei – disse Conde.

– Bem, sou toda ouvidos – preparou-se depois de largar a xícara.

Manolo inclinou-se para devolver também sua xícara à bandeja e ficou grudado na beira da poltrona, como se pensasse em se levantar a qualquer momento.

– Desde quando Lissette vivia só? – começou e, embora da posição em que estava não pudesse ver seu rosto, Conde sabia que suas pupilas, fixas nas de Caridad, começavam a se unir, como se arrastadas por um ímã escondido atrás do septo nasal. Era o caso de vesguice intermitente mais singular que Conde já tinha visto.

48

– Desde que se formou no pré-universitário. Ela sempre foi bastante independente, morou em residência estudantil muitos anos, e o apartamento estava vazio desde que seu pai se casou e se mudou para Miramar. Então, quando começou a universidade, quis ir para Santos Suárez.

– E não a preocupava ela morar sozinha?

– Já lhe disse...

– Sargento.

– Que era muito independente, sargento, que sabia fazer suas coisas e, por favor, é preciso desencavar essas histórias agora?

– Não, desculpe. Atualmente ela tinha namorado?

Caridad Delgado pensou um instante e aproveitou para se ajeitar na cadeira. Colocou-se de frente para Manolo.

– Acho que sim, mas sobre isso não tenho como afirmar nada com absoluta certeza. Ela vivia a vida dela... Não sei, há pouco tempo me falou de um homem mais velho.

– Um homem mais velho?

– Acho que foi isso que me disse.

– Mas teve um namorado que andava de moto, não teve?

– É, o Pupy. Se bem que brigaram faz algum tempo. Lissette me disse que teve uma discussão com ele, mas não me explicou. Nunca me explicava nada. Sempre foi assim.

– O que mais a senhora sabe de Pupy?

– Não sei, acho que gosta mais de motos que de mulheres. Vocês entendem, não é? Não descia da moto, todo santo dia.

– Onde mora? O que faz?

– Mora no edifício ao lado do cinema Los Ángeles. O edifício do Banco de los Colonos, mas não sei em que andar – disse e pensou antes de prosseguir. – E acho que não fazia nada, vivia de consertar motos, essas coisas.

– Como era a relação da senhora com sua filha?

Caridad olhou para Conde e havia uma súplica em seus olhos. O tenente acendeu um cigarro e se preparou para ouvi-la. Sinto muito, coroa!

– Bem, sargento, não muito próximas, para dizer o mínimo. – Fez uma pausa e observou as próprias mãos, manchadas de pintas cor de cobre. Sabia que andava em terreno pantanoso e devia calcular cada passo.

– Sempre tive muitas responsabilidades no meu trabalho e meu esposo também, e o pai de Lissette não parava em casa quando vivíamos juntos, e ela fez seus estudos morando em residência estudantil... Sei lá, nunca fomos muito unidas, embora eu sempre cuidasse dela, comprasse coisas para ela, trouxesse presentes quando viajava, tentasse agradá-la. O relacionamento com os filhos é uma profissão muito difícil.

– Mais ou menos como a de colunista de jornal – Conde opinou. – Lissette lhe contava os problemas dela?

– Que problemas? – perguntou como se tivesse ouvido uma heresia; conseguiu sorrir, apenas apertando os lábios. Levou a mão à altura do peito e mostrou os dedos, pronta para executar uma convincente enumeração. – Tinha tudo: uma casa, uma profissão, estava integrada, sempre foi boa aluna, tinha roupas, era jovem...

Os dedos da mão foram insuficientes para a contagem de bens e utensílios, e então duas lágrimas correram pelo rosto murcho de Caridad. Ao terminar, sua voz perdeu brilho e ritmo. Não sabe chorar, pensou Conde, e sentiu pena da mulher que fazia muito tempo perdera sua única filha. O tenente olhou para Manolo e com os olhos pediu-lhe que deixasse a conversa por sua conta. Apagou o cigarro num amplo cinzeiro de cristal colorido e voltou a se recostar.

– Caridad, por favor, compreenda. Precisamos saber o que aconteceu, e esta conversa é inevitável.

– Eu sei, eu sei – disse, recompondo as rugas dos olhos com o dorso da mão.

– Alguma coisa muito estranha aconteceu com Lissette. Não fizeram isso com ela para roubar, porque, como a senhora sabe, parece que não falta nada na casa, nem foi um estupro comum, pois além disso a maltrataram. E o que é mais assustador: naquela noite houve música e dança em sua casa e fumaram maconha no apartamento.

Caridad abriu os olhos e depois deixou cair as pálpebras, bem devagar. Um instinto profundo a fez levar a mão ao peito, como se tentasse proteger os seios que palpitavam sob o tecido da camiseta. Parecia derrotada e dez anos mais velha.

– Lissette consumia drogas? – Conde então perguntou, disposto a aproveitar a superioridade.

– Não, não, como podem pensar isso? – rebelou-se a mulher, recuperando um pouco de sua devastada segurança. – É impossível. Que tivesse vários namorados, ou que fosse a festas, ou que um dia bebesse um pouco, isso sim, mas drogas não. O que lhe disseram sobre ela? Não sabem que era militante desde os dezesseis anos, que sempre foi uma estudante exemplar? Foi até delegada no Festival de Moscou e era a primeira da classe desde o primário... Não sabiam?

– Sabíamos, Caridad, mas também sabemos que na noite em que a mataram fumou-se maconha na casa dela e bebeu-se muito. Talvez até tenham sido consumidas outras drogas, bolinhas... Por isso nos interessa tanto saber quais os possíveis convidados dessa festa.

– Meu Deus – ela invocou, anunciando a avalanche final: um soluço áspero saiu de seu peito, abriu rachaduras em seu rosto, e até seu cabelo, louro, vivo e resistente, pareceu se transformar numa peruca malposta. O poeta tinha razão, pensou Conde, tão viciado nas verdades poéticas: de repente a mulher de cabelo platinado ficara sozinha como um astronauta diante da noite espacial.

– Você gosta deste lugar, Manolo?

O sargento pensou um instante.

– É lindo, não é? Acho que qualquer um gostaria de viver aqui, mas não sei...

– Não sabe o quê?

– Nada, Conde, você imagina um pé-rapado como eu, sem carro, nem cachorro de raça, nem mordomias, num bairro assim? Olhe, olhe, todo mundo tem carro e uma casa linda; acho que por isso se chama Casino Deportivo: aqui todo mundo está em competição. Já sei direitinho as conversas: Vizinha vice-ministra, quantas vezes você foi ao exterior este ano? Este ano? Seis... E você, minha querida diretora de empresa? Ah, fui oito, mas não trouxe muita coisa: os quatro pneus do carro, os apetrechos de couro para o meu poodle toy, ah, e o *micro-wave*, que é uma maravilha para a carne assada... E quem é mais importante, o seu marido, que é diretor de empresa, ou o meu, que está trabalhando com estrangeiros?...

– Também não gosto muito deste bairro – Conde admitiu e cuspiu pela janela do carro.

Candito Vermelho havia nascido num cortiço da rua Milagros, em Santos Suárez, e embora já tivesse feito trinta e oito anos ainda vivia ali. Ultimamente, as coisas tinham melhorado na casa de cômodos; a morte do vizinho mais próximo desocupou um quarto, que se somou, sem maiores complicações jurídicas – "Pelos colhões de meu pai", Candito lhe dissera –, ao único aposento do domicílio original da família e, graças à altura do pé-direito daquele casarão do início do século, desvalorizado e transformado em cortiço nos anos cinquenta, seu pai tinha construído uma churrasqueira e aquilo começou a parecer uma casa: dois aposentos na parte mais perto do céu e o velho sonho de nobreza enfim realizado de possuir um banheirinho próprio, uma cozinha e uma sala de jantar na parte de baixo. Os pais de Candito Vermelho já tinham morrido; seu irmão mais velho cumpria o sexto dos oito anos de cadeia por roubo com violência, e a mulher do Vermelho tinha se divorciado dele e levado os dois filhos. Agora Candito desfrutava de sua amplidão doméstica com uma mulatinha dócil de vinte e poucos anos que o ajudava em seu trabalho: fabricar artesanalmente sandálias femininas, cuja demanda era permanente.

Conde e Candito Vermelho se conheceram quando Conde entrou para o pré-universitário de La Víbora e Candito iniciava pela terceira vez o segundo ano, que nunca terminaria. Inesperadamente, num dia em que os dois bateram com o nariz na porta e não puderam entrar porque tinham chegado dez minutos atrasados, Conde deu um cigarro àquele valentão de cabelo pixaim cor de cobre e começaram uma amizade que já durava dezessete anos e da qual Conde sempre tirara o melhor partido: desde a proteção de Candito – na noite em que evitou que lhe roubassem a comida na escola no campo – até os encontros esporádicos que tinham ultimamente, quando Conde precisava de conselho ou informação.

Quando o viu chegar, Candito Vermelho se surpreendeu. Fazia meses que Conde não o visitava e, embora fosse seu amigo, o policial nunca era uma presença inocente para Candito. Pelo menos até Conde provar o contrário.

– Conde, caramba – disse depois de olhar para o corredor da casa de cômodos e descobrir que estava vazio –, o que foi que você perdeu por aqui?

O tenente o cumprimentou e sorriu.

– Meu chapa, o que é que você faz para não envelhecer?

Candito deixou-o passar e apontou-lhe uma das cadeiras de ferro.

– Por dentro me conservo com álcool e por fora com esta cara que Deus me deu: mais dura que pau – e gritou para dentro de casa: – Cuqui, põe aí o bule de café no fogo, que o Condesito chegou.

Candito levantou as mãos, como que pedindo tempo a um árbitro, andou até um pequeno aparador de madeira e dali tirou seu remédio pessoal de preservação interior: mostrou a Conde uma garrafa de rum envelhecido, quase cheia, que matou a sede causada no policial pelo bar inexpugnável de Caridad Delgado. Pegou dois copos, pôs em cima da mesa e serviu o rum. Puxando a cortina de pano que separava a sala da cozinha, Cuqui mostrou o rosto e sorriu.

– Tudo bem, Conde?

– Tudo indo, esperando o café. Se bem que não tenho tanta pressa – disse, enquanto aceitava o copo que Candito lhe oferecia. A moça sorriu e, sem mais uma palavra, escondeu a cabeça atrás da cortina.

– Essa garota é muita areia para o seu caminhãozinho, sabia?

– Por isso é que a gente se mete em confusão e tenta arrumar uns trocados, né? – Candito concordou e bateu no bolso.

– Até o dia em que você entrar pelo cano.

– Isto aqui é legal, meu amigo, fique sabendo. Mas se eu entrar pelo cano você vai me ajudar, não vai?

Conde sorriu e pensou que sim. Ia ajudá-lo. Desde que Conde trabalhava como oficial investigador, Candito Vermelho o ajudara a resolver diversos problemas, e os dois sabiam que a influência de Conde em caso de aperto era a moeda com que negociavam. Sem falar de uma velha dívida e dos anos de amizade, pensou Conde, e tomou, guloso, um bom gole de rum envelhecido.

– O cortiço está calmo, não está?

– Rapaz, deram casa para o pessoal do primeiro quarto e isto agora está mais calmo que um sanatório. Ouça, ouça, que silêncio.

– Antes isso.

– E você, o que anda fazendo? – Candito perguntou, recostando-se na cadeira.

Conde deu um gole de rum e acendeu um cigarro, porque era sempre a mesma coisa: não sabia como pedir a Candito que lhe servisse de informante. Sabia que, apesar da amizade, da discrição e do jeito de quem está pedindo um favor a um velho amigo, suas solicitações iam contra a rígida ética da malandragem de um sujeito como Candito Vermelho, nascido e criado naquela casa de cômodos agitada onde os valores da hombridade excluíam desde o primeiro capítulo a possibilidade desse tipo de colaboração com um policial: com qualquer policial. Então resolveu ir pé ante pé.

– Você conhece um garotão que se chama Pupy, mora no edifício do Banco de Los Colonos e tem uma moto?

Candito olhou para a cortina da cozinha.

– Acho que não. Você sabe que aqui há dois mundos, Conde, o dos filhinhos de papai e o da gente da rua, como eu. E os filhinhos de papai são os que têm Ladas e motos.

– Mas isso fica a três quadras daqui.

– Vai ver até que já o vi, mas o nome não me diz nada. E não meça por quadras: essa gente vive no bem-bom e eu tenho que dar duro todo santo dia para descolar uns trocados. Não encha o saco, você conhece a rua, rapaz. Mas o que é que há com esse cara?

– Até agora, nada. Tem a ver com uma encrenca aí que me interessa esclarecer. Uma encrenca fedorenta, porque tem cadáver no meio – disse

54

e terminou o rum. Candito o serviu de novo, e então Conde resolveu ir fundo: – Vermelho, preciso saber se no pré-universitário tem drogas, sobretudo maconha, e quem está levando para lá.

– No nosso pré-universitário?

Conde assentiu enquanto acendia o cigarro.

– E liquidaram alguém?

– Uma professora.

– Encrenca dos diabos... E qual foi o lance?

– Foi o que eu lhe disse... Na noite em que a mataram fumou-se pelo menos um baseado na casa dela.

– Mas isso não tem nada a ver com o pré-universitário. Pode ter vindo de outro lugar.

– Porra, Vermelho, o policial sou eu, não sou?

– Peraí, meu amigo, peraí. É o seguinte: pode ser que o pré-universitário não tenha nada a ver com isso.

– O problema é que ela morava perto daqui, a umas oito quadras, e Pupy foi namorado dela e parece que continuava atrás da moça. E ouça o que eu digo: se a erva está circulando pelo bairro, pode chegar até a garotada do pré-universitário.

Candito sorriu e com um gesto pediu um cigarro a Conde: agora tinha as mãos coroadas por unhas compridas e afiladas, necessárias ao seu trabalho de sapateiro.

– Conde, Conde, você sabe que isso rola em tudo quanto é bairro e que não é só erva que tem por aí...

– Tudo bem, meu amigo, tudo bem. Verifique com o pessoal do bairro se alguém do pré-universitário está comprando: uma professora, um aluno, um porteiro, sei lá. E descubra também se Pupy puxa um fuminho.

Candito acendeu o cigarro e deu duas tragadas. Então cravou os olhos nos de Conde e, enquanto cofiava o bigode, sorriu.

– Quer dizer que maconha no pré-universitário...

– Olhe, Candito, eu queria lhe perguntar o seguinte: tinha na nossa época?

– No pré-universitário? Não, que nada. Tinha dois ou três maluquinhos que às vezes fumavam um baseado nos *shows* dos Gnomos ou dos

Kent, ou tomavam bolinhas e metiam rum em cima, lembra qual era o clima dessas festas? Ali, às vezes, rolava, mas era um baseado para cem. Ernestico Louro era quem conseguia com a turma dele, de vez em quando.

— Ah, não me venha com essa, o Ernestico? — espantou-se Conde ao se lembrar da voz pastosa e da aparência mansa de Ernestico: uns diziam que era um babaca, outros apostavam que era um babaca e meio.

— Bem, mas isso é passado. O que interessa é agora. Você vai me quebrar esse galho?

Candito olhou um instante para suas unhas afiladas. Não vá dizer que não, pensou Conde.

— Tá legal, tá legal, vou ver se posso ajudar... Mas já sabe: *no names*, como dizem os gringos.

Então Conde sorriu, com uma discreta doçura, para avançar mais um passo.

— Não me venha com essa, meu amigo, pois, se estão vendendo a alguém do pré-universitário, vai dar um bode desgraçado, mais ainda com um cadáver no meio.

Candito pensou um instante. Conde ainda temia uma negativa que quase chegava a entender.

— Um dia desses você acaba me queimando, cara, e de uma fria dessas ninguém vai me salvar. Quando você ficar sabendo, vai ter de espantar as formigas da minha boca — disse, e Conde respirou. Deu outro gole de rum e procurou a melhor maneira de selar o pacto.

— Outra coisa, meu amigo, tem uma gatinha aí que estou querendo pegar... São legais as sandálias que você anda fazendo?

— Nossa mãe, Condesito, e pra você, pra você, com cinquenta pratas você faz a festa. E, se não tiver grana, eu lhe dou de presente. Que número a menina calça?

Conde sorriu e balançou a cabeça, negando.

— Estou fodido, meu chapa, não sei qual é o tamanho do pé dela — disse e deu de ombros, pensando que à próxima mulher que conhecesse, antes de olhar para a bunda e os peitos dela, perguntaria que número calçava. Nunca se sabe quando esse dado será necessário.

56

A lembrança mais antiga que Mario Conde tinha do amor se ligava, como com quase todo mundo, à sua professora do jardim de infância, uma moça pálida e de dedos compridos, que o aspergia com seu hálito quando pegava as mãos dele para pôr os dedos sobre o teclado do piano, enquanto num lugar impreciso entre os joelhos e o abdome do menino crescia um suave desespero. Desde então Conde começou a sonhar, dormindo e acordado, com sua professora, e uma tarde confessou ao avô Rufino que queria crescer para casar com aquela mulher – ao que o velho respondeu: Também quero. Muitos anos depois, quando estava às vésperas de seu casamento, Conde soube que aquela jovem de quem nunca mais tivera notícias após as férias de verão andava de novo pelo bairro. Tinha vindo de Nova Jersey por dez dias para visitar os parentes, e ele resolveu ir vê-la, pois, embora raríssimas vezes tivesse se lembrado dela, no fundo jamais conseguira esquecê-la de vez. E se felicitou por essa decisão, pois nem os anos, os fios grisalhos e a gordura tinham conseguido dissipar a beleza serena da professora a quem devia sua primeira ereção por contato e a consciência remota da necessidade de amar.

Alguma coisa daquela mulher – mais pressentida do que sentida quando Conde tinha apenas cinco anos e seu avô Rufino Conde o levava para passear por todos os rinhadeiros de Havana – havia ressurgido na imagem de Karina. Não era um detalhe preciso, pois, além das mãos lânguidas e da pele tão clara de sua professora, nada tinha sobrevivido na memória do policial: era talvez um clima semelhante, como um véu azul, que operava o milagre de uma sensualidade serena e ao mesmo tempo incontível. Não tomava jeito: apaixonou-se por Karina assim como se apaixonara pela professora e agora era capaz de ouvir, enquanto espiava a casa onde a moça vivia, a melodia cálida do saxofone tocado por ela, sentada no parapeito da janela, enquanto as rajadas noturnas do incansável vento de Quaresma alvoroçavam seu cabelo. Ele, sentado no chão, acariciava os pés dela e percorria com os dedos cada falange, cada cantinho liso e suave das plantas, para que suas mãos se apropriassem de todos os passos que a mulher tinha dado pelo mundo até chegar ao seu coração, definitivamente. Calçará trinta e sete ou trinta e oito?

– Quem matou foi esse Pupy, aposto. Estava com ciúme e por isso matou, mas primeiro trepou com ela.

– Que nada, ninguém mais faz isso. Quer saber, bicho, isso é coisa de algum louco, de um desses psicopatas que dão porrada, estupram e estrangulam. É, já vi esse filme, na noite do sábado passado.

– Cavalheiros, cavalheiros, mas vocês já pararam para pensar o que teria acontecido se a moça, em vez de professora, fosse, é uma suposição, né?, cantora de ópera, muito famosa, é claro, e em vez de matá-la no seu apartamento o assassino a matasse no meio de uma apresentação de *Madame Butterfly*, num teatro repleto, na hora em que...

– Por que vocês três não vão tomar no cu? – perguntou afinal Conde, com toda a sua seriedade, diante do rosto sorridente de seus três amigos e de Josefina, que balançava a cabeça e o olhava, como se dissesse Estão caçoando de você, Condesito. – É verdade que hoje vocês têm um babaca de plantão. Eu faço o café e vocês lavam a louça – concluiu e se levantou para pegar a cafeteira.

O magro Carlos, o Coelho e Andrés o observaram da mesa sobre a qual permaneciam, como restos de um desastre nuclear, os pratos, as travessas, as panelas, os copos e as garrafas de rum sangradas pela voracidade digestiva e alcoólica daqueles quatro cavaleiros do Apocalipse. Josefina tivera a ideia de convidar nessa noite Andrés, transformado em seu médico de cabeceira desde que fora surpreendida por novas dores, fazia uns três meses, e como de costume aventara a possibilidade mais causal do que casual de que Conde desse as caras, sempre morto de fome, e então apareceu também o Coelho, que ia levar uns livros para o Magro, disse, e que se juntou tranquilamente à atividade prioritária, conforme qualificou aquele jantar bem temperado com a nostalgia de quatro ex-colegas de pré-universitário já situados na reta célere que desemboca nos quarenta anos. Mas Josefina não se intimidou – é invencível, pensou Conde, quando a viu sorrindo, depois de ficar quase um minuto com as mãos na cabeça, porque a luz das ideias culinárias tinha se acendido: ela podia matar a fome dos predadores.

– *Ajiaco a la marinera* – anunciou, e botou em cima do fogão seu caldeirão de dias de festa, com água até quase o meio, acrescentando a cabeça de um cherne de olhos vidrados, duas espigas de milho verde, quase branco, uns duzentos e cinquenta gramas de taioba amarela, outros tantos de taioba branca e a mesma quantidade de inhame e abóbora, duas bananas verdes e outras tantas que se desmanchavam de tão maduras, meio quilo de mandioca e outro de batata-doce, espremeu um limão, afogou meio quilo da carne branca daquele peixe que Conde não comia fazia tanto tempo que já imaginava em vias de extinção, e como quem não quer nada acrescentou mais meio quilo de camarão. – Também pode ser lagosta ou caranguejo – Josefina ponderou tranquilamente, como uma bruxa de *Macbeth* diante do caldeirão da vida, e por último lançou sobre toda essa solidez um terço de copo de óleo, uma cebola, dois dentes de alho, uma pimenta grande, uma xícara de polpa de tomate, três, não, melhor quatro, colherinhas de sal. – Outro dia li que não é tão nocivo como diziam, ainda bem – e meia de malagueta, para arrematar aquela produção de todos os sabores, odores, cores e texturas com um quarto de colherinha de orégano e outro tanto de cominho, jogados na sopa com um gesto quase displicente. Josefina sorria quando começou a mexer a mistura. – Dá para dez pessoas, mas com quatro iguais a vocês... Isso quem fazia era meu avô, que era marinheiro e galego, e segundo ele este *ajiaco* é o pai dos *ajiacos* e dá de dez a zero na *olla podrida* espanhola, no *pot-pourri* francês, no *minestrone* italiano, na *cazuela* chilena, no *sancocho* dominicano e, claro, no *borscht* eslavo, que quase não conta nessa concorrência de sopas latinas. O segredo está na combinação do peixe com os legumes, mas prestem bem atenção, porque falta um, esse que sempre se serve com peixe: a batata. E sabem por quê?

Os quatro amigos, hipnotizados por aquele ato de magia, de boca aberta e olhos incrédulos, negaram com a cabeça.

– Porque a batata tem um coração difícil, e esses outros são mais nobres.

– Jose, e de onde é que você desencava tudo isso, diachos? – perguntou Conde, à beira do infarto emotivo.

– Não seja tão policial e tire os pratos, ande.

Conde, Andrés e o Coelho votaram a favor de lhe conceder o prêmio de melhor *ajiaco* do mundo, mas Carlos, que havia engolido três colheradas quando os outros mal começavam a soprar a fumaceira que subia dos pratos, assinalou com espírito crítico que sua mãe já tinha feito outros melhores.

Tomaram café, lavaram a louça, e Josefina resolveu ver o filme de Pedro Infante que estava passando em História do Cinema, pois preferia aquela história de caipiras de luxo à discussão que se armou entre os comensais ao primeiro gole da terceira garrafa de rum da noite.

– Pô, bicho – disse o Magro depois de beber outra dose de álcool –, você acha mesmo que a maconha tem a ver com o pré-universitário?

Conde acendeu seu cigarro e imitou o exemplo etílico do amigo.

– Para falar a verdade, sei lá, Magro, mas é um pressentimento. Desde que entrei no pré-universitário senti que aquilo era um outro lugar, outro mundo, e que era incapaz de enxergá-lo como se fosse o nosso pré-universitário. É estranhíssimo chegar a um lugar que você conhecia de cor e salteado e perceber que já não é como imaginava. Mas acho que éramos mais inocentes, e os de agora são mais descarados, ou mais cínicos. Adorávamos aquele negócio de usar cabelo comprido e ouvir música que nem uns alucinados, mas tantas vezes nos disseram que tínhamos uma responsabilidade histórica que chegamos a acreditar, e todo mundo sabia que devia cumpri-la, não é? Não havia *hippies* nem esses *freakies* de hoje. Esse aí – e apontou para o Coelho – passava o dia inteiro naquela ladainha de que ia ser historiador e leu mais livros que todos os cursos de história juntos. Esse – e agora foi a vez de Andrés – meteu na cabeça que ia ser médico e é médico, e passava o dia jogando beisebol porque queria entrar no Nacional. Você mesmo, você mesmo não passava a vida atrás de uma bunda e depois tirava média 9,6?

– Pô, peralá, Conde – o Magro mexeu as mãos, como um treinador que tenta parar um corredor perigosamente impulsionado para um *out* suicida –, o que você diz é verdade, mas também é verdade que não havia *hippies* porque foram todos pulverizados... Não sobrou nenhum.

– Não éramos tão diferentes, Conde – Andrés então retrucou e negou com a cabeça quando o Magro foi lhe entregar a garrafa. – As coisas eram diferentes, é verdade, não sei se mais românticas ou menos pragmáticas, ou se eram mais rigorosos conosco, mas acho que no final das contas a vida passa por cima da cabeça da gente. Deles e de nós.

— Veja só como ele fala: coisas pragmáticas — e o Coelho riu.

— Não amole, Andrés, que por cima que nada! Você fez o que teve vontade de fazer, e se não foi jogador de beisebol foi por falta de sorte — disse o Magro, que ainda se lembrava do dia em que Andrés teve aquela entorse que o tirou de seu melhor campeonato. Foi uma verdadeira derrota tribal: com a lesão do Andrés acabaram-se todas as ilusões de terem um amigo no *dugout* dos Industriales, sentado entre Capiró e Marquetti.

— Não acredite nisso, não. Veja o seu caso, a merda que aconteceu com você. A mim você não engana, Carlos: você está fodido, foderam com você. E eu que posso andar também estou fodido: não fui jogador de beisebol, sou um médico mixuruca num hospital mixuruca, casei com uma mulher que também é mixuruca e trabalha num escritório de merda onde se preenchem papéis de merda para que outros escritórios de merda se limpem com eles. E tenho dois filhos que querem ser médicos igual a mim, porque minha mãe meteu na cabeça deles que um médico é "alguém". Não me venha com esse papo furado, Magro, nem me fale de realizações na vida nem de porra nenhuma; nunca pude fazer o que tive vontade, porque sempre havia alguma coisa que era correto fazer, alguma coisa que alguém dizia que eu devia fazer e eu fiz: estudar, casar, ser um bom filho e agora um bom pai... E as loucuras, e os erros, e as cagadas que a gente tem de fazer na vida? Olhe, isso não é desabafo de bêbado, não. Veja como estou... Não, não me venha com essas histórias, que até vocês me disseram que eu estava maluco quando me apaixonei por Cristina, porque ela era dez anos mais velha que eu e porque tinha tido dez maridos ou sei lá quantos e porque fazia loucuras e só podia ser uma puta e como eu ia fazer isso com a Adela, que era do pré-universitário e era decente e era boa gente... Já esqueceram? Pois eu não, e toda vez que lembro acho que fui um grande babaca por não ter subido num ônibus e ido buscar a Cristina onde quer que estivesse. Pelo menos teria me enganado redondamente uma vez na vida.

– Lucidez demais – disse então Conde. – Esse aí está pior que eu.

Conde, o Magro e o Coelho olhavam para Andrés como se quem falasse não fosse ele: Andrés, o perfeito, o inteligente, o equilibrado, o vencedor, o sossegado, o firme. Andrés, que sempre imaginaram conhecer e que, definitivamente, agora parecia que nunca tinham conhecido.

– Você está de porre – disse então o Magro, como se tentasse salvar a imagem do seu Andrés e até a sua própria.

– Tem algo de podre no reino da Dinamarca – sentenciou o Coelho, e entornou mais um gole de rum. O copo, ao bater na mesa, denunciou o silêncio que caíra sobre a sala de jantar.

– É, é melhor dizer que estou bêbado – Andrés sorriu e pediu mais rum para o seu copo. – Assim ficamos todos em paz achando que esta vida não é uma merda como dizem as canções de bêbados.

– Que canções? – retrucou o Magro, tentando encontrar meandros mais propícios para a conversa. Só Conde sorriu, amargamente.

– E hoje quando saí do pré-universitário me lembrei da Dulcita. Lembra, Magro, quando ela lhe disse que ia embora?

Carlos pediu mais rum e olhou para Conde.

– Não lembro – sussurrou. – Tasque mais rum, deixe de ser pão-duro.

– E vocês já pensaram no que teria acontecido se Andrés não arrebentasse o pé naquele jogo e casasse com a Cristina, e se você, Conde, não tivesse virado policial e tivesse sido escritor, e se você, Carlos, tivesse terminado a universidade e fosse engenheiro civil e não tivesse ido para Angola e quem sabe até tivesse casado com a Dulcita? Não pararam para pensar que nada pode ser refeito e que o que se fez é irremediável? Não pararam para pensar que às vezes é melhor não pensar? Não pararam para pensar também que esta hora da noite é do caralho para comprar outro litro de rum e que nestas alturas a Cristina já deve estar com as tetas caídas? Não, é melhor não pensar em merda nenhuma... Passe para cá o que ainda tem na garrafa, ande. E que se foda quem voltar a pensar.

– Não, não se preocupe, não mordem. Não, não tenho aulas até de tarde – disse Dagmar e tentou lhe sorrir, indecisa entre a vergonha daquela recepção de latidos e caninos arreganhados e o orgulho de dona de cachorros tão atuantes. Conde a encontrou na porta, desafiando o vento, esperando-o como uma namorada que fareja no horizonte o barco que trará de volta o seu amado. Os dois vira-latas, feios e doidos para exibir sua eficácia, foram espaçando os latidos escandalosos enquanto abanavam o rabo e se esfumava a pretensa altivez. Ela o convidou para entrar e apontou-lhe um sofá, onde Conde compreendeu que iria submergir, sem escapatória, como num pântano sem fundo. Sentiu-se inferior e minúsculo sob o pé--direito, agora mais alto, daquele casarão de La Víbora, ventilado e na sombra. – Sim, é verdade, desde que Lissette começou a trabalhar no pré-universitário simpatizei com ela e acho que éramos amigas. Pelo menos eu me considerava amiga dela e fiquei muito abalada...

Conde deixou-a respirar e, nesse instante, alegrou-se por ter mandado Manolo ir conversar com o médico-legista. Tivesse o sargento sido capaz de superar sua fobia por cachorros, nessas alturas já estaria atacando de novo. Enquanto esperava, Conde lembrou-se mais uma vez de que era sexta-feira. Sexta-feira, até que enfim, dissera ao abrir os olhos de manhã e descobrir que, milagrosamente, não sentia dores de cabeça e tudo estava em ordem. Menos as ideias.Quando parecia que a queda suave finalmente chegava ao fim e que as nádegas do policial ancoravam numa mola sobrevivente ao peso de mil sentadas, Conde sorriu. Ela o imitou, como se desculpando por seu discurso de recepção, e ao sorrir quase conseguia ser uma mulher bonita. Dagmar tinha uns trinta anos, mas conservava a leveza de uma adolescente que ainda não acertou suas proporções: a boca muito grande e os dentes em pleno crescimento, as sobrancelhas bastas indo em direção à base do nariz e certa incongruência de braços e pernas compridas demais para o tórax esquelético e uns peitinhos de nada.

– O que sabe da vida íntima de Lissette? Com quem saía, quem era seu atual namorado?

– Bem, tenente, sobre isso acho que não sei muita coisa. Sou casada e tenho um filho e quando acabo as aulas venho correndo para casa, como o senhor sabe. Mas era uma moça, como dizer, bem, uma moça moderna, não uma mulher complicada igual a mim. Conheci um namorado dela, o Pupy, mas tinham brigado, se bem que ele continuasse rondando e a toda hora fosse ao pré-universitário apanhá-la, de moto. É um rapaz muito boa-pinta, é verdade. E acho que não sei mais nada... Agora que estou pensando, percebo que ela quase não falava desse assunto.

– Ela saía com um homem mais velho, de mais ou menos quarenta anos?

Dagmar parou de sorrir. Acariciou a testa com os dedos compridos, como se quisesse aliviar uma dor repentina ou controlar uma circulação imprevista de ideias.

– Quem lhe disse isso?

– Caridad Delgado, a mãe de Lissette. Ela comentou com a mãe, mas não disse quem era.

Dagmar voltou a sorrir e olhou para o fundo tão distante da casa. Além de sua estrutura, Conde achava incongruente o excesso de responsabilidades que a chefe de turma destilava.

– Não, tenente, não sei nada desse homem. Ela nunca me falou disso. Vai ver que não era nada importante, é o que eu acho.

– Talvez, Dagmar... Dizem que mantinha excelentes relações com os alunos.

– Isso, sim, é verdade – admitiu a professora sem vacilar um instante. Agora parecia satisfeita com o rumo da conversa. – Dava-se muito bem com todos e acho que gostavam muito dela. É que era tão moça.

– E comentou algum dia por que não fez o serviço sociul no interior?

– Não, não... bem, me disse alguma coisa sobre o padrasto, não sei se o senhor sabe...

– Já imaginava. Quando foi a última vez que viu Pupy lá no pré--universitário?

– Segunda-feira. Na véspera...

– Tem mais alguma coisa sobre Lissette que julgue importante e possa me dizer?

Ela voltou a sorrir e cruzou as pernas.

– Não sei, vamos ver... Lissette era como um terremoto, deixava tudo de pernas para o ar. Estava sempre fazendo alguma coisa, sempre bem-disposta. E era ambiciosa: diariamente demonstrava que podia ser muito mais que uma simples professora de química, igual a mim. Mas não era dessas que sobem na vida atropelando os outros, não. É que tinha energia. Não imagino que alguém quisesse fazer mal a uma moça assim. Foi horrível, uma coisa tão selvagem.

Um louco, um psicopata que espanca, estupra e estrangula. O Magro teria razão? Ou tudo seria mais fácil se ela fosse uma cantora de ópera?

– Há um dado muito importante nessa história, Dagmar, e quero que me responda com sinceridade e sem receio. O que me disser será absolutamente confidencial... Na noite em que a mataram, houve na casa de Lissette uma espécie de festa. Havia música, rum, e fumou-se maconha – Conde enumerou, deixando que os dedos da mão marcassem cada elemento, e viu como os olhos da professora reagiam ao espanto provocado por essa última informação. – Tem alguma ideia se Lissette fumava maconha? Ouviu alguma coisa no pré-universitário sobre maconha?

– Tenente – ela disse após se conceder um longo minuto para pensar. Mais uma vez passou pela testa seus dedos de prestidigitadora e em nenhum momento sorriu. Não, não é bonita, Conde concluiu –, isso é muito grave. Mas não imagino Lissette fazendo uma coisa dessas, me nego a pensar, embora qualquer um possa lhe dizer qualquer bobagem. Não é verdade que sempre se fala bem dos mortos... E que circule maconha no pré-universitário, que os garotos fumem? Olhe, isso é um absurdo, me desculpe lhe dizer assim.

– Está desculpada – Conde admitiu, enquanto começava a lutar para se livrar das areias movediças do sofá. Quando conseguiu recuperar a verticalidade que tanto significara na evolução humana, teve de ajeitar a pistola que mal se aguentava no cinto da calça. Então pensou que, talvez, Manolo devesse ter estado ali, e em sua homenagem disse com a dureza que considerou mais apropriada: – Mas eu tinha muita fé nesta conversa. Ainda acho que a senhora pode nos ajudar mais. Lembre que há uma pessoa morta, uma amiga sua, e que tudo é importante, pelo menos por enquanto. Desculpe se lhe digo isso, mas é que este é o meu trabalho: não sei bem por que, mas parece que a senhora não me disse tudo o que sabe. Olhe, aqui estão meus telefones. Se lembrar mais alguma coisa, me ligue, Dagmar. Ficarei muito grato. E não tenha medo.

Suas pernas pareciam de pedra. Sentava-se num banquinho, na entrada do terreiro, e com o galo na mão apenas iniciava um movimento para trás com suas pernas de pedra e o banquinho encostava na viga de *caguairán* da entrada. Então acariciava o galo, dava uns tapinhas em seu pescoço e no peito, penteava o rabo dele, limpava a serragem de suas patas e soprava o bico, injetando-lhe seu hálito. Tinha um palito de dentes na boca e o mexia e remexia, e meu medo era que um dia desses o acabasse engolindo. Levava uma tesourinha no bolso da camisa e, depois de acalmar o galo, acariciando-o muito, dizendo-lhe Vamos, galo bonzinho. Coragem, macho bonito, pegava a tesourinha e começava a apará-lo, não sei como conseguia fazer tudo com duas mãos, mexia o galo como se fosse de brinquedo, e o galo se deixava mexer, enquanto a tesoura ia raspando o bicho e as penas caíam sobre suas pernas de pedra e o galo ia ficando mais delgado, mais delgado, fino, perfeito, com as coxas vermelhas, a crista vermelha e os esporões compridos como agulhas, não, como esporões de galo de briga. Nessa hora sempre o sol filtrava pelos ramos do tamarindo e naquela luz o avô parecia jaspeado pelo sol, como um enorme galo de combate. Na entrada do terreiro pairava o aroma nobre da padaria ali perto, lutando contra o cheiro inconfundível das penas e o fedor do linimento para os músculos das aves, a peste da titica fresca das galinhas e o perfume das aparas de madeira que cobriam o círculo fechado das rinhas mortais. Este vai matar ou vai morrer, ele me dizia, assim calmamente, quando soltava o galo para que ciscasse no mato e me punha sentado em seu colo, e eu sentia suas pernas duras como se fossem de pedra. Para ele era muito normal o destino do galo, e eu queria lhe dizer que me desse o bicho de presente, que era um galo tão bonito, que eu queria para mim, que não o matassem nunca. Veja como ele cisca, veja que estampa. Tem sangue bom esse galo, tem colhões, não está vendo? E jamais consegui encontrar os colhões do galo, e achei que os colhões dos galos não ficavam pendurados, mas para dentro, e que eles só os punham para fora um instantinho, quando trepavam numa galinha, mas o faziam tão depressa que jamais consegui vê-los, até que aprendi que meu avô Rufino era um poeta e que esse negócio de colhões do galo era uma metáfora, ou uma associação de ideias inesperada e feliz, como diria Lorca, que nada sabia sobre galos de briga, embora soubesse sobre touros e toureiros, mas essa é outra história: aí os ovos são bem visíveis. Às vezes sonho com o avô Rufino e seus galos e é o sonho da morte: em combate morreram todos aqueles bichos perfeitos, e por falta de combates e de poesia morreu meu avô, depois da proibição das rinhas e quando ficou tão velho que suas pernas de pedra amoleceram e já não podia ir aos rinhadeiros clandestinos com a segurança de correr mais que a polícia. Então envelheceu de vez: Nunca brigue se não tiver vontade de ganhar, sempre me dissera, e quando teve vontade de perder não brigou mais. Um poeta da guerra. Não sei por que hoje penso tanto nele. Ou talvez saiba, sim: vendo-o com suas pernas de pedra e o banquinho encostado na viga de *caguairán,* aprendi, sem saber que aprendia, que ele e eu tínhamos o mesmo destino dos galos de briga.

68

– Vamos lá, me conte – da janela de seu cubículo, no terceiro andar, o tenente Mario Conde observou a solidão da copa do loureiro açoitada pela brisa. Os pardais que frequentavam os galhos mais altos tinham emigrado e as pequenas folhas da árvore pareciam prestes a desfalecer após três dias de rajadas insistentes: "Resistam", pediu às folhas com uma veemência desproporcional, competitiva, como se na obstinação das folhas também estivesse sendo travada a luta por sua própria vida. Às vezes costumava estabelecer essas comparações absurdas e sempre as fazia quando algo demasiado profundo o martirizava: um sentimento de culpa, uma vergonha, um amor. Ou uma lembrança.

O sargento Manuel Palacios, mexendo um pé com a insistência nervosa de uma bailarina no limite da exaustão, esperou que Conde se virasse.

– O que há com você, Conde?

– Nada, não se preocupe. Diga tudo.

Manolo abriu seu caderninho de notas e começou o improviso:

– A única coisa clara é que não há nada claro... Diz o legista que a moça tinha uma taxa alta de álcool no sangue, uns duzentos e vinte e cinco miligramas, e que por sua compleição física devia estar caindo de bêbada quando a mataram, porque além disso as contusões não indicam que tenha se defendido muito: por exemplo, estava com as unhas limpas, quer dizer, nem mesmo arranhou quem a agredia, e não tinha marcas de contusões nos antebraços, como costuma ter quem se protege. Sobre a maconha ele não pode dizer nada. Rasparam a polpa dos dedos dela, fizeram a análise com reagentes e não apareceram vestígios. Mas não há análise para detectá-la no organismo, pelo menos quando não se trata de um fumante inveterado. E agora vem o melhor: teve contato sexual com dois homens e nos contatos não houve violência; não há nenhuma alteração no sexo dela que possa indicar uma penetração forçada. Veja quanta coisa a gente aprende, não é? Se entra com complacência fica tudo limpo e bem iluminado, como você diz... Bem, o fato é que há sêmen de dois homens, um com sangue A positivo e outro com sangue do grupo O, que você sabe que é o menos comum, mas o médico me jura por sua mãe mortinha que entre uma penetração, é assim que ele diz, Conde, não me olhe com essa cara, que entre uma penetração e outra houve umas quatro ou cinco horas de diferença, pelo estado em que estavam os espermatozoides quando foi feita a autópsia. Isso quer dizer que a primeira, a primeira penetração, foi antes que ela ficasse bêbada, porque o álcool no sangue era recente. Está entendendo tudo? E, então, diz ele que, embora não seja uma prova definitiva, não haja certeza, assim ele disse, parece que o do sangue A positivo, que foi o primeiro, é um homem de trinta e cinco a quarenta e cinco anos, pelo estado dos espermatozoides, e que o segundo, o do sangue O, é uma pessoa vigorosa, alguém que andaria por volta dos vinte anos, se bem que haja velhos que têm leite de mocinhos e por isso emprenham. Veja tudo o que se pode extrair de um espermatozoide safado. E agora prepare-se para o susto: pronto? Bem, Pupy, ou seja, Pedro Ordóñez Martell, o cara da moto, tem sangue do grupo O. Não vai cair de bunda no chão nem nada?

Sem chegar ao extremo de cair, Conde se ajeitou na poltrona e apoiou os cotovelos na mesa. Seus olhos ficaram na mesma altura dos olhos do sargento, como se exigisse toda a sua atenção.

— Afinal de contas, você é vesgo, Manolo?

— Vai continuar debochando?

— E como ficou sabendo essa história do Pupy?

— Não sabe que eu sou uma flecha? Deveriam me dar um dia a ordem do policial mais rápido... Assim, sem mais nem menos, tive a ideia de tentar localizá-lo porque ainda faltava uma hora para ir encontrar você, e fui ao Comitê, perguntei por ele, e pelo que me disseram é meio lúmpen, ou lúmpen e meio. Dedica-se a comprar e vender motos e vive disso. Os pais parecem gente honesta e vivem brigando com ele, que está cagando e andando. Tem fama de bonitão e é metido a gostoso com as garotas. Não quis ir vê-lo, mas aí o gênio que quase sempre está dormindo dentro de mim acordou de repente e, com essa trapalhada de sangues, me deu a ideia de procurar o médico da família para saber se tinha essa informação, e ele tinha: Oh! O, me disse o médico, e confirmou que Pupy tem vinte e cinco anos. Que tal, marquês?

— Vou propor o seu nome para essa ordem da rapidez. Mas não mude o meu título de nobreza, imbecil – protestou sem forças e voltou para

70

a janela. O meio-dia era irrepreensível: a luz batia por igual em tudo o que estava a seu alcance e as sombras eram estritas e descarnadas. Da igreja que ficava do outro lado da rua saía nesse instante uma freira com o hábito levantado pela Quaresma. Ninguém se salva do pecado original, não é? Dois cachorros se reconheciam na calçada, cheirando os respectivos cus ordenada e alternadamente, como um gesto de boa vontade para o início de uma possível amizade. – Então são dois homens, um de mais ou menos quarenta anos e outro mais moço, que estiveram com ela na mesma noite, mas em horas diferentes e... e vai ver que nenhum dos dois a matou, não é?

– Por que você diz isso?

– Porque é possível. Lembre que nessa noite de amor, loucura e morte houve também uma festa com vários convidados... e é preciso falar com Pupy. E se eu soubesse quem é o homem de quarenta anos... Por que você não tenta conseguir um pouco de café, hein?

– Você vai pensar? – Manolo perguntou com toda a sua sonsice, e Conde preferiu não responder. Observou a frágil estrutura do sargento se reaprumando para ficar em pé e abandonar a chocadeira, como os dois chamavam o cubículo minúsculo que tinham lhes destinado no terceiro andar.

Como sempre, voltou para a janela. Decretara que aquele pedaço da cidade, que se estendia entre os falsos loureiros cercando a Central e o mar que apenas se pressentia ao longe, era sua paisagem favorita. Ali estavam a igreja sem torres nem campanários, vários edifícios simpáticos, com a pintura ainda bem conservada, muitos arvoredos e a gritaria de praxe de uma escola primária. Tudo aquilo formava um ideal estético sob um sol que esfumava os contornos e fundia as cores segundo as regras da escola impressionista. Para falar a verdade, queria pensar: o Velho tinha lhe pedido que mergulhasse de cabeça nessa história turva e ele mal conseguia tocá-la com a ponta dos dedos. Era difícil ficar falando de morte, drogas, álcool, violação, sêmen, sangue e penetração, quando uma mulher de cabelo ruivo e um saxofone podiam estar à sua espera ao virar a esquina naquela mesma tarde de sexta-feira. Conde ainda arrastava o tormento de sua última frustração amorosa, com Tamara, a mulher que havia desejado por quase vinte anos, a quem dedicara suas mais entusiásticas masturbações desde a adolescência até a maturidade dos trinta e cinco anos, para descobrir, quando pensava estar no auge da paixão, depois de uma noite de amor consumado e consumido, que qualquer tentativa de retê-la nunca tinha passado de uma fantasia sem fundamento, uma ilusão adolescente, desde o dia de 1972 em que se apaixonara por aquele rosto, o qual considerara como o mais bonito do mundo. A que horas chegará Karina de Matanzas? Essa outra mulher será possível?

Afundou o dedo na campainha, pela quinta vez, convencido de que a porta não se abriria, apesar de suas súplicas mentais e dos pontapés nervosos que dava no chão: queria falar com Pupy, saber de Pupy e, se possível, culpar Pupy e esquecer o caso. Mas a porta não abriu.

– Onde esse cara terá se metido?

– Imagine, Conde, esse pessoal de moto...

– Pois que se fodam as motos. Vamos até a garagem. Esperaram o elevador, e Manolo apertou o botão do S. As portas se abriram para um porão escuro, meio vazio, em que descansavam apenas dois carros norte-americanos dos modelos indestrutíveis dos anos cinquenta.

– Onde esse cara terá se metido? – o tenente repetiu, e dessa vez Manolo preferiu não ensaiar uma resposta. Escalaram a rampa que saía na rua Lacret, quase no cruzamento com a Juan Delgado. Da calçada Conde voltou a olhar para o prédio, o único em toda a região com aquela altura e modernidade, e então caminhou até o Lada 1600 em que tinham vindo da Central. Manolo reinstalava a antena do rádio, que, como medida profilática, sempre retirava ao estacionar na rua, e Conde abriu a porta da direita.

– Às suas ordens – disse Manolo, enquanto ligava o motor. Conde olhou um instante o relógio: eram apenas duas da tarde, e percebeu como era ingrata a sensação de saber que estava de mãos vazias.

– Vire ali na rua Juan Delgado e estacione na esquina com a Milagros.

– E aonde vamos agora?

72

– Vou ver um amigo – foi só o que respondeu Conde, quando o carro estava quase parando, a umas poucas quadras de distância. – Espere aqui, tenho de ir sozinho – disse e saiu do carro, enquanto acendia um cigarro.

Desceu pela rua Milagros, andando contra a poeira e o vento que não amainava. Voltava a sentir na pele a ardência quente provocada por aquele vento decididamente infernal. Precisava falar com Candito, precisava se livrar de compromissos naquela noite já comprometida, e precisava saber.

O corredor da casa de cômodos também estava deserto naquele início de tarde, hora ideal para a sesta, e Conde respirou aliviado quando ouviu umas marteladas suaves que vinham da churrasqueira de Candito Vermelho. Em plena labuta.

Lá de dentro, Cuqui perguntou "quem é", e ele sorriu.

– Conde – disse, sem gritar, e esperou que a moça lhe abrisse. Três, quatro minutos depois, foi Candito quem abriu. Limpava as mãos num trapo imundo e Conde compreendeu que não era particularmente bem-vindo.

– Entre, Conde.

O tenente olhou para o Vermelho antes de entrar e tentou compreender o que sentia seu velho companheiro de pré-universitário.

– Sente-se – disse Candito, enquanto servia em dois copos um álcool leitoso de uma garrafa sem etiqueta.

– Gororoba? – Conde perguntou.

– Mas desce bem – disse o outro, e bebeu.

– É, não é tão vagabunda – Conde admitiu.

– Que vagabunda que nada! Isto é um Don Felipón, a melhor gororoba que se fabrica em Havana. Imagine que está custando quinze pesos e é preciso encomendá-lo com muita antecedência. Safras limitadas. Você está com pressa, não está?

– Eu vivo apressado, você sabe.

– Mas eu não posso me apressar, rapaz. Estou me jogando por inteiro nessa missão.

– Vá amolar o boi, que isso não é a máfia siciliana.

– Você que pensa, você que pensa. Se tem erva, tem grana, e onde tem grana tem gente que não quer perdê-la. E a rua está que ferve, Conde.

– Então tem erva?

– Tem, mas não sei de onde sai nem para onde vai.

– Não me venha com esse papo, Vermelho.

– Escute aqui, o que é que você pensa que eu sou, Deus pai que sabe tudo?

– E o que mais?

Candito tomou outro gole da bebida e olhou para seu velho amigo dos tempos de estudante.

– Conde, você está mudando. Tome cuidado, que você é boa gente, mas está ficando um cínico.

– Porra, Vermelho, o que é que está acontecendo com você?

– Com você é que está acontecendo alguma coisa. Você está me usando e eu não valho porcaria nenhuma para você. Agora você só pensa em resolver o seu problema...

Conde fitou os olhos avermelhados de Candito e se sentiu desarmado. Teve vontade de rir, mas ouviu a voz de seu informante.

– O Pupy é uma fera. Está metido em tudo: roubo de motos para desmontar e vender, compra ilegal de dólares, negócios com estrangeiros. Vive como Deus quer. Imagine que a moto dele é uma Kawasaki, acho que de trezentas e cinquenta cilindradas, dessas bem bacanas. Que mais quer saber?

Conde olhou suas unhas limpas, de um matiz rosado, tão diferentes das unhas pretas e compridas de Candito.

– E a erva?

– Claro que puxa.

– Deve estar fichado.

– Isso investigue você, que é meganha.

Conde terminou a bebida e acendeu um cigarro. Olhou nos olhos de Candito.

– O que é que está acontecendo com você hoje, cara?

Candito tentou sorrir, mas não conseguiu. Sem voltar a beber, largou o copo no chão e começou a limpar uma unha.

74

– O que é que você quer que esteja acontecendo? Hein, Conde, o que é que você quer que aconteça comigo? Você é malandro de rua, não veio embrulhado em preservativo nem nada, e sabe que o que estou fazendo não se faz. Isso não é brincadeira. Por que não me deixa quieto fazendo as minhas sandálias sem ter de me meter com ninguém, hein? Sabe que tenho vergonha de estar metido nesse rolo? Sabe o que é ser um dedo--duro? Não fode, Conde, o que é que você quer que aconteça comigo? Que eu mande todo mundo às favas e fique bem sossegadinho...?

Conde se levantou quando Candito pegou seu copo e terminou de beber. Sabia muito bem o que estava acontecendo com seu amigo e sabia muito bem que qualquer justificativa soaria com acordes de falsidade. Sim, Candito era seu informante: vulgo dedo-duro, caguete, boca-mole. Olhou para o amigo que o havia defendido mais de uma vez e se sentiu imundo e culpado e cínico, como ele lhe dissera. Mas precisava saber.

– Sei que você está pensando que sou um filho da puta, e deve ser verdade mesmo. Você é que sabe. Mas vou fazer meu trabalho, Candito. Obrigado pela bebida. Lembranças à sua garota. E não esqueça que quero dar umas sandálias à gatinha que conheci – e ofereceu sua mão para receber a palma calosa e manchada de cola que, do fundo de sua poltrona, Candido Vermelho lhe estendeu.

O vento penteava a Calzada do bairro como se aquele arrastão de sujeiras e terras mortas fosse sua única missão no mundo. Conde o sentiu compacto, hostil, mas resolveu enfrentá-lo. Pediu a Manolo que o deixasse ali mesmo, na esquina do cinema, sem lhe dizer que queria apenas caminhar, caminhar por seu bairro num dia impróprio para esses exercícios de pernas e espírito, pois a angústia da espera parecia prestes a devorá-lo. Quase dois anos de trabalho e convivência com Conde tinham ensinado o sargento Manuel Palacios a não fazer perguntas quando seu chefe pedia qualquer coisa que parecesse insólita. A fama de Conde, de ser o louco da Central, não era simples falatório – o que Manolo comprovara mais de uma vez. A mistura de teimosia e pessimismo, de inconformismo diante da vida e de inteligência agressiva era o componente principal de um tipo eficaz e estranho demais para ser policial. Mas o sargento o admirava como jamais admirara quase ninguém na vida, pois sabia que trabalhar com Conde era uma festa e um privilégio.

– Até já, Conde – disse e fez uma volta em U em plena Calzada.

Conde olhou o relógio: quase quatro horas e Karina jamais telefonaria antes das seis. Será que vai ligar?, duvidou e avançou contra o vento, sem dar nem mesmo uma olhada na programação do cinema, ressuscitado após uma reforma que levara dez anos. Embora o corpo pedisse a horizontalidade da cama, as rotações em que giravam suas ideias tornariam impossível a inconsciência do sono para atenuar a espera. De qualquer maneira, o passeio solitário pelo bairro era um prazer que de vez em quando Conde se concedia: nessa geografia precisa tinham nascido seus avós, seu pai, seus tios e ele mesmo, e zanzar pela Calzada que havia atapetado a velha trilha por onde iam a caminho da cidade as melhores frutas das matas do sul era uma peregrinação até ele mesmo, chegando a limites que já pertenciam às memórias adquiridas de seus ancestrais. Desde o nascimento de Conde até então, aquele caminho havia mudado mais que nos duzentos anos anteriores, quando os primeiros habitantes das Canárias fundaram dois povoados mais para lá do bairro e instalaram o negócio de frutas e verduras, ao qual depois se juntariam umas dezenas de chineses. Um caminho empoeirado e poucas casas de madeira e telha no limite das lavouras foram aproximando aqueles confins do mundo da agitada capital e, justamente na época em que Conde nasceu, o bairro já era parte da cidade, povoou-se de bares, armazéns, um clube de bilhar, casas de ferragens, farmácias e um terminal de ônibus, moderno e eficiente, encarregado de viabilizar a participação urbana pretendida pelo bairro. Então as noites foram ficando mais longas, iluminadas, concorridas, com uma alegria pobre mas despreocupada, da qual Conde só tinha algumas lembranças desgastadas pelo tempo. Andando para casa, a cara ao vento, deixando que a brisa arrastasse os minutos vazios, Conde percebeu mais uma vez a comunhão sentimental que o ligava àquela rua suja e de casas de pintura descascada, na qual já faltavam muitos capítulos de suas próprias rememorações: a barraquinha de batatas fritas do Albino, perto da escola onde estudara vários anos; a padaria demolida, aonde toda tarde ia buscar um pão quentinho e generoso; o bar El Castillito, com sua vitrola repleta de vozes que sempre encontravam um bêbado disposto a lhes fazer coro; a birosca do Porfirio, que vendia caldo de cana; a associação dos motoristas de ônibus; a barbearia de Chilo e Pedro, devastada pelo único incêndio realmente violento na história do bairro; o salão de festas, transformado em escola, onde num dia de 1949 se dera a misteriosa conjunção sentimental daqueles dois adolescentes que até então não se conheciam e que poucos anos depois seriam seus pais; e a ausência notável do terreiro de galos onde se fabricaram todos os sonhos de grandeza de seu avô Rufino Conde agora apenas um terreno baldio de onde tinham desaparecido as gaiolas, o cheiro das penas, as rinhas e até as figuras pré-históricas dos tamarindos em que ele aprendera a trepar diante dos olhos especialistas do avô. Contudo, até na tristeza das ausências, nas desolações, nas saudades irrecuperáveis, aquele lugar era seu porque ali tinha crescido e aprendido as primeiras leis de uma selva do século XX tão esquemática em seus ditames como as regras de uma tribo em plena idade da pedra: havia aprendido o código supremo da hombridade, que rezava que os homens são homens e não há que apregoá-lo, mas há que demonstrá-lo sempre que necessário. E, como em sua vida naquele bairro Conde teve de demonstrá-lo várias vezes, não se importava de corroborar esse princípio. A imagem de Fabricio destilando uma apatia incontível era um bumerangue em sua memória. E isso eu não vou aguentar, pensou, ao chegar em casa, e mais uma vez tentou afastar para longe a imagem que o irritava, preferindo dedicar-se a visualizar um futuro atapetado de esperanças e amores possíveis.

Quinze para as seis e ela não liga. Rufino, o peixe-de-briga, deu uma volta veloz na redondez interminável de seu aquário e parou, pertinho do fundo. O peixe e o policial se olharam, Que diabo você está olhando, Rufino? Continue nadando, ande, e o peixe, como se obedecesse, reiniciou sua eterna dança circular. Conde tinha decidido fatiar o tempo em parcelas de quinze minutos e já havia trucidado cinco partes iguais. No início, tentara ler, vasculhara todas as prateleiras da estante e fora descartando cada possibilidade das que antigamente eram mais ou menos tentadoras: no fundo, já não aguentava os romances de Arturo Arango, escrevia muitíssimos esse sujeito, sempre sobre personagens destrambelhados com um desejo renovado de viver em Manzanillo e resgatar a inocência graças à namorada perdida; os contos de López Sacha, nem se fala, eram verborrágicos, empolados e mais longos que uma condenação perpétua; Senel Paz tinha jurado não reler, flores amarelinhas para cá, camisas amarelinhas para lá, se algum dia escrevesse algo diabólico... poderia sugerir-lhe, por exemplo, uma história sobre a amizade de um militante e uma bicha-louca; e Miguel Mejides, nem pensar, imaginar que um dia gostou dos livros de Mejides, esse caipira com pretensões hemingwaianas que escreve mal às pampas. Que literatura contemporânea, hein?, pensou, e preferiu tentar mais uma vez um romancezinho que era o que de melhor tinha lido nos últimos tempos: *Fiebre de caballos*. Mas faltava concentração para desfrutar da prosa e mal conseguiu chegar à segunda página. Então tentou arrumar o quarto: sua casa parecia um depósito de esquecimentos e adiamentos, e jurou dedicar a manhã de domingo a lavar camisas, meias, cuecas e até lençóis. Que horror, lavar lençóis. E os quinze minutos foram passando, pesados, compactos. Porra, telefone, pelo que você mais ama neste mundo: toque. Mas não tocava. Tirou o gancho pela quinta vez, para verificar novamente se estava funcionando, e recolocou-o no aparelho quando, no auge do desespero, teve a ideia: empregaria todo o poder de sua mente, que para alguma coisa existia. Pôs o telefone em cima de uma cadeira e puxou outra para ficar defronte do aparelho. Nu como estava, sentou-se na cadeira vazia e, depois de observar com olhos críticos seus testículos moribundos dependurados, nos quais havia descoberto dois pentelhos brancos, se concentrou e começou a olhar o aparelho e a pensar: Agora vai tocar, vai tocar agora mesmo, e vou ouvir uma voz de mulher, uma voz de mulher, porque agora você vai tocar, e vai ser uma mulher, a mulher que quero ouvir porque você vai tocar e agora, pulou, porra!, com o coração batendo alucinadamente, quando o telefone soltou de verdade um longo trim e Conde escutou – também de verdade, de salvadora verdade – a voz de mulher que ele queria ouvir.

– Sherlock Holmes, por favor. Quem está falando é a filha do professor Moriarty.

O ego de Conde estava em festa: sempre tinha sido vaidoso e arrogante e quando podia exibir suas aptidões o fazia sem o menor remorso. Agora, da porta de casa, cumprimentava todos os conhecidos que passavam pela calçada e rezava para que Karina viesse apanhá-lo no exato momento em que muita gente o estivesse vendo. Ele espiaria a chegada dela, assim meio distraído, e sairia andando bem devagar... Ei, olhe só como Conde está. Puxa, garota com carro e tudo. Sabia quantos pontos significava esse detalhe na escala de valores das pessoas do bairro e queria aproveitá-lo. Pena que a ventania insolente tivesse dispersado o grupo da esquina, agora refugiado em algum porto seguro para tomar seus tragos briguentos e crepusculares, e que no armazém, já, já vão fechá-lo, não tivesse chegado nada atraente a ponto de formar uma fila. A tarde ia embora sossegada demais para o seu desejo. Além disso, tinha se vestido com suas melhores roupas: um *jeans* desbotado que conseguira comprar via Josefina e uma camisa xadrez, suave como uma carícia, com as mangas dobradas até os cotovelos, estreada naquela noite especial. E cheirava como uma flor: Heno de Pravia, presente do Magro em seu último aniversário. Tinha vontade de beijar a si mesmo.

Finalmente a vê passar diante de sua casa, vinte minutos depois da hora marcada, chegar até a esquina seguinte e dobrar em U para parar no lado da calçada em que ele estava, com o vento na popa e a proa indicando um rumo promissor para o coração negro da cidade.

– Demorei muito? – ela pergunta e lhe dá um beijo morno na face.

– Não, não. Até três horas de atraso, para uma mulher, é aceitável.

– E aí? Descobriu algum mistério? – ela sorri, enquanto liga o motor.

– Escute aqui, não é piada, sou mesmo policial.

– Já sei: da Polícia Judiciária, igual ao Maigret.

– Bem, vamos lá.

O pequeno artefato dá um pulo, mal preparado para a arrancada, e se lança a toda a velocidade pela rua semideserta. Conde encomenda sua alma ao deus que abençoou o ramo de palmeira-real pendurado no espelho retrovisor e pensa em Manolo.

– E, afinal, aonde vamos?

Ela dirige com uma das mãos e com a outra devolve à cabeça o cabelo que insiste em cair sobre seus olhos. Estará enxergando o caminho? Caprichou na maquiagem e usa um vestido que perturba os desejos de Conde, de flores malva contra um fundo verde, rodado e de proporções estudadas: ao sul cobre-a até mais abaixo dos joelhos e ao norte desce decotado nas costas e até ali onde nascem os seios. Ela olha para ele antes de responder, e Conde pensa que está diante de uma mulher demasiado mulher, por quem vai se apaixonar irremediavelmente e sem alternativa: é alguma coisa que se sente no peito, como uma sentença inapelável.

– Gosta do Emiliano Salvador?

– A ponto de casar com ele?

– Ah, quer dizer que você também é piadista?

– Menina, eu trabalhei no circo fazendo o papel de palhaço-policial. A plateia rolava de rir quando eu interrogava o elefante.

– Bem, falando sério, se gosta de jazz podemos ir ao Río Club. Atualmente está tocando lá o grupo do Emiliano Salvador. Sempre consigo uma mesa.

– Tudo pelo jazz – Conde admite e pensa que sim, que é ótimo esse começo em franca improvisação de instrumentos no meio de tanta vida pautada por um grande maestro que praticamente não dá margem para se tentar a menor variação.

De dentro do carro a cidade lhe parece mais sossegada, mais promissora e até mais limpa, embora duvide da validade circunstancial de suas apreciações. Não amole, Conde, pensa, você tem sempre que duvidar. Mas o que há de fazer; sente-se feliz, transportado e tranquilo, e com toda a certeza não vai morrer num vulgar acidente de trânsito e nem Lissette, nem Pupy, nem a decadência de Caridad Delgado, as

80

impertinências de Fabricio ou as críticas de Candito Vermelho significam muito nessa passagem irreprimível para a música, para a noite e – tem absoluta certeza – para o amor.

– Então tenho de acreditar que você é policial. Policial da polícia, desses que dão tiros, levam a gente pra cadeia e multam quem está mal estacionado. Conte-me quem você é para que eu possa acreditar.

Era uma vez, há algum tempo, um garoto que queria ser escritor. Vivia tranquilo e feliz numa terra não muito agradável, nem sequer bonita, mas desde criança aprendeu a amar, não longe daqui, dedicando-se, como todo garoto feliz, a jogar bola nas ruas, caçar lagartixas e ver como seu avô, de quem muito gostava, preparava galos de briga. Mas todos os dias de sua vida sonhava em ser escritor. Primeiro quis ser como Dumas, o pai, o de verdade, e escrever alguma coisa tão fabulosa como *O conde de Monte Cristo*, até que brigou para sempre com o infame Dumas por ter escrito uma continuação daquele livro alentador, intitulada *A mão do finado*, onde mata toda a beleza que criou em sua primeira história: é uma vingança muito mesquinha contra a felicidade concedida a Mercédès e Edmond Dantès. Mas o garoto insistiu e procurou outros ideais, que iam se chamando Ernest Hemingway, Carson McCullers, Julio Cortázar ou J. D. Salinger, que escreve essas histórias tão sórdidas e comoventes como a de Esmé ou os tormentos dos irmãos Glass. Mas a história do nosso garoto é como a biografia de todos os heróis românticos: a vida começou a lhe impor obstáculos que ele tinha de vencer, e nem sempre essas provas vinham em forma de dragão, de Graal perdido ou de identidades transmudadas; algumas vieram envoltas em laços de mentira, outras escondidas na profundidade de uma dor incurável, outras como um jardim com caminhos que se bifurcam e onde ele é obrigado a pegar o rumo inesperado, que o distancia da beleza e da imaginação e o lança, com uma pistola na cinta, no mundo tenebroso dos bandidos, só dos bandidos, entre os quais deve viver, imaginando ser o mocinho encarregado de restabelecer a paz. Porém, o garoto, que já não é tão garoto, continua sonhando que um dia escapará da armadilha do destino e voltará ao jardim original, retomando a trilha sonhada, mas enquanto isso vai deixando para trás afeições que morrem, amores que apodrecem, e dias, muitos dias, dedicados a andar pelas sarjetas imundas da cidade, tal qual os heróis de *Os mistérios de Paris*. O garoto está só. Para não ficar só, visita sempre que pode um amigo que vive numa água-furtada úmida e fria, de onde não pode sair porque é paralítico desde que os bandidos o feriram numa guerra. Era um grande amigo, sabe? Era o melhor amigo, um autêntico cavalheiro que saíra vencedor em muitas cruzadas e só pôde ser dobrado quando foi ferido por traidores depois de ter sido amarrado e amordaçado. Pois vai ver seu amigo toda noite e conversa com ele sobre as aventuras que está vivendo dia a dia, as trapalhadas que teve de resolver, e lhe conta suas felicidades e suas tristezas... Até que um dia lhe diz que talvez tenha encontrado uma Dulcineia – e em La Víbora, não no distante El Toboso – e que mais uma vez está sonhando em escrever, e, mais que sonhando, está escrevendo, sobre suas lembranças felizes e suas noites de angústias, só porque o halo mágico do amor em que foi envolvido por sua princesa, sua Dulcineia, tem a capacidade de restituí-lo ao sonhado, ao mais íntimo de seu ser... E o final da história deve ser feliz: o garoto, que já não é tão garoto, sai um dia para ouvir música com sua Dulcineia e atravessam toda a cidade, iluminada, cheia de pessoas risonhas e gentis que os cumprimentam porque respeitam a felicidade alheia, e passam a noite dançando, até que, quando tocam as doze badaladas, ele confessa que gosta dela, sonha com ela mais que com a literatura e com os horrores do passado, e ela lhe diz que também o ama e desde então vivem juntos e felizes e têm muitos filhos e ele escreve muitos livros... Ah, isso se não intervier o gênio do mal e se com as doze badaladas a Dulcineia não fugir, para sempre, sem deixar atrás de si nem um sapatinho de cristal. E então se perguntará: quanto ela calçará? E assim termina esta história singular.

– O que há de verdade no que você me contou?

– Toda a verdade.

Ela aproveitou a pausa feita pelos músicos e perguntou, olhando em seus olhos. Ele serve rum nos dois copos e acrescenta gelo e refrigerante no dela. O nível das luzes baixou e o silêncio é um alívio difícil de assumir. Todas as mesas do clube estão ocupadas e os raios de âmbar dos refletores colorem a nuvem de fumaça que paira no teto, em busca de uma saída possível. Conde observa aquelas aves noturnas convocadas pelo álcool e pelo jazz estridente e rumboso demais para seu gosto específico em matéria de jazz: de Duke Ellington a Louis Armstrong, de Ella Fitzgerald a Sarah Vaughan; seu classicismo só lhe permitiu incorporar muito recentemente – diante da empolgação do Magro – Chick Corea com Al Di Meola e umas duas músicas de Gonzalo Rubalcaba Jr. Mas, com suas meias-luzes e seus brilhos discretos, o lugar tem a magia tangível que agrada a Conde: ele gosta da vida noturna, e no Río Club ainda se pode respirar um clima boêmio e de caverna para iniciados, que já não existe em outros locais da cidade. Sabe que a alma profunda de Havana está se transformando numa coisa qualquer, opaca e sem matizes, que o assusta como uma doença incurável, e sente saudade do que se perdeu e ele nunca chegou a conhecer: os velhos bares da praia onde reinou o Chori com seus timbales, os botecos do porto onde uma fauna agora em extinção passava horas diante de um rum e perto de uma vitrola cantando com muito sentimento os boleros de Benny, Vallejo e Vicentico Valdés, a vida dissoluta dos cabarés que fechavam ao amanhecer, quando já não se aguentava nem mais um gole de álcool nem a dor de cabeça. Aquela Havana do cabaré Sans Souci, do Café Vista Alegre, da Plaza del Mercado e das bioscas dos chineses, uma cidade desavergonhada, às vezes cafona e sempre melancólica na distância da lembrança não vivida, já não existia, como não existiam as assinaturas inconfundíveis que o Chori fora deixando gravadas com giz por toda a cidade, apagadas pelas chuvas e pela desmemória. Gosta do Río Club para seu encontro definitivo com Karina e lamenta que não haja um negro de fraque ao piano insistindo em tocar "As time goes by".

– Você vem muito aqui?

Karina ajeita o cabelo e dá uma olhadela geral no ambiente.

– Às vezes. Mais pelo lugar do que pelo que se ouve. Sou uma mulher noturna, sabe?

– O que quer dizer com isso?

– Isto mesmo: que gosto de viver a noite. Você não? Para falar a verdade, eu devia ter estudado música, e não engenharia. Ainda não sei por que sou engenheira e durmo cedo quase todo dia. Gosto de rum, de fumaça, de jazz e de viver a vida.

– E de maconha?

Ela sorri e olha em seus olhos:

– Isso não se responde a um policial. Por que me pergunta?

– Ando obcecado com maconha. Tenho um caso em que há uma mulher morta e maconha.

– Sinto medo só de pensar que tudo isso que você me contou possa ser verdade.

– E eu fico espantado. É possível, apesar de tudo, um final feliz? Acho que o garoto merece.

Ela dá um golinho em sua bebida e resolve pegar um cigarro no maço dele. Acende-o, mas não traga. Do balcão do bar agora chega o som de maracas de uma coqueteleira sacudida com sabedoria. Conde respira o calor evidente de uma mulher decidida e deve secar suores imaginários acumulados em sua testa.

– Você não está indo depressa demais?

– Estou indo a mil por hora. Mas não posso parar...

– Um policial – diz ela, e sorri. Como se fosse difícil acreditar que existissem policiais. – Por que você é policial?

– Porque no mundo também se precisa de policiais.

– E gosta?

Alguém mantém aberta por uns segundos a porta de entrada e a luz prateada dos postes da rua irrompe na penumbra do clube.

– Às vezes sim, às vezes não. Depende das contas que minha consciência e eu fazemos.

– E já investigou quem sou eu?

84

– Confio em meu faro de policial e nas evidências visíveis: uma mulher.

– E que mais?

– Precisa mais? – pergunta e volta a beber. Olha para ela porque não se cansa de olhar e então, muito lentamente, desliza sua mão sobre a mesa úmida e agarra a dela.

– Mario, acho que não sou quem você pensa.

– Tem certeza? Por que não me conta quem é você para eu saber com quem estou andando?

– Não sei inventar histórias. Nem mesmo biografias. Sou... bem, é, uma mulher. E você, por que queria ser escritor?

– Não sei, um dia descobri que poucas coisas podiam ser tão bonitas como contar histórias para as pessoas lerem e saberem que tinham sido escritas por mim. Acho que por vaidade, não é? Depois, quando compreendi que era muito difícil, que escrever é coisa tão sagrada, e além disso dolorosa, achei que devia ser escritor porque precisava ser, por mim mesmo e para mim mesmo, e talvez para uma mulher e uns poucos amigos.

– E agora?

– Agora não sei muito bem. Cada vez sei menos coisas.

Fim do silêncio. No pequeno palco os instrumentos ainda descansam, mas da cabine de som começa a vir a música gravada. Uma guitarra e um órgão que formam uma dupla jovem, muito bem tocados. Conde não identifica a voz nem a melodia, embora lhe pareça conhecida.

– Quem é?

– George Benson e Jack McDuff. Ou deveria dizer o contrário: Jack McDuff primeiro. Foi ele quem ensinou a Benson tudo o que podia tirar da guitarra. É o primeiro disco de Benson, mas continua sendo o melhor.

– E como você sabe tudo isso?

– Gosto de jazz. Assim como você sabe a vida e os milagres do septeto dos irmãos Glass.

Conde descobre então que vários casais resolveram dançar na pista de madeira. A música de McDuff e Benson é um estímulo óbvio demais, e ele sente que tem rum suficiente nas veias para se atrever.

– Vamos – diz a ela, já em pé.

Ela volta a sorrir e arruma o cabelo antes de se levantar e soltar os panos floridos de seu vestido rodadíssimo. É a música, é a dança e é o primeiro dos beijos de uma noite feita para beijar. Conde descobre que a saliva de Karina tem um gosto de manga fresca que havia tempo não encontrava em uma mulher.

– Fazia anos que não me sentia assim – confessa então e torna a beijá-la.

– Você é um cara esquisito, não é não? É triste pra caralho, e isso me agrada. Sei lá, acho que você vai pelo mundo pedindo desculpas por estar vivo. Não entendo como pode ser policial.

– Eu também não. Acho que sou mole demais.

– Isso também me agrada – ela sorri, e ele afaga seu cabelo, tentando roubar com o tato a suavidade que pressente em outra cabeleira mais íntima, por ora oculta. Ela deixa a ponta de suas unhas deslizar pela nuca de Conde, para que um tremor incontrolável desça pelas costas do homem. E beijam-se, esfregando-se os lábios.

– E, aliás, quanto você calça?

– Trinta e oito. Por quê?

– Porque não consigo me apaixonar por mulheres que calcem menos de trinta e sete. Meus estatutos proíbem.

E beija-a de novo, para encontrar, enfim, uma língua morna e vagarosa que investe e viola seu espaço bucal com um esmero devastador. E Conde resolve pedir um visto de permanência: se fará cidadão da noite.

Em manhãs assim, o som do telefone é sempre uma agressão: rajadas de metralhadora que perfuram o tímpano, dispostas a macerar os restos doloridos da massa mole que ainda paira entre as paredes do crânio. A história se repetia, sempre como tragédia, e Conde conseguiu esticar o braço e agarrar, lá longe, o gancho frio.

– Porra, Conde, até que enfim, ontem fiquei ligando pra você até lá pelas duas da manhã, e você sumido.

Conde respirou e percebeu que estava morrendo de dor de cabeça. Nem se atreveu a jurar em vão que essa seria a última vez, a última vez mesmo.

– O que houve, Manolo?

– O que houve? Você não queria o Pupy? Bem, pois esta noite ele dormiu na Central. O que você acha que devo pedir para o café da manhã do rapaz?

– Que horas são?

– Sete e vinte.

– Pegue-me às oito. E por via das dúvidas traga uma pá.

– Uma pá?

– É, para me recolher – e desligou.

Três duralginas, ducha, café, ducha, mais café e um pensamento: como essa mulher é gostosa. Enquanto as duralginas e o café faziam seu efeito de poção mágica, Conde conseguiu enfim pensar e ficou feliz por ela ter lhe pedido para esperar um pouco, pois com o pileque emotivo que o pegou de surpresa no início da segunda garrafa teria sido incapaz até de se livrar das calças, como verificou em plena madrugada ao acordar com uma sede de dragão e descobrir que ainda estava vestido. E agora, quando se olhou no espelho, ficou feliz por ela não o ter visto assim: as olheiras caindo como cascatas sujas e os olhos de um alaranjado intenso. Para completar, parecia um pouco mais calvo que na véspera e, embora não fosse tão evidente, estava convencido de que o fígado devia estar batendo em seus joelhos.

– Vá com calma, Manolo, pelo menos uma vez na vida – Conde pediu a seu subordinado quando entrou no carro e aplicou na testa uma camada de pomada chinesa. – Conte o que aconteceu.

– Conte você o que aconteceu: foi atropelado por um trem ou está com malária?

– Pior: dancei.

O sargento Manuel Palacios compreendeu a extrema gravidade do estado de seu chefe e não passou dos oitenta por hora enquanto lhe contava:

– Bem, o sujeito apareceu lá pelas dez da noite. Eu já estava quase indo embora e deixando Greco e Crespo na esquina do prédio, aí ele chegou. Entrou com a moto e fomos pegá-lo no estacionamento. Pedimos que mostrasse os documentos da moto e ele tentou nos enrolar, inventando uma história. Então resolvi deixá-lo de molho. Acho que já deve estar mais molinho, né? Ah, e o capitão Cicerón pede que você vá vê-lo. Porque a maconha da casa de Lissette, embora já estivesse adulterada pela água, é mais forte que a normal, e no laboratório acham que não é cubana: mexicana ou nicaraguense, dizem. Porque há coisa de um mês agarraram dois caras em Luyanó vendendo uns baseados e parece que é do mesmo tipo.

– E onde essa gente conseguiu a maconha?

– Aí é que são elas, compraram de um cara em El Vedado, mas por mais que tenham falado, o malandro não aparece. Vai ver que estão dando cobertura a alguém.

– Quer dizer que não é cubana...

Conde ajeitou os óculos escuros e acendeu um cigarro. Deviam construir um monumento ao inventor da duralgina. DOS BÊBADOS DO MUNDO..., mais ou menos isso poderia dizer a inscrição do memorial. Ele levaria flores.

— Nome completo?

— Pedro Ordóñez Martell.

— Idade?

— Vinte e cinco.

— Local de trabalho?

— Não, não tenho.

— E do que vive?

— Sou mecânico de motos.

— Ah, de motos... Olhe, conte ao tenente a história da Kawasaki, ande.

Conde se afastou da porta e andou até ficar diante de Pupy, dentro do círculo calcinante da lâmpada de alta potência. Manolo olhou para o chefe e depois para o rapaz.

— Que foi, esqueceu a história? – perguntou Manolo, inclinando-se para ele e encarando-o.

— Comprei de um marinheiro mercante. Ele me deu um papel que ontem à noite entreguei para esse aí. O marinheiro mercante foi para a Espanha.

— Pedro, isso é mentira.

— Olhe, sargento, não me chame mais de mentiroso. Isso é uma ofensa.

— Ah, é? E achar que nós aqui, o tenente e eu, somos babacas é o quê?

— Eu não ofendi ninguém.

— Bem, por ora vamos aceitar. O que acha do processo que podemos mover contra você por venda ilícita? Me contaram que você vendia mercadorias da loja exclusiva dos diplomatas e que ganhou uma grana preta.

— Olhe, isso tem que ser provado, porque não roubei nada, não trafiquei nada, nem...

90

– E o que vai acontecer agorinha mesmo se dermos uma boa batida na sua casa?

– Por causa da moto?

– E se aparecerem umas notinhas verdes, uns ventiladores e umas coisas assim, o que é que você vai me contar, hein, que nasceram ali?

Pupy olhou para Conde como que pedindo tire esse cara de cima de mim, e Conde pensou que devia satisfazê-lo. O jovem era uma versão tardia e transplantada dos Hell's Angels: o cabelo comprido, repartido no meio, caía nos ombros de um blusão de couro preto que era um insulto climático. Também usava botas de cano alto, de zíper duplo, e um *jeans* de montar, reforçado nas nádegas. Filmes demais tinham passado por aqueles olhos.

– Com licença, sargento, posso fazer umas perguntas ao Pedro?

– Claro, tenente – disse Manolo, e se apoiou no encosto da cadeira. Conde apagou a lâmpada mas continuou em pé, atrás da mesa. Esperou que Pupy acabasse de esfregar os olhos.

– Você gosta muito de motos, não é?

– É, tenente, e a verdade é que sei uma porrada de coisas sobre esses bichos.

– Falando de coisas que sabe... O que sabe sobre Lissette Núñez Delgado?

Pupy abriu os olhos e em seu olhar havia toneladas de terror. A geografia equilibrada de seu rosto de bonitão assumido se ressentiu, como alterada por um terremoto. A boca tentou iniciar um protesto que não dava frutos, sacudida por uma tremedeira que ele não conseguia controlar. Vai chorar?

– E aí, Pedro?

– Mas o que querem saber? Aí sim, tenente, é que não, disso aí é que não sei nada, juro pelo que o senhor quiser, juro de pés juntos...

– Calma, não jure ainda. Quando foi a última vez que a viu?

– Sei lá, segunda ou terça-feira. Fui pegá-la no pré-universitário porque ela me disse que queria comprar uns tênis desses de sola alta iguais aos que eu tinha, que não eram de contrabando, eram barra-limpa, e fomos à minha casa, ela experimentou e serviram, aí fomos à casa dela pegar o dinheiro e depois fui embora.

– Quanto cobrou pelo tênis?

– Nada.

– Mas você não estava vendendo?

Pupy olhou guloso para o cigarro que Conde tinha acendido.

– Quer um?

– Fico muito agradecido.

Conde lhe deu o maço e a caixa de fósforos e esperou que Pupy acendesse o cigarro.

– Vamos lá, como é mesmo a história do tênis?

– Nada, tenente, é que ela e eu, bem, nós fomos namorados, isso o senhor sabe, e dá trabalho vender alguma coisa para uma ex-namorada.

– Quer dizer que você deu de presente, não é? Não terá trocado?

– Trocado?

– Vocês tiveram relações sexuais nesse dia?

Pupy ficou na dúvida, pensou em se rebelar, alegar talvez a intimidade da pergunta, mas pareceu pensar duas vezes.

– Tivemos.

– Foi por isso que ela o levou para a casa dela?

Pupy tragou avidamente o cigarro, e Conde conseguiu ouvir o levíssimo crepitar do fumo queimando. Agora balançava a cabeça, negando alguma coisa que não podia negar, e voltou a fumar antes de dizer:

– Olhe, tenente, não quero pagar pelo que não fiz. Não sei quem matou Lissette nem em que rolo ela andou se metendo e, mesmo que seja feio o que vou lhe dizer, vou dizer, porque não vou pagar o pato pelo estrago. Lissette era uma piranha, isso mesmo, uma piranha, e eu estava com ela assim, para passar o tempo, mas nada sério, porque sabia que a qualquer momento ia me deixar chupando o dedo, como fez quando conheceu um mexicano aí que parecia um espantalho, um tal de Mauricio, acho que era o nome dele. Mas é que ela era uma fera na cama. Fera mesmo, e eu adorava trepar com ela, para ser sincero; ela era malandra e sabia disso, e com essa jogada acabou afanando o meu tênis.

92

– E você diz que isso foi na segunda ou na terça?

– Acho que foi na segunda, é, que ela terminava cedo... Isso vocês podem verificar.

– Lissette foi morta na terça-feira. Você não voltou a vê-la?

– Juro por minha mãe que não. Juro, tenente.

– Onde Lissette arranjou o namorado mexicano? O nome dele era Mauricio, não era?

– Não estou muito por dentro dessa história, tenente, acho que o conheceu no Coppelia, ou por ali. O cara era turista e ela passou uma cantada nele. Mas isso já faz tempo.

– E quem era o namorado dela agora?

– Bem, tenente, vá saber. Eu já quase não a via, tenho outra namorada, uma nega aí...

– Mas ela andava com um homem de uns quarenta, quarenta e poucos anos, não é?

– Ah, mas não era namorado – e finalmente Pupy sorriu. – Isso era outro passatempo dela. Quando eu digo que era uma piranha...

– E quem era esse homem, Pedro, você o conhecia?

– Claro que sim, tenente, o diretor do pré-universitário. Mas vocês não sabiam?

– Vim tomar café – anunciou Conde, e o Gordo Contreras sorriu sentado em sua cadeira à prova de cargas pesadas.

– Conde, Conde, meu amigo Conde. Um café, então, não é? – disse e, embora parecesse impossível, pôs de pé sua fantástica anatomia de cachalote terrestre, enquanto estendia a mão direita com o propósito alegremente perverso de desconjuntar os dedos de Conde. Será que não conhece outra brincadeirinha mais leve? O tenente recorreu às forças de seu masoquismo e deixou-se torturar pelo capitão Jesús Contreras, chefe do Departamento de Evasão de Divisas.

– Porra, Gordo, solte já minha mão.

– Fazia dias que você não aparecia aqui, meu amigo.

– Mas senti muitas saudades suas. Imagine que lhe escrevi duas cartas. Não recebeu? É verdade o que dizem por aí, que o correio é uma merda.

– Não fode, Conde, o que é que você quer?

– Já disse, Gordo, café. Além disso, venho lhe dar um presente, embrulhado em papel celofane. Para que saiba que você não é o único aqui dentro que dá presentinhos.

Então o Gordo riu. Era um espetáculo único na Terra: sua papada, sua barriga, suas mamas de obeso transgredindo os limites dos cento e cinquenta quilos começaram a dançar ao ritmo de suas gargalhadas, como se a carne e a banha estivessem mal presas no distante esqueleto que devia sustentá-las e fosse possível assistir a um *strip-tease* total que revelasse a identidade oculta de uma ossatura coberta por dez arrobas de carne e sebo. Vendo-o rir, Conde sempre pensava na relação estranha e predestinada que havia entre o sobrenome do Gordo e sua figura: era simplesmente Contreras, ou seja, "do contra", redondo, roliço, volumoso e espesso.

– Olhe, Conde, desde que fiz sete anos não me deram mais nenhum presente. Só merda, talvez.

– Mas você tem ou não tem café?

Contreras ia retomar o riso, mas se conteve.

– Para os amigos sempre tenho. E ainda está quente. Rolou, mais que andou, até a mesa e tirou da gaveta um copo quase cheio de café.

– Mas não tome todo, lembre que minha cota acabou.

Conde deu um gole mais que generoso e viu um alarmante desespero no olhar crítico do Gordo. Era o melhor café que se tomava na Central, enviado especialmente ao capitão Contreras e saído das reservas estratégicas do major Rangel. Antes de devolver o copo, Conde deu mais um gole.

– Ei, ei, chega. Olha só... Bem, vejamos, qual é o seu negócio?

– Uma moto Kawasaki de trezentas e cinquenta cilindradas que não se sabe de onde saiu, compras na loja dos diplomatas e, quase certo, evasão de divisas. Uma belezinha. Está no meu cubículo e já caindo do galho de tão maduro. Dou-lhe de presente, é todo seu, com a condição de conservá-lo inteiro porque ainda não acabei o interrogatório. Gostou?

94

– Gostei – admitiu o Gordo Contreras, que já não conseguiu se segurar: largou as amarras de suas gargalhadas, e Conde pensou que um dia desses ia rachar as paredes do prédio.

– Entre, vamos, entre – trovejou a voz quando Conde pôs a mão na maçaneta. Esse sacana anda me bisbilhotando, pensou o tenente, e empurrou a porta pelo vidro fosco. O major Antonio Rangel se balançava abúlico em sua poltrona giratória e, ao contrário do que o tenente imaginava, havia certa placidez em seu rosto. Conde farejou: pairava no ar um perfume de fumo fino, jovem mas bem curado. Conde olhou: sobre o cinzeiro descansava um havana comprido e cor de azeitona.

– O que é?

– Um Davidoff 5.000. Ia ser o quê?

– Fico feliz por você.

– E eu por você – o major parou de se balançar e pegou o charuto. Saboreou como se fosse ambrosia. – Já viu que estou de bom humor... Em que buraco você se meteu? Agora virou policial autônomo? Não sabe que estou aqui para alguma coisa?

Conde sentou em frente ao major e tentou sorrir. Rangel precisava saber cada passo da investigação de cada subordinado, mais ainda se o subordinado se chamasse Mario Conde. Embora confiasse na capacidade do tenente mais que na sua própria, o major tinha medo dele. Sabia de todos os pontos fracos de Conde e tentava mantê-lo com a rédea mais curta possível. Agora vinham à cabeça de Conde umas duas brincadeirinhas e pensou que podia se arriscar, pelo menos com uma:

– Major, venho pedir demissão.

O Velho olhou para ele um instante e, sem se mexer, largou o charuto no cinzeiro.

– Ainda bem que era isso – disse e bocejou, tranquilamente. – Desça ao departamento pessoal e diga que preencham os seus papéis, que eu assino. Fico feliz por minha hipertensão. Até que enfim vou trabalhar sossegado...

Conde sorriu, frustrado.

– Porra, Velho, já não se pode brincar com você.

– Nunca se pôde! – rugiu, mais que falou, o Velho. Se Deus falasse, teria a voz desse homem. – Não sei como é que você se atreve. Escute, Conde, cá entre nós, um dia você vai me dizer por que se meteu a ser policial, caralho?

– Só respondo a essas perguntas na frente do meu advogado.

– Pois que você, o direito romano e a Ordem dos Advogados vão para a puta que os pariu. A quantas anda o caso? Hoje já é sábado.

Conde acendeu um cigarro e observou o céu limpo que se via pelo janelão do escritório. Nunca se veriam nuvens daquela janela?

– Vai devagar.

– Eu lhe pedi que fosse rápido.

– Mas vai devagar. Acabamos de interrogar um dos suspeitos, um tal de Pupy, um contrabandista que foi namorado da moça. Por enquanto acho que não tem nada a ver com a morte dela, tem um álibi com inúmeras testemunhas, mas nos confirmou duas coisas importantes que dão outro ritmo a essa rumba: que a professora era uma piranha, como ele diz, mais rápida no gatilho dos "Colts" do que Billy the Kid, e que tinha um caso com o diretor do pré-universitário, que agora é o segundo suspeito. Mas tem alguma coisa que não bate. Diz o legista que a última relação sexual da moça, pouco antes de ser morta, foi com um jovem em torno dos vinte anos e com sangue do grupo O. E Pupy tem esse tipo de sangue... O diretor tem uns quarenta anos e pode ser quem esteve com ela umas cinco ou seis horas antes. Mas se é verdade, como parece, que Pupy não a viu na terça-feira à noite porque andava com um grupo de motoqueiros pelo Havana Club de Santa María, e por isso não foi o último que transou com ela, então quem foi? E se não foi Pupy que a matou, então quem foi? O diretor deve ter culpa no cartório, mas uma coisa eu não entendo: a festa que houve de noite, a bebedeira e o fumacê de maconha. O diretor não é flor que se cheire, mas também não parece ser desses que se arriscam tão facilmente. Se bem que ela pode ter sido morta depois da festa... O que acha, Velho?

O major saiu de sua cadeira e pôs o Davidoff para funcionar. Aquele fumo prodigioso era como um incensário a soltar sua fumaça perfumada toda vez que o Velho dava uma baforada.

96

– Traga-me a gravação de Pupy, quero ouvi-la. Por que você acha que não foi ele? Já averiguou o que ele disse?

– Mandei Crespo e Greco verificarem, mas tenho certeza. Ele me deu nomes demais para ser tudo invenção. Além disso, tenho o pressentimento de que não foi ele...

– Olhe, olhe aqui, sinto um arrepio de medo quando você pressente alguma coisa. E o diretor, por que não gostou dele?

– Sei lá, talvez por ser diretor. É como se tivesse nascido para ser diretor e, sei lá, não gosto disso.

– Quer dizer que você não gosta disso... E diz que a moça era meio maluquinha? O relatório...

– Era um relatório, Velho. Nunca ouviu dizer que o papel aceita qualquer coisa? Você nem imagina tudo o que pode haver por trás desse papel. Arrivismo, oportunismo, hipocrisia e sabe-se lá o que mais. Mas o papel diz que ela era um exemplo da juventude...

– Pare com isso, pare com isso, não venha me dar aulas de corte e costura que eu estou nisso desde antes de você saber assoar o nariz... Estou vendo que você anda devagar, Mario, o que está acontecendo, menino?

Conde apagou seu cigarro no cinzeiro antes de responder:

– Sei lá, Velho, tem alguma coisa que me atrapalha nessa história, o negócio dessa maconha que não se sabe de onde saiu, e estou meio assim, não consigo me concentrar.

O gesto do major foi teatral e perfeito: pôs as mãos na cabeça e olhou para o teto, invocando talvez a misericórdia do céu.

– Mas era só o que me faltava. Agora, sim, é que vou demiti-lo. Quer dizer que é um problema de concentração?

– Mas eu me sinto bem, Velho.

– Com essa cara de merda?... Mario, Mario, lembre-se do que lhe disse: comporte-se direito, por tudo o que lhe é mais sagrado. Não meta a mão em cumbuca, porque eu mesmo vou ter de cortar sua mão.

– Mas o que é que tem por trás disso, Velho? Qual é o negócio?

– Já disse que não sei, mas posso farejar: tem encrenca. Tem uma investigação por aí, que vem de muito alto. Não sei o que está acontecendo nem quem estão procurando, mas é coisa graúda e acho que vão rolar muitas cabeças, porque o negócio é sério. E não me pergunte mais... Sabe que recebi ontem um embrulhinho e uma carta de minha filha? Parece que finalmente ela está bem com o seu ecologista austríaco. Moram em Viena, eu lhe disse, não disse?

– Adoraria viver em Viena. Na pior das hipóteses poderia dirigir o coro das meninas cantoras. Meninas de vinte anos... Tem policiais em Viena?

– Na carta me contava que tinha ido a Genebra com o marido, a uma dessas reuniões sobre baleias, e sabe onde esteve? Na charutaria de Zino Davidoff. Diz que é um lugar lindo e comprou para mim um estojinho de cinco havanos... Mas você nem imagina como sinto saudade dela, Mario. Não sei por que essa menina foi embora daqui.

– Porque se apaixonou, Velho, o que mais você quer? Eu também estou apaixonado, sabe, e, se ela me disser que vamos para New Orleans, lá vamos nós.

– New Orleans? Está apaixonado? E vai aguentar essa barra?

– Barra nada, é para ouvir blues, soul, jazz e essas coisas.

– Mario, vá embora, ande, suma, não suporto você. Mas lhe dou quarenta e oito horas para me entregar tudo resolvido. Do contrário, melhor que nem venha receber seu salário este mês.

Conde se levantou e olhou para o chefe. Atreveu-se de novo:

– Não faz mal: o amor alimenta... – sentenciou e dirigiu-se para a porta.

– Já, já você vai morrer de fome... Ah, você soube o que aconteceu com Jorrín, não soube? Ele teve uma ziquizira na quarta-feira de noite. Uma coisa estranhíssima, dizem que foi como um pré-infarto. Ontem fui vê-lo e perguntou por você. Está no Posto Médico da avenida 26. Sabe, Mario, acho que o Jorrín acabou como policial.

Conde pensou no capitão Jorrín, o velho lobo da Central. E lembrou-se de que nunca, em dez anos, tinham se encontrado fora das paredes daquele edifício. Sempre lhe prometia ir visitá-lo um dia, sentar-se uma tarde para tomar um café, uns goles de rum, falar do que as pessoas costumam falar, e no final jamais cumpria sua promessa.

Eram amigos? Uma sensação de culpa irremediável o invadia quando disse ao chefe:

– Que merda, né, Velho? – e saiu, deixando o major envolto numa nuvem de fumaça azul e perfumada de Davidoff 5.000, Gran Corona, de 14,2 centímetros, safra de Vueltabajo, 1988, despachado de Genebra, da loja do próprio czar: Zino Davidoff.

Certas pessoas têm mais sorte e vivem confiando nessa sorte que Deus ou o diabo lhes deu. Eu não, sou um desastre, e o pior é que insisto, às vezes jogo com ela, e, vejam, foi tudo para o brejo. E agora, o que vai acontecer? É, é verdade. Pensei em telefonar e dizer isso a vocês, mas não me atrevi. Tive medo: medo de que me implicassem no que aconteceu, medo de que minha mulher viesse a saber, medo de que se soubesse no pré-universitário e perdessem o respeito por mim... Digo-lhes com toda a sinceridade: tenho medo. Mas não tive nada a ver com o que aconteceu. Como iria fazer uma coisa dessas? Ela me enlouquecia e até pensei em falar com minha mulher e contar tudo, mas Lissette não quis, me disse que era muito cedo, não queria nada formal, que era muito moça. Um desastre. Não, faz dois meses apenas. Quando estivemos na Escola do Campo. Os senhores sabem que lá é diferente, não existe a formalidade que há no colégio, e começou quase como uma brincadeira, ela ainda namorava o Pupy, o cara da moto, e achei que não era possível, que eram ilusões de velho assanhado, mas quando voltamos para Havana, um dia em que terminamos uma reunião lá pelas sete, eu lhe disse que poderia me convidar para tomar um café, e foi assim que tudo começou. Mas ninguém sabia, tenho certeza. Acham que eu seria capaz de fazer uma coisa dessas com ela? Creio que Lissette foi uma das melhores coisas que aconteceram na minha vida, tive vontade de viver, de fazer uma loucura, de largar tudo, até de me esquecer da falta de sorte, porque ela podia ser a sorte... Por ciúme? Que ciúme? Ela tinha brigado com Pupy, me jurou que já não havia nada entre eles, e, quando se tem quarenta e seis anos e se ouve isso de uma mulher vinte anos mais moça, o único jeito é acreditar, ou ir para casa cuidar do quintal e se dedicar a criar galinhas...

Nesse dia eu ia vê-la mais cedo, mas isto aqui é um inferno; se não é Juan é Pedro, e se não é o Partido é a Câmara Municipal, e saí daqui lá pelas seis e meia. Estive na casa dela talvez uma hora e pouco, não mais que isso, porque cheguei em casa quando começava a novela das oito e meia... bem, tivemos relações sexuais, sim, é óbvio, não é? Tipo A positivo? É, como vocês sabem? Bem, sabem tudo, não? Fiquei a noite toda em casa, é, é, tinha de preparar um relatório para o dia seguinte, foi por isso que saí tarde do pré-universitário nesse dia. Sim, estavam em casa minha mulher e um dos garotos, o menorzinho, o outro tem dezesseis anos e sai quase toda noite, já tem namorada. Minha esposa pode confirmar, sim, mas, por favor, é necessário? Não acreditam em mim? É o trabalho dos senhores, eu sei, mas sou uma pessoa, não uma pista... O que querem, que o mundo caia em cima de mim? Por quem tenho de jurar? Não, ela não tinha mais ninguém, isso eu sei, só pode ser aqueles que a estupraram, porque a estupraram, não foi? Não a estupraram e mataram depois? Por que me obrigam a falar disso, caralho? É como um castigo por eu ter acreditado que ainda era possível me sentir vivo, vivo igual a ela... Estou com medo... É um bom aluno, sim, aconteceu alguma coisa com ele? Ainda bem. Sim, na secretaria lhe dão o endereço... Mas o que vai acontecer agora? Com minha esposa? Se eu tivesse sorte...

O cheiro de hospital é um bafo doloroso: éter, anestésicos, aerossóis, álcool intragável... Entrar num hospital era uma das provas que Conde jamais gostaria de ter de enfrentar de novo. Os meses em que toda noite vigiou o sonho doloroso do Magro, quando ficou mais magro que nunca, de bruços em cima de uma cama, com as costas destruídas, as pernas já imprestáveis e aquela cor de vidro sujo nos olhos, tinham instalado para sempre em sua memória o cheiro inconfundível do sofrimento. Duas cirurgias em dois meses, todas as esperanças perdidas em dois meses, toda a vida transformada em dois meses: uma cadeira de rodas e uma paralisia progressiva como um pavio aceso que avançava e ia comendo nervos e músculos, até o dia em que chegasse ao coração e o carbonizasse definitivamente. E ali estava mais uma vez o cheiro dos hospitais, recuperado enquanto ele andava pelo saguão deserto naquela hora da tarde e, sem falar, quase esfregava a credencial de polícia nos olhos do guarda que se interpôs na frente deles diante do elevador.

No corredor do terceiro andar procuraram uma indicação. O 3-48 devia ficar à esquerda, segundo a placa que o sargento Manuel Palacios descobriu, e foram andando, contando os cubículos de números pares.

Conde enfiou a cabeça pela porta e viu, em cima de uma cama Fowler com a cabeceira levantada, o rosto não escanhoado do capitão Jorrín. A seu lado, na inevitável poltrona, a mulher de uns cinquenta anos e expressão cansada parou o leve balanço e os interrogou com os olhos. Ela se levantou e foi até o corredor.

– Tenente Mario Conde e sargento Manuel Palacios – disse Conde, à guisa de apresentação. – Somos colegas do capitão.

– Milagros, sou Milagros, esposa dele...

– Como está? – perguntou Manolo, pondo novamente a cabeça pela porta.

– Está melhor. Deixam-no sedado para que durma – e olhou o relógio. – Vou acordá-lo, às três horas tem de tomar remédio.

Conde ia detê-la, mas a mulher já andava até o doente adormecido e lhe sussurrava alguma coisa enquanto acariciava sua testa. Os olhos de Jorrín se abriram com uma mansidão forçada, e com o movimento das pálpebras ele iniciou o esboço de um sorriso.

– O Conde – disse e levantou um braço, para apertar a mão do tenente. – Como vai, sargento? – cumprimentou Manolo também.

– Meu mestre, que ideia de ter isso! Acho que vão julgá-lo por desacato e depois fechar a Central – Conde sorriu e obrigou o capitão Jorrín a retribuir o sorriso.

– Pois é, Conde, até os carros velhos quebram.

– Mas são tão bons que com qualquer peça voltam a andar.

– Você acha?

– Diga como está se sentindo.

– Estranho. Com sono. De noite tenho pesadelos... Sabe que esta é a primeira vez na vida que durmo depois do almoço?

– É verdade – disse a mulher, e voltou a acariciar sua testa. – Mas eu lhe disse que agora tem de se cuidar. Não é, tenente?

– Claro que sim – Conde concordou e sentiu todo o ridículo da frase feita: sabia que Jorrín não queria se cuidar, só desejava se levantar e voltar para a Central, sair para a rua e sofrer, e procurar, e caçar filhos da puta, ladrões, assassinos, estupradores, vigaristas, porque isso, e não dormir de tarde, era a única coisa que sabia fazer na vida, e ainda por cima fazia bem. O resto era uma morte, mais ou menos lenta, mas igual à morte.

– E você, como vai, Conde? De novo andando com esse louco?

– Que remédio, mestre. Deveria deixá-lo aqui e levar o senhor. Quem sabe não o operam e fazem dele uma pessoa...

– Estava estranhando que você não tivesse vindo.

– Só agora fiquei sabendo. O Velho me disse. É que ando bem atrapalhado.

– O que anda fazendo?

– Nada, uma bobagem. Um roubo corriqueiro.

– Ele não pode falar muito – disse então a mulher, que agora pegava a mão do capitão. Via-se a marca deixada pelo esparadrapo e pela agulha do soro. Jorrín derrotado. Incrível, pensou Conde.

– Não se preocupe, já estamos indo. Quando o botam para fora daqui, mestre?

– Ainda não sei. Em três ou quatro dias. Deixei um caso pendente e quero ver...

– Mas agora não se preocupe com isso. Alguém vai cuidar do caso. Não tão bem como o senhor, mas alguém cuidará. Olhe, amanhã voltaremos. No mínimo, para consultá-lo sobre uma coisa.

– Estimo as melhoras, capitão – disse Manolo, e apertou sua mão.

– Não deixe de vir, Conde.

– Garanto, mas se cuide, mestre, que dos bons restam poucos – disse Conde, e prendeu na sua a mão do velho lobo. Embora tenha reconhecido a mancha de nicotina entre os dedos, escurecendo até mesmo as unhas, aquela já não era a mão forte que conhecia, e isso o assustou. – Mestre, hoje me dei conta de que nunca tínhamos conversado fora da Central. Que tragédia, não é?

– Tragédias de policiais, Conde. Mas temos de assumi-las. Mesmo que você perceba que não existe policial feliz, que é um cara em quem ninguém confia e de quem às vezes até os próprios filhos têm medo pelo que você representa, mesmo que fique com os nervos esbagaçados e impotente aos cinquenta anos...

– O que é que você está dizendo? – interrompeu a mulher, tentando não parecer que era uma reclamação. – Acalme-se, ande.

– Tragédias de policial, mestre. Até logo – disse Conde, e soltou a mão do capitão. Agora o hospital cheirava a sofrimento e também a morte.

– Vamos para o zoológico – Conde ordenou ao entrar no carro, e Manolo não se atreveu a perguntar: quer ver os macacos? Sabia que Conde estava como um animal ferido e desviou-se para deixá-lo passar. Ligou o motor, saiu pela avenida 26 e percorreu devagar as poucas quadras que os separavam do zoológico. – Pare debaixo de uma árvore que dê sombra.

Deixaram para trás os patos, os pelicanos, os ursos e os macacos, e Manolo parou o carro ao lado de um choupo velhíssimo. O vento do sul continuava batendo e entre as folhagens do parque ouvia-se seu assobio pertinaz.

– Jorrín está morrendo – disse Conde, e acendeu um cigarro com a guimba do que estava fumando. Então observou seus dedos e perguntou-se por que não ficavam manchados de nicotina.

– E você vai se matar se continuar fumando assim.

– Não enche o saco, Manolo.

– Olhe ali, rapaz.

Conde olhou à direita e viu o grupo de crianças observando os leões magros e envelhecidos que mal se decidiam a andar, cansados com o vento quente. O ar cheirava a mijadas velhas e merda recente.

– Estou perdido, Manolo, porque acho que nem Pupy nem o diretor têm a ver com o que aconteceu na terça-feira de noite.

– Olhe, Conde, deixe eu lhe dizer...

– Vá, diga, que é para isso que estamos aqui.

– Bem, o diretor tem um bom álibi e parece que consegue sustentá-lo. É a palavra dele e a da esposa, se é que a esposa confirma. E se realmente não foi Pupy que trepou com Lissette na noite em que a mataram, o que sobra, então? A festa: rum, música, maconha. É aí que deve estar a saída, né?

– Deve ser, mas como vamos encontrar a ponta do novelo? E se Pupy nos enganou? Não acho que tenha tido tempo de preparar um álibi envolvendo tanta gente, mas também não há muita gente com sangue do grupo O, e foi alguém do grupo O que esteve com ela pela última vez.

– Quer que eu aperte um pouco mais os parafusos dele?

Conde jogou o cigarro pela janela e fechou os olhos. Veio à sua mente uma imagem de mulher dançando à meia-luz. Balançou a cabeça, como se tentasse espantar aquela sombra feliz e imprópria. Não queria misturar sua possível felicidade com a imundície de seu trabalho.

– Deixe-o um pouco com o Contreras e depois nós o espremamos de novo até dar suco... E também vamos verificar toda a história do diretor. Ele vai ver só o que é ter medo...

– Olhe, Conde, e o que você acha do turista mexicano que foi namorado de Lissette? Mauricio, né?

– É, foi o que Pupy disse... E a maconha é da América Central ou do México. Será que foi o mexicano que deixou com ela?

– Conde, Conde – Manolo então se assustou e deu até uma pancada no volante. – E se o mexicano voltou?

O tenente balançou a cabeça, afirmativamente. Para alguma coisa Manolo servia, é claro.

– Sim, sim, também é possível. Temos que falar com a Imigração. Hoje mesmo. Mas enquanto isso vou fazer outra tentativa de encontrar a ponta do novelo... Maconha: não sei por que, mas tenho certeza de que o caminho é por aí. Bem, arranque com esse calhambeque. Este zoológico cheira a amônia. Aliás, a vida inteira achei os zoológicos um cu. Vamos ligar para o Departamento de Imigração e depois seguimos para a costa.

O mar, como o enigma da morte ou dos golpes do destino, sempre provocava um fascínio magnético no espírito de Mario Conde. Aquele azul imenso, escuro, insondável o atraía de forma doentia e agradável a um só tempo, como uma mulher perigosa de quem não se quer fugir. Outros, antes dele, sentiram os mesmos eflúvios dessa sedução inefável e por isso o tinham, a tinham, chamado o mar. Nada em sua memória vital pressupunha alguma relação com o mar: nascera num bairro bem enterrado no fundo da cidade, árido e miserável, mas talvez sua consciência de ilhéu – herança da distante origem insular de seu tataravô Teodoro Altarriba, vulgo o Conde, um vigarista que nasceu nas Canárias e cruzou todo um oceano em busca de outra ilha bem distante dos credores e policiais – despertasse só com a visão da água e das ondas, do horizonte preciso onde agora tinha os olhos fitos, como se quisesse ver alguma coisa mais para lá daquele limite enganador, que parecia a fronteira final de todas as possibilidades. Sentado, de frente para a água, Conde voltava a pensar na estranha perfeição do mundo, que dividia seus espaços para tornar a vida mais complexa e cabal e ao mesmo tempo para separar os homens e até seus pensamentos. Antigamente essas ideias e o fascínio pelo mar expressavam desejos de viajar, conhecer, sobrevoar os outros mundos dos quais estava separado pelo mar – o Alasca, com os exploradores e trenós, a Austrália, a Bornéu de Sandokan –, mas já fazia muitos anos que havia se acostumado com seu destino de homem ancorado e sem vento a favor. Conformava-se, então, em sonhar – sabendo ser só um sonho – que um dia viveria de frente para o mar, numa casa de madeira e telhas sempre exposta ao cheiro do sal. Nessa casa ideal escreveria um livro – uma história simples e comovente sobre a amizade e o amor – e depois da sesta – que também não tinha escapado a seus cálculos –, na varanda aberta para as brisas e os ventos terrais, dedicaria as tardes a lançar linhas de pesca na água e a pensar, assim como agora, nos mistérios do mar, com as ondas batendo em seus tornozelos.

A frieza da água e a persistência do vento, menos quente no litoral, as ondas incansáveis e o sol que já descia para um ponto do horizonte talvez tivessem afugentado os fiéis, e na agressiva praia de pedras, marginal e abandonada como seus frequentadores habituais, Conde não encontrou a colônia de *freakies* que havia imaginado encontrar. Dentro d'água dois casais insistiam em fazer amor em temperatura e ritmo inadequados, e, perto de uns arbustos, conversava um grupo de jovens, todos magros como cachorros sem dono.

– Serão *freakies*, hein, Conde? – perguntou-lhe Manolo quando o tenente saiu do mar e voltou para o rochedo.

– É bem possível. Não é um bom dia para vir tomar banho. Mas, para filosofar, sim.

– Os *freakies* não são filósofos, Conde, não me venha com essa.

– A seu jeito, são, Manolo. Não querem mudar o mundo, mas tentam mudar a vida, e começam pela própria. Não dão bola para nada, ou quase nada, essa é a filosofia deles e tentam transformá-la em práxis. Tem todo o jeito de um sistema filosófico.

– Vá contar esse lero-lero para os *freakies*. Ei, e os *freakies* não são *hippies*?

– São, mas pós-modernos.

Manolo entregou ao chefe os seus sapatos e sentou-se perto dele, também de frente para o mar.

– O que você imaginava encontrar aqui, Conde?

– Realmente não sei, Manolo. Talvez um motivo para fumar maconha ou cheirar uma fileira de coca e sentir que a vida é mais leve. Quando me sento assim, olhando o mar, às vezes acho que estou vivendo uma vida equivocada, que tudo é um pesadelo e que estou prestes a acordar, mas não consigo abrir os olhos. Que merda, né?... De fato, adoraria falar com esses *freakies*, mas sei que não vão me dizer nada.

– Vamos tentar?

Conde olhou para os rapazes à beira-mar e para os casais que continuavam trepando dentro d'água. Com as mãos tentava secar os pés e mexia os dedos como se tocasse um trompete – ou um saxofone. Resolveu guardar as meias no bolso e calçou os sapatos.

– Certo, vamos.

Levantaram-se e procuraram o melhor caminho pelas pedras para chegar ao grupo que falava e fumava perto dos arbustos. Eram quatro

106

rapazes e duas moças, todos muito jovens, despenteados e magricelas, mas com certo estado de graça no olhar. Como todos os membros de uma seita, eram sectários, pois se sabiam eleitos, ou pelo menos acreditavam saber. Eleitos de que e por quem? Outra questão filosófica, pensou Conde, e, quando estava a menos de um metro do grupo, parou.

– Vocês têm fogo?

Os jovens, que haviam pensado em ignorar a presença dos intrusos, olharam para ele; o de cabelo mais comprido esticou a mão com uma caixa de fósforos. Conde tentou umas duas vezes e finalmente acendeu seu cigarro, devolvendo os fósforos ao dono.

– Querem fumar? – propôs então, e o do cabelo comprido sorriu.

– Eu não disse? – e olhou para seus companheiros. – Polícia vem sempre com o mesmo truque.

Conde olhou para o cigarro, como se tivesse descoberto que era especialmente gostoso, e voltou a fumar.

– Então não querem fumar? Obrigado pelos fósforos. Como souberam que somos da polícia?

Uma das garotas, cujo peito não tinha nenhum acidente topográfico e cujas pernas eram compridas como o desespero, levantou o rosto para Conde e pôs um dedo na ponta do nariz.

– Isso é pelo cheiro. E já temos o olfato acostumado... – e sorriu, convencida de seu engenho.

– O que desejam? – perguntou então Cabelo Comprido, em sua possível função de chefe de tribo.

Conde sorriu e se sentiu estranhamente tranquilo. Será o mar ou o fato de que já não preciso fingir?

– Falar com vocês – informou e sentou-se, bem perto do paladino. – Vocês são *freakies*, não são?

Cabelo Comprido sorriu. Era evidente que sabia todas as perguntas possíveis dos óbvios policiais que de vez em quando os assediavam.

– Proponho uma coisa, senhor policial. Como não tem nenhum motivo para nos levar presos e não gostamos de falar com policiais, vamos responder a três perguntas, quais quiserem, e depois vão embora. Combinado?

Dentro de Conde remexeu-se seu espírito de grupo: ele também podia ser sectário e como policial não estava acostumado a aceitar condições para fazer todas as suas perguntas, a gritá-las se necessário e a receber todas as respostas, pois não era policial à toa e portanto sua tribo é que tinha a força e até a legalidade para reprimir. Mas se conteve.

– Tudo bem – aceitou Conde.

– Somos *freakies*, sim – afirmou Cabelo Comprido. – A segunda.

– Por que são *freakies*?

– Porque gostamos. Cada um é livre para ser o que quiser, jogador de beisebol, cosmonauta, *freaky* ou policial. Gostamos de ser *freakies* e viver como nos dá na telha. Isso não é crime até prova em contrário, não é? Não nos metemos com ninguém e não gostamos que ninguém se meta conosco. Não pedimos nada a ninguém, não tiramos nada de ninguém e não gostamos que ninguém exija nada de nós. Isso é democrático, não acha? Resta uma.

Conde olhou com desejo a garrafa de rum calçada numa fresta do rochedo. O oráculo da democracia passiva ia vencê-lo, de forma limpa, e compreendeu que não sem razão ele era o cacique natural da horda.

– Esta eu quero que ela me responda – e apontou para a magrela sem peito, sorrindo lisonjeada com a exigência policial que a elevava ao papel de protagonista. – Tudo bem?

– Tudo – admitiu Cabelo Comprido, pondo em prática seu autoproclamado programa democrático.

– O que esperam da vida? – perguntou e jogou a guimba na direção do mar. O cigarro, agarrado pelo vento, fez uma curva parabólica alta e com um giro de bumerangue voltou para os rochedos, demonstrando a impossibilidade de uma fuga. Conde observou a questionada enquanto ela pensava na resposta: se fosse inteligente, pensou Conde, tentaria filosofar. Talvez lhe contasse que a vida é uma coisa que a gente encontra sem ter perdido, numa época e num lugar que são arbitrários, com pais, parentes e até vizinhos impostos. A vida é um engano, e o mais triste é que – Conde imaginava que ela poderia dizer – ninguém consegue mudá-la. Talvez isolá-la totalmente, por que não? Descontaminá-la da

108

família, da sociedade e do tempo até o último limite possível, e por isso eram *freakies*.

– É preciso esperar alguma coisa da vida? – disse afinal a magricela e olhou para seu líder. – Nós não esperamos nada da vida – e achou sua resposta tão inteligente que, qual um atleta vitorioso, aproximou de seus amigos a palma da mão para receber os cumprimentos que os outros, sorrindo, lhe concederam. – Vivê-la, e chega – acrescentou, olhando de novo para o intruso questionador.

Conde olhou para Manolo, de pé bem perto dele, e estendeu-lhe a mão para que o ajudasse a se levantar. Novamente sobre suas duas pernas, do alto observou o grupo. Calor demais neste país para que germine a filosofia, pensou, enquanto sacudia as mãos sujas de areia e salitre.

– Isso também é ilusão – disse o tenente, olhando de novo o mar. – Nem mesmo isso se pode fazer, embora seja bom que vocês tentem. Mas vão sofrer quando não conseguirem. Obrigado pelo fogo – cumprimentou o grupo com a mão e deu um tapinha nas costas de Manolo. Enquanto se afastavam da beira do mar, por um instante Conde pensou que estava com frio. Os mistérios do mar e da vida sempre lhe davam frio.

Ele também vivia num casarão velho de La Víbora, de pé-direito alto e janelões com grades que iam desde o chão até se perderem nas alturas. Pela porta aberta observava-se um corredor comprido, escuro e fresco, ideal para os inícios de tarde, e que ia morrer num quintal arborizado. Conde precisou pôr um pé dentro do casarão para alcançar a aldraba da porta e deixou-a cair umas duas vezes. Voltou para o portão e esperou. Uma menina de uns dez anos, tensa como uma bailarina interrompida em pleno exercício, saiu do primeiro aposento e olhou para o visitante.

– José Luis está? – o tenente perguntou, e a menina, sem abrir a boca, deu meia-volta e com passos de corpo de baile em retirada perdeu-se dentro do casarão. Passaram-se três minutos, e, quando se preparava para bater de novo na aldraba, Conde viu a figura magricela de José Luis se aproximando pelo corredor. Preparou um sorriso para recebê-lo.

– Como vai, José Luis? Lembra-se de mim, do banheiro do pré-universitário?

O garoto passava a mão pelo peito nu marcado por costelas demasiado visíveis. Talvez hesitasse se devia ou não se lembrar dele.

– Lembro, claro. O que deseja?

Conde tirou o maço de cigarros e ofereceu um ao jovem.

– Preciso falar com você. Já faz muitos anos que não tenho amigos no pré-universitário e acho que você pode me ajudar.

– Ajudar a quê?

É desconfiado como um gato. É um cara que sabe o que quer, ou pelo menos o que não quer, pensou Conde.

– Você é muito parecido com um sujeito que era o meu melhor amigo no pré-universitário. Nós o chamávamos de magro Carlos; acho que era até mais magro que você. Mas já não é magro.

José Luis deu um passo e saiu para a rua.

– O que quer saber?

– Podemos conversar aqui? – Conde perguntou, indicando o murinho que separava a entrada do jardim.

José Luis concordou, e o policial foi o primeiro a sentar.

– Vou ser sincero com você, esperando que você seja sincero também – Conde propôs, e preferiu não olhar para ele, a fim de evitar uma resposta. – Conversei com várias pessoas sobre a professora Lissette. Você e outros me falam muito bem dela; outros dizem que era meio maluquinha. Não sei se você sabe como a mataram: eles a asfixiaram quando estava bêbada, depois de surrá-la e trepar com ela. Além disso, houve alguém que fumou maconha na casa naquela noite.

Só então olhou para os olhos do menino. Conde achou que o havia impressionado.

– O que quer que eu diga?

– O que você e seus colegas pensavam de Lissette?

O garoto sorriu. Jogou para o jardim o cigarro fumado até a metade e voltou a se ocupar da contagem de suas costelas.

– O que a gente pensava? É isso que quer saber? Olhe, meu chapa, eu tenho dezessete anos, mas isso não quer dizer que nasci ontem. Qual é a sua? Quer que eu me queime e lhe diga o que penso? Isso é para os babacas, desculpe a expressão. Ainda me falta um ano e pouco no pré-universitário e quero acabar bem, sabe? Por isso repito que era boa professora e nos ajudava muito.

– Você está me enrolando, José Luis. E lembre-se de uma coisa: sou policial e não gosto que as pessoas passem o dia me impondo condições. Até que vou com a sua cara, mas não me trate mal, pois às vezes fico brabo. Por que você respondeu no dia em que perguntei no banheiro?

O garoto mexeu uma perna com gesto nervoso. O magro Carlos, antes, costumava fazer o mesmo movimento.

– Porque o senhor perguntou. E respondi o que qualquer um teria respondido.

– Está com medo? – Conde perguntou, olhando-o nos olhos.

– Senso comum. Já lhe disse que não nasci ontem. Não complique a minha vida, por favor.

– Ultimamente ninguém quer complicar a vida. Por que você não se atreve?

– O que eu ganho em me atrever?

Conde fez um gesto negativo com a cabeça. Se ele próprio era um cínico, como Candito tinha lhe dito, aquele garoto era o quê?

– Minha esperança era que você me ajudasse, sabe? Talvez porque fosse parecido com o meu amigo Magro na época do pré-universitário. Por que se comporta assim?

O garoto estava sério e agora mexia a perna com mais rapidez e voltava a se acariciar na altura do esterno, que dividia seu peito como uma quilha.

– Porque a gente tem que se comportar assim, meu chapa. Quer que lhe conte uma coisa? Olhe, quando eu estava na sexta série teve uma inspeção na minha escola. Um pai tinha dito que o nosso professor batia na gente e estavam investigando se era verdade. Queriam que alguém, além do garoto, dissesse se era verdade. Porque era verdade: aquele professor era o sujeito mais filho da puta do mundo. Batia na gente por gosto. Passava assim entre as filas das carteiras e se visse você, por exemplo, com um pé na carteira da frente, lhe dava um pontapé na canela com aquelas botas que usava... Enfim, ninguém disse nada, todo mundo estava com medo. Mas eu disse: disse que era um cara que abusava e nos dava pontapés, cascudos, que puxava a nossa orelha quando não sabíamos alguma coisa e que tinha esfregado a caderneta na cara de muitos de nós. Comigo fez isso. Expulsaram o professor, claro, fizeram justiça, e veio outro professor. Muito gente boa. Não batia nem nada... No final do ano dois da turma ficaram de recuperação: o garoto que causou a confusão e eu. Que tal?

Conde lembrou-se de si mesmo no pré-universitário: o que teria feito? Falaria com aquele policial desconhecido, em quem não tinha a menor razão para confiar, e movido apenas pela ideia de querer que se fizesse justiça? E se se fizesse justiça daquele outro jeito? Pegou de novo o maço de cigarros e deu um ao magro José Luis.

– Tudo bem, garoto. Mas, olhe, pegue o meu telefone, o de casa, e se por acaso lembrar alguma coisa me ligue. Isso é mais complicado do que um cascudo ou um puxão de orelhas, lembre-se... Pensando bem, acho ótimo que você tenha medo. O medo é seu. Tomara que passe de ano sem problemas – disse e levou o isqueiro aceso ao cigarro de José Luis, mas não acendeu o seu: tinha na boca um inconfundível gosto de merda.

– Jose, preciso que você me ajude, sabe?

Como sempre, a porta da casa estava aberta ao vento, à luz e às visitas, e Josefina passava a tarde do sábado na frente da televisão. Seus gostos televisivos – como os de seu filho em matéria de música – percorriam uma escala em que cabiam todas as possibilidades: qualquer filme que passasse, inclusive os soviéticos de guerra e os de *kung fu* de Hong Kong; telenovelas, e dá-lhe telenovelas, brasileiras, mexicanas, cubanas e de todo tipo, de amor, de escravidão, de dramalhões e de duros conflitos operários. E musicais, noticiários, aventuras, desenhos animados. Para ver televisão digeria até os programas de cozinha de Nitza Villapol, só pelo prazer de descobrir as mancadas da especialista quando percebia ausências ou acréscimos estúpidos em certas receitas. Agora assistia à retransmissão dos capítulos da semana da telenovela brasileira e por isso Conde se atreveu a interrompê-la. A mulher ouviu o pedido de ajuda de Conde, que já estava sentado ao seu lado, e concluiu:

— Meu pai dizia: quando branco procura preto só pode ser para foder com a vida dele. Bem, o que há com você, filho?

Conde sorriu e ficou na dúvida se sua decisão era acertada.

— Estou com um problema aí, Jose...

— A namorada nova?

— Puxa, velha, você é uma flecha.

— Eu? Mas se vocês falam aos gritos...

— Bem, ela diz que morou a vida toda ali na esquina, no 75. Mas eu nunca a tinha visto e o Magro não sabe nada dela. Quebre esse galho para mim, vá. Investigue quem é ela, de onde saiu, sei lá, o que puder.

A mulher reiniciou o balanço da cadeira e observou a televisão. A heroína da novela estava passando por maus momentos. Bem, pensou Conde, é o preço que se paga para ser protagonista de novela.

— Você me ouviu, Jose? — Conde insistiu, exigindo a atenção que acreditava ter perdido.

— Claro, claro, ouvi... E se não gostar do que eu descobrir? Olhe, Condesito, deixe eu lhe dizer uma coisa. Você sabe que também é meu filho e que vou averiguar o que você quer. Vou bancar o policial. Mas você está se iludindo. Vou lhe dizendo desde já.

— Não, não se preocupe. Me ajude nisso. Preciso... E o cara, já acordou?

— Acho que está ouvindo música com os fones. Agorinha mesmo me perguntou se você tinha ligado... Ah, na panela em cima do fogão deixei um pouco de arroz frito para você.

— Puxa vida, claro que você é minha mãe – disse Conde, e depois de lhe dar um beijo na testa tentou despenteá-la. — Mas não se esque-ça de me fazer o relatório.

Conde entrou no quarto de seu amigo com o prato numa das mãos e um pedaço de pão na outra. De costas para a porta, com os olhos perdidos na folhagem das bananeiras, o Magro cantava bem baixinho a música que chegava pelos fones. Apesar de seu esforço, Conde não conseguiu identificar a melodia.

Sentou na cama, atrás da cadeira de rodas, e depois de levar a primeira colherada à boca bateu com um pé na roda mais próxima.

– Fala aí, bicho.

– Você me mandou à merda, hein? – o outro reclamou, enquanto tirava os fones e fazia girar lentamente a cadeira de sua condenação.

– Não encha o saco, Magro, fiquei um dia sem vir aqui. Ontem me enrolei.

– Poderia ter ligado. Está na cara que vai tudo bem: veja as suas olheiras. E aí, comeu?

– Comemos num lugar, mas não a comi. Mas, olhe – disse, apontando o bolso da camisa –, ela já mora aqui.

– Fico feliz – disse Carlos, e Conde notou a falta de entusiasmo da felicidade anunciada. Sabia que o Magro estava pensando que uma relação dessas roubaria noites e domingos da companhia de Conde, e Conde também sabia que seu amigo tinha razão, porque no fundo nada havia mudado entre eles: continuavam sendo possessivos, como adolescentes inseguros.

– Não torra, Magro, o mundo não vai acabar.

– Fico realmente feliz por você, besta. Você precisa de uma mulher, e tomara que tenha encontrado uma.

Conde largou no chão o prato, que parecia limpo, jogou-se na cama do Magro e observou os velhos pôsteres das paredes.

– Acho que é esta. E estou apaixonado que nem um cachorrinho, que nem um vira-lata. É, não tomo jeito: não sei como posso me apaixonar assim. Mas é que ela é linda, bicho, e é inteligente.

– Você já está exagerando. Linda e inteligente? Pô, pare de falar asneira.

– Juro por sua mãe, tá legal? Que ela não guarde mais arroz frito para mim se for mentira.

– Escute aqui, meu irmão, e por que você não trepou com ela?

– Ela me disse para esperar, que era muito cedo...

114

— Está vendo, não pode ser inteligente. Resistir ao assédio feroz de um cara tão lindo, brilhante e bom de cama como você? É o que eu digo.

— Vá à merda. Sabe, Magro, estou preocupado pra caralho. Outra noite, ouvindo o Andrés, fiquei pensando nas coisas que ele disse. Sei que estava meio de pileque, mas sentia o que estava dizendo. E agora acaba de acontecer comigo uma coisa bizarra.

— O que foi que aconteceu, meu irmão? — perguntou, franzindo o cenho. Antigamente, com uma pergunta dessas teria mexido o pé, pensou Conde, enquanto lhe contava sua conversa com José Luis.

— Quer que lhe diga uma coisa, bicho? — Carlos falou e interrompeu o movimento que ia iniciar com a cadeira. — Se você se puser no lugar desse magrelo vai perceber que no fundo ele tem razão. Lembre o seguinte: uma escola às vezes parece uma prisão, e quem fala perde. E que paga, paga. No mínimo pega a fama de dedo-duro, que vai arrastar a vida inteira. Você teria falado? Acho que não, né? Mas mesmo sem falar o garoto lhe deu de bandeja: é ali que acontece alguma coisa ou acontece tudo. O lance da maconha, o caso da professora com o diretor e sabe Deus mais o quê. Por isso não falou, porque sabe alguma coisa, ou pelo menos imagina saber. Não é um cínico, Conde, é a lei da selva. O terrível é que exista a selva e que haja uma lei... Você mesmo, que passa a vida recordando, não lembra que sabia da fraude durante o escândalo Waterpré, mas calou o bico como todo mundo e até foi fazer umas provas já conhecendo todas as respostas? Você não sabia que quando foram pintar o pré-universitário roubaram a metade das latas de tinta e por isso não deu para pintar as salas por dentro? E não lembra que ganhávamos todos os prêmios e todas as competições na colheita de cana porque tínhamos um pistolão na usina de açúcar que nos atribuía arrobas que não eram nossas? Já esqueceu tudo isso? Porra, nem parece policial. Olhe, meu amigo, você não pode passar a vida vivendo de nostalgia. A nostalgia nos ilude: traz de volta apenas o que a gente quer lembrar, e isso às vezes é muito saudável, mas quase sempre é moeda falsa. Mas, bem, acho que você nunca vai estar preparado para viver, juro por Deus, você não tem remédio. É um saudosista do caralho. Mas viva a sua vida hoje, meu velho, que também não é tão ruim assim. E não me encha o saco... Sabe, mesmo que quase nunca toque no assunto, às vezes fico pensando no que aconteceu comigo em Angola e me revejo enfiado naquele buraco debaixo da terra, três, quatro dias sem tomar banho e comendo um pouco de arroz com sardinha, dormindo com a cara toda suja daquela poeira fedendo a peixe seco que tem em Angola toda, e acho incrível que alguém pudesse viver assim: porque o estranho é que aquilo não nos matava. Ninguém morria por isso e a gente aprendia que havia uma outra vida, uma outra história, que não tinha nada a ver com coisa nenhuma do que estava acontecendo. Por isso era mais fácil enlouquecer do que morrer, metido naqueles buracos, sem a menor ideia de quanto tempo teríamos que ficar ali e sem ver nem uma só vez a cara do inimigo, que podia ser qualquer uma das pessoas que encontrávamos nas aldeias por onde passávamos. Era terrível, meu irmão, e ainda por cima sabíamos que estávamos ali para morrer, porque era a guerra, e era como uma loteria, na qual, na melhor das hipóteses, se tivesse sorte você ganharia o bilhete de sair vivo: era tão simples assim, a situação mais irremediável do mundo. Então o melhor era não lembrar. E os que mais resistiam eram os que se esqueciam de tudo: se não tinha água, então não tomavam banho e passavam três a quatro dias sem lavar a cara nem os dentes, comiam até pedras se conseguissem cozinhá-las e nunca diziam que esperavam cartas nem falavam que iam morrer ou se salvar, sabiam que iam se salvar. Eu não, eu fiquei lá igualzinho a você, como um saudosista de merda, matutando como tinha chegado lá, por que diabos estava naquele buraco, até que me deram o tiro e aí, sim, me tiraram de lá de baixo. Lindo bilhete de loteria o meu, né?... Não sei por que você me obriga a lembrar tudo isso. Óbvio que não gosto de lembrar, porque perdi, mas quando penso nisso, como agora, chego a duas conclusões claríssimas: o Coelho é um babaca se acha que a história pode ser reescrita, e eu estou fodido, como diz o Andrés, mas assim mesmo quero continuar vivendo e você sabe disso. E você sabe que é meu amigo e que preciso de você, mas que não sou tão egoísta a ponto de querer que você também fique fodido aqui do meu lado. E também sabe que não tem sentido passar a vida culpando os outros e culpando a si mesmo...

116

Pode até ser que o magricela seja um cínico, como você diz, mas tente entendê-lo, velho. Olhe, resolva esse caso, investigue o que aconteceu no pré-universitário e faça o que deve fazer, mesmo que seja com sua alma sofrendo. Depois trepe com a Karina, se apaixone se tiver que se apaixonar, aproveite a sua paixão, ria, se divirta e, se der merda, assuma a cagada, mas continue vivendo, que é isso que deve ser feito, não é não?

– Acho que é.

– Aham, espero você na escadaria do pré-universitário, às sete? Às sete. E não leve o carro – tinha lhe dito, com a intenção mórbida e calculada de fazer uma viagem possível à melancolia. O Magro que vá para o inferno, pensou; fazia dezessete anos que tinha marcado seu último encontro amoroso naquele lugar que constantemente, do passado e do presente, o atraía como um polo magnético da memória e da realidade e do qual não podia nem queria escapar. Ia disposto a submergir numa piscina transbordante de saudade.

Chegou às quinze para as sete e, entre a luz avermelhada do entardecer e as lâmpadas do alto pórtico de colunata, resolveu esperar lendo o jornal do dia. Às vezes passavam-se semanas sem que ele parasse para ler o jornal, mal espiava as manchetes e o largava sem remorso nem dúvidas: nada o atraía a ponto de gastar seus minutos devorando informações e comentários óbvios demais. Sobre o que estaria escrevendo Caridad Delgado três dias após a morte de sua filha? Deveria procurar esse jornal. Como o vento tinha amainado, e na falta de algo melhor para fazer, foi virando as páginas do jornal. A primeira lhe avisou que por ora a colheita ia num ritmo lento mas seguro rumo a uma safra repleta de êxitos e bons resultados, como sempre; os astronautas soviéticos continuavam no espaço, batendo recordes de permanência e alheios às notícias alarmantes da página internacional, onde se falava da deterioração de seu – antes tão perfeito – país e da guerra mortal deflagrada entre armênios e azerbaijanos; o avanço do turismo em Cuba marchava – esse, sim, era cabalmente um verbo digno de complementos – a passos de gigante, a capacidade hoteleira já havia triplicado; por sua vez, os empregados do setor de gastronomia e de serviços na capital iniciavam uma árdua luta intermunicipal para conquistar o direito de ser a sede provincial do ato comemorativo de 4 de fevereiro, dia dos trabalhadores do ramo: para isso lançavam iniciativas, melhoravam a qualidade dos serviços e se esforçavam para erradicar os infratores – essa espécie de fatalidade ontológica que Conde considerava uma forma bela e poética de batizar o mais elementar dos roubos. Bem, mas o Oriente Médio continuava igual: cada vez pior, até que tudo fosse à merda e chegasse a guerra total; a violência crescia nos Estados Unidos; mais desaparecidos na Guatemala, mais mortos em El Salvador, mais desempregados na Argentina e mais pobres no Brasil. Maravilha este planeta onde caí, é ou não é? No meio de tantas mortes, qual a importância da morte de uma professora? Teriam razão Cabelo Comprido e sua tribo? Bem, a seleção de beisebol avançava – sinônimo menos desportivo de marchar – para a reta final com o Habana liderando; Pipín ia bater seu próprio recorde de mergulho em apneia (e lembrou-se de que vivia prometendo a si mesmo procurar o significado dessa palavra no dicionário, talvez houvesse um sinônimo menos horripilante). Fechou o jornal convencido de que tudo marchava, avançava ou continuava segundo o previsto e dedicou-se a observar o cair definitivo da tarde, também previsto para aquele exato instante, 18h52, horário normal. Olhando a descida veloz do sol pensou que gostaria de escrever alguma coisa sobre o vazio da existência: não sobre a morte, o fracasso ou a decepção, só sobre o vazio. Um homem diante do seu nada. Valeria a pena se conseguisse encontrar um bom personagem. Ele mesmo seria um bom personagem? Seria, sem a menor dúvida; ultimamente sentia tanta autocompaixão que o resultado não podia ser melhor: toda a escuridão revelada, todo o vazio num só indivíduo... Mas não é possível, pensou; espero uma mulher e me sinto bem, vou trepar com ela e vamos encher a cara.

Só que era policial e, mesmo que às vezes não se visse como um, não deixava de pensar como policial. Estava no prédio de sua melancolia, mas também nos domínios de Lissette Núñez Delgado, e voltou a pensar que o vazio e a morte podiam ser muito parecidos e que aquela morte em especial, mesmo num planeta cheio de cadáveres mais ou menos

118

previstos, ainda pesava como um perigo na balança do equilíbrio mais necessário: o da vida. Apenas seis dias antes, talvez sentada naquele mesmo degrau da escadaria, a moça de vinte e quatro anos e muita vontade de viver pode ter desfrutado de um pôr do sol tão cabal quanto aquele, alheia às guerras do mundo e às angústias de um nadador apneico, iludida apenas por um par de tênis novos que muito em breve iria possuir. Das esperanças e dos desassossegos dessa pessoa já nada restava: talvez a lembrança com que marcou aquele prédio onde habitavam outros milhões de lembranças, como as suas; talvez a frustração amorosa e até a possível culpa de um diretor que se sentiu rejuvenescer e a incerteza de certos alunos que imaginavam ser aprovados em química sem maiores dificuldades graças àquela professora fora do comum. Às 18h53 o sol já tinha afundado no fim do mundo, mas – assim como a lembrança – deixava atrás de si a luz perseverante de seus últimos raios.

Então ele a vê andando sob as *majaguas* em flor e sente como sua vida se enche, igual a seus pulmões, repletos de ar e perfumes de primavera, e se esquece do vazio, da morte, do sol e do nada: ela pode ser tudo, pensa, enquanto desce de dois em dois os degraus das escadarias do pré-universitário para encontrar-se com um beijo e um corpo que adere ao seu como uma promessa do mais ansiado dos contatos imediatos de primeiro grau.

– O que acha da nostalgia?

– Que é uma invenção dos compositores de boleros.

– E do mergulho em apneia?

– Que é contra a natureza.

– E já lhe disseram alguma vez que você é a mulher mais bonita de La Víbora?

– Ouvi comentários.

– E que há um bom policial que a persegue?

– Disso, sim, me dei conta, pelos interrogatórios – diz ela, e voltam a se beijar, em plena rua, com o impudor de adolescentes em ebulição.

– Você gosta de namorar nos parques?

– Faz muito tempo que não namoro num parque, nem em lugar nenhum.

– Qual parque de La Víbora você prefere? Escolha: o de Córdoba, o de Los Chivos, qualquer um dos dois de San Mariano, o Parque del Pescao, o de Santos Suárez, o de Mónaco, o dos leõezinhos do Casino, o de Acosta... O melhor deste bairro são os parques, os mais bonitos de Havana.

– Tem certeza?

– Absoluta. Qual você escolhe?

Ela o encara e pensa. Em seu olhar há uma profundidade na qual Conde se perde como um policial apaixonado.

– Se é só para namorar, prefiro o de Mónaco. Se você está assanhado, o Parque del Pescao.

– Vamos ao Parque del Pescao. Não respondo por mim.

– E por que não me convida para ir a sua casa?

Ela o surpreende, adianta-se ao convite que ele não se atreveu a formular quando se falaram por telefone e corrobora sua desconfiança de que aquela mulher é mulher demais e que com ela não vale a pena ficar dando voltas, como um Tarzan no cio em busca de Jane.

– Não dei bola para o que você disse – diz ela e sorri. – Estou com o carro estacionado na esquina. Você me convida ou não? Gosto do café que você faz.

Suas mãos tremem enquanto encaixa as duas metades da cafeteira. A proximidade do amor o assusta com a mesma intensidade dos velhos tempos das iniciações, e então ele improvisa sobre temas apressados que vão se encadeando: os segredos do café que aprendeu com Josefina; precisamos ir lá para você conhecê-los, a ela e ao Magro, meu melhor amigo, não entendo como não se conhecem, e se aproxima da cafeteira para ver se o café começou a coar, moram na esquina da sua casa; sua preferência pela comida chinesa, Sebastián Wong, o pai da chinesa Patricia, uma colega da Central, prepara umas sopas incríveis; a ideia de um conto que gostaria de escrever, sobre a solidão e o vazio, despeja o primeiro café no jarro onde já estão as duas colherinhas de açúcar e bate até conseguir uma pasta ocre e caramelada, enquanto eu esperava por você tive a ideia de escrever algo assim, há dias ando com vontade de voltar a escrever, joga o resto do café no jarro e vê como na superfície se forma uma espuma amarela e sem dúvida amarga, que despeja nas duas xícaras grandes e anuncia, café espresso, quando se senta na frente dela, toda vez que me apaixono acho que posso voltar a escrever.

– Você se apaixona assim depressa?

– Às vezes não demoro muito.

– Amor pela literatura ou pelas mulheres?

– Medo da solidão. Terror, pânico. Está bom o café?

Ela assente e olha para a janela e para a noite.

– O que soube da moça morta?

– Pouca novidade: exigia demais da vida, era hábil e ambiciosa e mudava de namorado como quem muda de sutiã.

– E o que significa isso?

– É o que os antigos, e alguns modernos, chamariam de uma putinha.

– Porque trocava de namorado? Você pensa isso das mulheres? É daqueles que gostariam de casar com uma virgem?

– É a aspiração secreta de todos os cubanos, não é? Mas já não peço tanto: me contento com uma ruiva.

Ela não demonstra aceitar o galanteio e termina o café.

– E se a ruiva fosse uma puta?

Ele sorri e balança a cabeça, para convencê-la de que não o entendeu.

– Quando disse putinha é porque era putinha: podia ir para a cama com um homem em troca de um par de sapatos – explica, e lamenta ter dito a verdade: quer ir para a cama com ela e pretende presenteá-la, justamente, com um par de sapatos. – Essa troca de namorados só me interessa agora como policial, pode ter morrido por causa disso. Os mortos não têm vida privada.

– É incrível, não é? Que possam matar alguém assim, à toa.

Conde sorri e termina seu café. Acende o cigarro que sua boca reclama urgentemente para complementar o gosto obstinado da infusão.

– É o mais comum, matar alguém à toa, provavelmente sem nenhuma intenção de fazê-lo. Muitas vezes é um erro: os criminosos prefeririam não chegar ao assassinato, mas não conseguem evitar cruzar a barreira. É uma reação química em cadeia... E eu vivo dessa incontinência. Triste, não acha?

Ela concorda e é quem inicia a ofensiva: desliza a mão pela fórmica opaca da mesa, pega o antebraço do homem que parece desfrutar de sua tristeza e começa a acariciá-lo. Uma mulher que sabe acariciar, pensa, não é um fantasma que passa...

– Eis que és formosa, ó meu amor, eis que és formosa! Teus olhos são como os das pombas!

Ele declama, bíblico e salomônico, quando ela, que se sente formosa como Jerusalém, larga o café e a cadeira, anda até ele sem soltar seu braço e aproxima de sua boca os seios – "que são como dois filhos gêmeos da gazela, que se apascentam entre os lírios" –, para que ele, com sua mão livre e toda a sua falta de jeito, desabotoe a blusa e se encontre não diante de duas gazelas, mas diante de duas tetas tépidas e agrestes com dois mamilos parecendo ameixas maduras que despertam inquietos ao primeiro contato com sua língua de réptil amestrado e se dedique a mamar, novamente criança, no início de uma viagem à origem da vida e do mundo.

Mas a penetra suavemente, como se temesse desfolhá-la, ele sentado na cadeira, ela dócil e leve quando ele a agarra pela cintura e começa a arriá-la pelo pau, como uma bandeira sagrada que necessita de proteção contra a chuva e o crepúsculo. O primeiro grito dela o surpreende, arqueada entre suas mãos como que ferida por uma bala de prata que partisse seu coração, mas ele a abraça com mais força, para sentir sobre o púbis a selva negra de seu triângulo insondável, e desce as mãos até as nádegas para percorrer o sulco perfeito que as divide ao meio e deixa seu dedo guloso transpor sem pressa mas sem pausas desde o ânus até a vulva, transportando umidades quentes, sentindo a grossura estimulante da raiz de seu pênis, rígido e ríspido em seu movimento perfurador, e a suavidade acolchoada de seus lábios carnudos e hábeis, que o chupam como um pântano implacável, e então deixa seu dedo penetrar entre as pregas do ânus e sente o grito maior que lhe provoca a dupla penetração, que se faz tripla com a língua feroz que tenta calá-la, quando já todos os silêncios são impossíveis porque, abertas as comportas profundas, os rios mais recônditos de seus desejos fluem para a glória terrena resgatada. Pela janela aberta, as rajadas ressuscitadas do vento de Quaresma os envolvem como um abraço cabal.

– Você vai me matar – é a frase de amor que ele consegue articular.

– Estou me suicidando – é o lamento dela, que treme, indefesa, talvez pela presença do vento, talvez pela certeza física e moral da satisfação consumada.

Vários dias depois, especulando sobre as possibilidades concretas que têm os policiais de ser felizes e mudar de vida, o tenente investigador Mario Conde começaria a entender as dimensões reais daquele suicídio em cima de uma cadeira bem cavalgada, mas agora não pode pensar, pois Karina está apeando, como se levitasse; resgata a cueca ainda pendurada numa coxa de Conde, limpa as espumas de seu pênis e, ajoelhada em penitência, o engole com fome de muitos dias e agora é Conde quem grita, "Ai, caralho, porra", diz, pasmo diante da beleza que existe na prostração da mulher de quem apenas consegue ver uma cabeça que afirma e afirma de novo, com absoluta convicção, e um cabelo avermelhado que se abre no meio da cabeça num inesperado repartido. Enquanto seu pênis começa a crescer mais além do possível, do imaginável, inclusive do permissível, Conde sente como se torna poderoso e animal, dono de todos os seus sentidos, até exercer como um caudilho o poder que lhe foi dado, agarrar com as duas mãos a cabeça da mulher e obrigá-la a ir ao fundo, mais além do fundo, até despejar em sua garganta, prisioneira e condenada, uma ejaculação que sente descer das camadas mais profundas de seu cérebro. Você vai me matar. Estou me suicidando. Beijam-se, moribundos.

Ontem descobri um frontão inesperado. Mil vezes devo ter passado por esse local até então anódino e sujo da Diez de Octubre, tão perto da esquina onde ficava o terreiro da rinha em que o avô Rufino jogou oito vezes sua fortuna em esporões, para enriquecer quatro e empobrecer outras tantas. Mas só ontem um sinal de alerta, dirigido especialmente ao meu cérebro, obrigou-me a levantar os olhos, e ali ele estava, esperando-me desde sempre: no meio de um triângulo de classicismo simplista, um brasão de fidalgos descendentes de europeus arrematava uma construção sem traços de fidalguia, corroída pelos anos e pela chuva. Só a data permanecia misteriosamente incólume: 1919, acima do beiral descascado e abaixo do brasão vencido, no vórtice de duas cornucópias que expulsavam ao ar livre frutas tropicais – o inevitável abacaxi, as graviolas e frutas-de-conde, as mangas e o esquivo abacate, nem fruta, nem legume, nem verdura, e, onde outros teriam colocado castelos ou campos azul-escuros, um canavial prodigioso ao qual se rendiam homenagens, pois a ele se devia, necessariamente, toda aquela riqueza de mansão, data e brasão frutífero... Gosto de descobrir esses cumes imprevistos de Havana – segundos e até terceiros andares, frontões de um barroquismo ultrapassado e sem retorções espirituais, nomes de proprietários esquecidos, datas feitas de cimento e claraboias de vidro desfalcadas pelas pedras, pelas bolas e pelos anos – onde sempre pensei que existia o ar puro do céu. Numa altura dessas, superior à

124

escala humana, localiza-se a alma mais limpa da cidade, que embaixo se contamina com histórias sórdidas e lacerantes. Há dois séculos Havana é uma cidade viva, que impõe as próprias leis e escolhe adereços peculiares para marcar sua singularidade vital. Por que me coube esta cidade, justamente esta cidade desproporcional e orgulhosa? Procuro entender esse destino ineludível, não escolhido, tentando ao mesmo tempo entender a cidade, mas Havana me escapa e sempre me surpreende com seus recantos perdidos de fotografia em preto e branco e minha compreensão permanece corroída como o velho brasão de fidalgos que enriqueceram com mangas, abacaxis e açúcar. No final de tantas entregas e rejeições, minha relação com a cidade ficou marcada pelos claro-escuros que meus olhos vão pintando, e a moça bonita se transforma numa pistoleira triste, o homem irado num possível assassino, o jovem petulante num drogado incurável, o velho da esquina num ladrão recolhido num abrigo. Tudo se enegrece com o tempo, como a cidade por onde caminho, entre pórticos sujos, depósitos de lixo petrificados, paredes descascadas até o osso, bueiros transbordando como rios nascidos nos próprios infernos e sacadas desvalidas, sustentadas por muletas. No final somos parecidos, a cidade que me escolheu e eu, o escolhido: morremos um pouco, todo dia, de morte longa e prematura, feita de pequenas feridas, dores que crescem, tumores que progridem... E, embora eu queira me rebelar, esta cidade me mantém agarrado pela gola e me domina, com seus derradeiros mistérios. Por isso sei que são passageiras, mortais, a ruinosa beleza de um brasão de fidalgos e a paz aparente de uma cidade que por ora vejo com os olhos do amor e que se atreve a me revelar essas alegrias inesperadas de sua faustosa linhagem. Gostaria de ver a cidade com os seus olhos, ela me disse quando lhe falei de minha última descoberta, e acho que sim, que seria bonito e lúgubre – sórdido e comovente, talvez – mostrar-lhe minha cidade, mas já sei que é impossível, pois ela jamais conseguirá pôr os meus óculos, está transbordando de alegria, e a ela a cidade não se revelará. Miller dizia que Paris é como uma puta, mas Havana é ainda mais puta: só se oferece aos que lhe pagam com angústia e dor, e ainda assim não se entrega toda, ainda assim não entrega a intimidade última de suas entranhas.

– A prova mais contundente da autoridade de Jesus é que não precisava de distância, mas se realizava na absoluta proximidade. O poder se reveste de atributos (riqueza, força, sabedoria bancária) que constituem sua glória e ao mesmo tempo propiciam sua distância. Ao se ver nu, o poderoso se vê impotente, mas Jesus, filho do homem, nu e descalço, viveu entre os homens, permaneceu entre eles e sobre eles exerceu a doçura infinita de seu infinito poder...

Sempre o infinito, o invariável infinito, e o dilema do poder, pensou Conde, que havia entrado pela última vez numa igreja no dia memorável em que fizera sua primeira comunhão. Durante longos meses tinha se preparado no catecismo dominical para aquele ato de reafirmação religiosa a que devia comparecer com absoluto conhecimento de causa: ia receber das mãos do padre um pedacinho de massa de farinha contendo toda a essência do grande (infinito) mistério: a alma imortal e o corpo dolente de Nosso Senhor Jesus Cristo (com todo o seu poder) passariam de sua boca à sua alma também imortal, como digestão necessária para a possível salvação ou a mais terrível das perdições; ele já sabia, e saber o transformava num ser (infinitamente) responsável. Contudo, aos sete anos Conde imaginava saber melhor muitas outras coisas: que domingo era o dia em que se formavam os melhores times de beisebol na esquina de casa, ou em que se ia roubar mangas no sítio de Genaro, ou em que se saía de bicicleta – dois e até três em cada uma – para pescar *biajacas* e tomar banho no rio de La Chorrera. Por isso, satisfeita por tê-lo vestido todo arrumadinho para receber a comunhão, a mãe de Conde tivera de ouvir depois, à beira da raiva que lhe proibia receber sua própria comunhão, a sentença inapelável do garoto: queria ficar vadiando na rua nos domingos de manhã e não voltaria à igreja.

Conde não imaginava que seu retorno a uma igreja, quase trinta anos depois de sua defecção, lhe produziria a sensação de recuperar de imediato a memória em letargia, mais que perdida: o cheiro cavernoso da capela, as sombras altas das abóbadas, os reflexos do sol mitigados pelos vitrais, os brilhos tênues do altar-mor ali estavam, na lembrança da igreja pobre e pequenina de seu bairro e na presença palpável dessa matriz inevitavelmente luxuosa de Los Pasionistas,

126

com toda a pompa de seu neogótico cubano, as cúpulas altíssimas e decoradas com céus de filetes de ouro, a sensação da pequenez humana provocada por sua estrutura de conduto rumo ao celestial e a profusão de imagens hiper-realistas de tamanho natural e expressões resignadas que pareciam prestes a falar, aquela igreja na qual tinha entrado, em plena missa, em busca do salvador de que necessitava agora mesmo: Candito Vermelho.

Quando Cuqui lhe disse que Candito estava na igreja, a primeira reação de Conde foi de surpresa. Nunca soube da profissão de fé do Vermelho, mas se alegrou, pois poderia conversar com ele em terreno neutro. Já diante da fachada de torres que lembravam exóticos pinheiros europeus, o policial titubeou um instante sobre o destino imediato de seus passos: mas não pensou mais nisso e preferiu esperar Candito participando também da missa. Respirando o cheiro suave de um incenso barato, Conde sentou no último banco da igreja e acabou de escutar o sermão dominical do padre, jovem e vigoroso em seus gestos e palavras, que falava aos paroquianos sobre os mais elevados mistérios, justamente sobre o infinito e o poder, com entoações de bom conversador:

– A paternidade de Jesus, que ao se realizar revelava a paternidade de Deus, consistia em sua solidariedade fraternal. Ao se relacionar com os humildes, no mesmo nível, não só se salvava quem recebia o Evangelho, mas Jesus também se realizava como irmão e como filho de Deus. Daí a vulnerabilidade de Jesus: suas alegrias com a gente simples que acolhia a revelação de Deus e seu pranto por Jerusalém, pelas autoridades que não o recebem...

E então ergueu os braços, e os paroquianos que lotavam a igreja se levantaram. Conde, sentindo que profanava um arcano a que havia renunciado, aproveitou o movimento e fugiu qual um perseguido para a claridade da praça, com um cigarro na boca e um amém nos ouvidos, dito em coro por aqueles bem-aventurados que conheceram, mais uma vez, os sacrifícios de seu Senhor.

Quinze minutos depois começou o desfile dos fiéis. Tinham o rosto iluminado por um reflexo interior que rivalizava com o esplendor do sol dominical. Candito Vermelho, no último degrau da escada, parou para acender um cigarro e cumprimentou um preto velho, engalanado de *guayabera* de algodão e chapéu de palhinha, que, talvez tendo fugido de uma velha foto dos anos vinte, passava agora ao lado dele. Conde o esperou, no meio da praça, e percebeu o cenho franzido de seu amigo ao descobri-lo.

– Não sabia que você vinha à igreja – disse Conde, dando-lhe a mão.

– Alguns domingos – Candito admitiu e lhe propôs atravessarem a rua. – Eu me sinto bem quando venho.

– A igreja me deprime. O que você procura aqui, Candito?

O mulato sorriu, como se Conde tivesse dito uma triste estupidez.

– O que não encontro em outros lugares...

– Óbvio, o infinito. Ultimamente, sabe, vivo cercado de místicos. Candito sorriu de novo.

– E agora o que é que há, Conde?

Subiam a ladeira de Vista Alegre e Conde esperou que sua respiração recuperasse o ritmo maltratado pela subida e ao mesmo tempo que ficasse visível a estrutura ocre da escola onde Lissette Núñez tinha ensinado e onde eles haviam se conhecido.

– Ontem fiquei pensando que esse pré-universitário desgraçado tem algum poder sobre meu destino. Não posso brigar com ele.

– Foram anos felizes.

– Acho que os melhores, Vermelho, mas é uma coisa mais complicada. Aqui ficamos adultos, não foi? E aqui conheci quase todas as pessoas que são minhas amigas. Você, por exemplo.

– Desculpe pelo que aconteceu na sexta-feira, Conde, mas você tem de me entender...

– Eu entendo, companheiro, entendo. Há coisas que não se pode pedir às pessoas. Mas aí, numa dessas salas de aula, estava ensinando até outro dia uma moça de vinte e quatro anos que apareceu morta, mataram-na, e preciso saber quem foi que fez isso. É muito simples. E preciso saber por vários motivos: porque sou policial, porque quem fez isso não pode ficar sem pagar e porque era professora do pré-universitário... É uma obsessão.

– O que houve com Pupy?

128

— Parece que não foi ele, mas ainda o estamos apertando. Ele nos disse uma coisa importante: o diretor do pré-universitário estava de caso com a professora.

— E não foi o diretor?

— Agora mesmo vou vê-lo de novo, mas ele tem um bom álibi.

— E aí, o que você acha?

— Que, se o diretor não é a solução, é provável que a maconha me forneça a pista.

Candito acendeu outro cigarro. Estavam na altura do pátio de educação física e da rua se via o campo de basquete com seus aros nus e a quadra de madeira gasta de tantas boladas. O pátio estava vazio, como todos os domingos, triste sem a algazarra dos jogos, competições e moças histéricas com jogadas antológicas.

— Lembra quem mais encestava aí?

— Marcos Quijá — disse Conde.

— Ah, essa não — Candito protestou com um sorriso. — Eu que ensinei Marcos a driblar. Olhe, num mesmo jogo, contra aqueles folgados do Vedado, ali do círculo central eu encestei duas bolas.

— Já que você está dizendo...

— Sabe, Conde — disse Candito, parando na esquina, até onde chegavam os eflúvios ácidos de um lixão que antes não existia —, agora as coisas são diferentes. Na nossa época quem fumava era porque era maconheiro, mas agora qualquer um pode acender um baseado, de brincadeira, e aí vêm as confusões, porque eles ficam enlouquecidos. É como o rum: antes você bebia ou não bebia, agora qualquer um enche a cara, e, como já não existe ninguém para tomar conta, sai todo mundo de porre para trepar por aí... Mas vou dizer uma coisa que ouvi ontem e pode ajudar você..., e lembre que estou arriscando o meu pescoço. Não sei se é verdade ou não, mas ouvi dizer que tem um cara que vive no Casino Deportivo, não sei onde mas isso você descobre fácil, que há dias anda traficando um fumo da pesada. Ninguém sabe de onde veio, mas é da pesada. O cara é conhecido como Lando, o Russo... Dê uma vasculhada nisso aí. Mas não venha me ver de novo nos próximos dois anos, Conde, tá legal?

Conde pegou Candito pelo braço e suavemente o obrigou a andar.

– E como é que eu faço para comprar as sandálias número trinta e oito?

– Bem, você leva as chinelas e depois começa a contar os dois anos que vai ficar sem me ver...

– E durante todo esse tempo você não vai me convidar para tomar uma birita?

– Vá para a puta que o pariu, Conde.

– Que confusão foi essa que você armou, Conde? – perguntou-lhe o Velho sem se mexer em sua poltrona atrás da mesa.

– Já lhe conto. Deixe eu cumprimentar o colega – levantou os braços, como pedindo tempo a um juiz exigente em matéria de boas maneiras, e apertou a mão do capitão Cicerón, que ocupava uma das poltronas grandes do escritório. Como sempre, sorriram enquanto se cumprimentavam, e Conde lhe perguntou: – Ainda está doendo?

– Um pouquinho – respondeu o outro.

Fazia três anos que o capitão Ascensio Cicerón tinha sido nomeado para a chefia do Departamento de Narcóticos da Central. Era um mulato escuro, de riso adormecido nos lábios e merecida fama de boa gente. Só de vê-lo Conde se lembrava de um fatídico jogo de beisebol: haviam se conhecido quando eram universitários e por volta de 1977 estiveram juntos no time da faculdade, e Cicerón ficou famoso por um *fly* que lhe caíra na cabeça, no único dia em que lhe deram a luva e ele saiu para cobrir – com mais entusiasmo do que aptidão – a segunda base. Sempre faltavam jogadores de beisebol naquela faculdade de artistas e pensadores, e Cicerón teve de aceitar a missão que lhe confiara o seu Comitê de Base: seria integrante do time nos Jogos Caribenhos. Por sorte, quando o *fly* maldito foi cair na cabeça de Cicerón, eles estavam perdendo por doze corridas a zero, e o técnico, convencido do inevitável, apenas lhe gritou do banco: "Dá-lhe, mulato, que estamos melhorando". Desde então Conde o cumprimentava com um sorriso e a mesma pergunta.

O tenente sentou na outra poltrona e olhou para seu chefe:

– O negócio está ficando bom – disse-lhe.

– Imagino que sim, porque hoje, justamente neste domingo, eu não pensava em vir aqui, e Cicerón tinha saído ontem de férias, portanto é melhor que esteja bom mesmo.

– Vocês vão ver... Vamos do simples para o profundo, como diz a canção... Verificamos o álibi do diretor e tudo confere, mas também pode ser uma encenação. Segundo a esposa, ele ficou em casa de noite escrevendo um relatório, e ela, assistindo a um filme. E de fato o relatório existe, mas pode facilmente ter sido escrito na véspera e, depois, datado de terça-feira, 18. O que é certo é que essa gracinha vai lhe custar o casamento. O homem está fodido. Bem, falando com Pupy, soubemos que meses atrás Lissette teve um namorado mexicano. Essa informação nos interessou por causa da maconha, que não é cubana. Pois bem, hoje à tarde vai para o México um tal de Mauricio Schwartz, o único Mauricio mexicano que atualmente está em Cuba como turista. Mandamos fotografá-lo para que Pupy o identifique. Se é o mesmo, não seria absurdo que tivesse retornado e encontrado Lissette de novo... Veremos. Mas o melhor de tudo é que tenho um nome e uma pista que podem ser dinamite pura – disse e olhou para o capitão Cicerón. – O relatório sobre a maconha que apareceu na casa de Lissette Núñez diz que não é uma erva comum, que deve ser mexicana ou nicaraguense, não é isso?

– É, você já tinha dito. Estava adulterada pela água, mas é quase certo que não é daqui.

– E você pegou dois sujeitos com cigarros de maconha da América Central, não é?

– É, mas não consegui saber de onde a desencavaram. O suposto fornecedor sumiu ou então os caras inventaram um fantasma.

– Pois tenho um fantasma de carne e osso: Orlando San Juan, vulgo Lando, o Russo. Alguém ouviu um comentário de que ele tinha uma maconha muito forte, e aposto que é essa mesma que anda circulando por aí.

– E como você sabe disso, Conde? – perguntou o major Rangel, que finalmente havia se levantado. Como todo domingo ele fora à

Central sem o uniforme e vestia uma dessas camisetas justas que lhe permitiam exibir seus peitorais de nadador e desportista obstinado em atrasar a chegada do outono.

– Alguém me deu a dica. Alguém que ouviu um comentário.

– Um comentário, sei... E você já tem a ficha desse Russo?

– Aqui está.

– E quer que o Cicerón o ajude?

– Amigo é para essas coisas, não é? – disse Conde, e olhou para o capitão.

– Eu ajudo, major – Cicerón aceitou e sorriu.

– Muito bem – disse o Velho, e fez um gesto com as mãos como para espantar galinhas –, andando é que a gente se esquenta. Procurem esse Russo para ver o que sai daí e não sosseguem até que eu lhes diga alguma coisa. Mas quero saber cada passo que vocês derem, estão me ouvindo? Porque isso está ficando preto como asa de urubu. Sobretudo os seus passos, Mario Conde.

O Casino Deportivo parecia envernizado sob o sol do domingo. Tudo limpo e pintado, com seus fulgores de tecnicolor. Pena que eu não goste mais deste bairro, pensou Conde na frente da casa de Lando, o Russo. Estavam a apenas cinco quarteirões de onde morava Caridad Delgado e pensou que gostaria de tirar alguma conclusão a respeito dessa proximidade. Caridad, Lissette e o Russo, todos no mesmo saco? O tenente tirou os óculos quando o capitão Cicerón saiu para a rua.

– Que foi? Apareceu alguma coisa?

– Sabe, Conde, Lando, o Russo, não é um vendedor de varejo. Com esse esquema que tem, ele não vai andar pela rua vendendo trouxinhas aos maconheiros. E alguém que tem essa muamba na mão não vai guardar o estoque em casa; portanto, continuar espreitando por aqui é perda de tempo. Vou assinar um mandado de busca e apreensão, mas, se o que diz a fulana é verdade e o cara alugou uma casa na praia, em duas ou três horas o pessoal de Guanabo o localiza para mim, e você não se preocupe, que eu preciso mais que você agarrar esse sujeito.

Essa maconha está me deixando puto da vida e tenho que saber de que merda de lugar ela saiu e quem trouxe. Agorinha mesmo vou mandar o tenente Fabricio trabalhar com o pessoal de Guanabo.

— Fabricio agora está com você? — Conde perguntou, lembrando-se de seu último encontro com o tenente.

— Há um mês. Está aprendendo.

— Antes isso... Escute aqui, Cicerón, será que a maconha não terá sido um pacote perdido, desses que jogam no mar? — Conde perguntou enquanto acendia um cigarro e se encostava no carro oficial do capitão Cicerón.

-- Pode ser, tudo é possível, mas o curioso é que tenha caído justamente nas mãos de gente que pode distribuí-la muito bem. E o outro problema é que não é sul-americana, como essa que às vezes tentam jogar perto de Cuba. Não imagino como isso veio bater aqui, mas, se a deixaram entrar deliberadamente, por esse mesmo canal pode entrar qualquer coisa... O que a gente precisa agora é pegar Lando com um bagulho em cima.

— Precisa mesmo, porque o Manolo me chamou pelo rádio e disse que essa história do mexicano não deu em nada. Era a primeira vez que vinha a Cuba, e além do mais Pupy diz que não é o mesmo que andava com Lissette. Portanto, Lando é a bola da vez. Bem, mas o caso é seu, não é?

Cicerón sorriu. Quase sempre sorria e agora sorriu enquanto punha a mão no ombro de Conde.

— Escuta, Mario, por que você me dá de presente um caso desses?

— Já lhe disse agorinha mesmo, não disse? Amigo é para essas coisas.

— Você sabe que nunca vai chegar a lugar nenhum se sair pelo mundo dando de presente os seus casos?

— Nem mesmo à minha casa para começar a lavar toda a roupa suja que tenho lá?

— Gosto das suas aspirações.

— Pois eu não: para mim, lavar roupa é pior que um pontapé na bunda. Bem, se houver qualquer coisa, você me acha entre o tanque e o varal — disse e apertou a mão que o colega lhe estendia.

No carro, de volta para casa, Conde flagrou-se pensando que, no final das contas, o Casino Deportivo era, sim, um bom lugar para viver: de vice-ministros a jornalistas e até maconheiros, ali havia de tudo, como em qualquer pasto do rebanho do Senhor.

A última cueca foi presa no varal, e Conde olhou satisfeito aquela obra digna de encômios. Lá vou eu, de policial da guarda precursora, pensou, observando como as rajadas de vento punham para dançar toda aquela roupa que passara por suas mãos amaciadas pela água e ainda cheirando a potassa e sebo perfumado: três lençóis, três fronhas e quatro toalhas, fervidas e lavadas; duas calças, doze camisas, seis camisetas, oito pares de meias e onze cuecas – todo o arsenal do seu armário, limpo e reluzente ao sol do meio-dia. Era inevitável: extasiado, observava sua obra, com o desejo profundo de assistir ao milagre de sua secagem asséptica e total.

Entrou em casa e viu que eram quase três da tarde. Das trevas de suas tripas escutou uma chamada horrorosa. Implorar a Josefina um prato de comida era injusto àquela hora da tarde: imaginou-a defronte da televisão, devorando entre cabeçadas e bocejos de madrugadora os filmes da Tanda del Domingo e resolveu ganhar outro diploma de mérito do trabalho preparando seu próprio almoço. Que falta você me faz, Karina, pensou quando abriu a geladeira e descobriu a dramática solidão de dois ovos possivelmente pré-históricos e um pedaço de pão que podia muito bem ter assistido ao cerco de Stalingrado. Numa manteiga com gosto heterodoxo de frituras excludentes jogou os dois ovos, enquanto com a ponta do garfo torrava sobre a chama as duas fatias que conseguiu arrancar do miolo de aço. Puro realismo socialista, pensou. Comeu os ovos pensando mais uma vez em Karina e no encontro marcado para aquela noite, mas nem a ilusão do encontro foi capaz de melhorar o gosto da comida. Embora pressentisse o caráter único e irreproduzível da atrevida aventura sexual do primeiro dia, cheia de descobertas, surpresas, revelações e indícios de portentosos caminhos a explorar, aquele segundo encontro, assumido a partir da experiência, podia bater todos os recordes de suas expectativas e seus conhecimentos sexuais reais e imaginários: enquanto engolia os ovos gordurentos e esparramados, Conde se via, naquela mesma cadeira, sendo beneficiário e objeto de uma felação devastadora que o deixara exausto até que, duas horas depois, Karina iniciara a terceira ofensiva vitoriosa contra suas defesas aparentemente derrotadas. E à noite ela viria, de saxofone em riste...

— Não me telefone, que é provável que eu tenha de sair. Vou à noite – tinha lhe dito.

— Com o saxofone?

— Aham – disse, imitando a entonação do homem. Conde cantava enquanto lavava o prato, a frigideira e as xícaras com as marcas do café e da luxúria da véspera. Uma vez tinha ouvido dizer que só uma mulher muito bem resolvida sexualmente era capaz de cantar enquanto lavava a louça. Machismo solapado: simples determinismo sexual, concluiu, e continuou cantando, *"Good morning, starshine / I say hello..."*. Enquanto enxugava as mãos, mirou com olhos críticos o estado do chão: os ladrilhos embaçados de gordura, pó e sujeiras mais velhas que a inveja não faziam propriamente de sua casa um lugar encantado para encontros passionais com saxofone incluído. É o preço do carinho, pensou, olhando com amor de homem a vassoura e o rodo, já disposto a entregar a Karina um lugar limpo e bem iluminado.

Eram mais de quatro e meia quando terminou a limpeza e observou orgulhoso o renascer daquela casa órfã de mãos femininas fazia mais de dois anos. Até Rufino, o peixe-de-briga, tinha recebido os favores desse ímpeto de limpeza e agora nadava em águas claras e oxigenadas. Você é um *freaky* desgraçado, Rufino, não espera nada da vida... Satisfeito, Conde chegou mesmo a aventar, para um futuro próximo, a possibilidade de pintar paredes e tetos, botar umas plantas em locais adequados e até conseguir uma fêmea para o pobre Rufino. Estou asquerosamente apaixonado, pensou, e discou o número de telefone do magro Carlos.

— Ouça isto, animal: lavei os lençóis, as toalhas, as camisas, as cuecas e até duas calças e agorinha mesmo acabei de limpar a casa.

– Você está asquerosamente apaixonado – confirmou o amigo, e Conde sorriu. – E já pôs o termômetro? Olhe que deve estar com alguma doença grave.

– E você, o que está fazendo?

– O que você acha que eu posso estar fazendo, hein?

– Assistindo ao beisebol?

– Ganhamos o primeiro jogo e agora vai começar o segundo.

– Contra quem?

– Os pretinhos de Matanzas. Mas a fase mais legal vai começar na terça-feira, contra os Orientales da puta que os pariu... E, falando nisso, o Coelho disse que se não estiver atrapalhado vai nos levar ao estádio na terça-feira, no carro dele. Meu irmão, morro de vontade de ir ao estádio. E você, vem hoje ou não?

Conde olhou para sua casa reluzente e sentiu no estômago a leveza dos dois ovos fritos.

– Vou vê-la de noite... O que a Jose fez de almoço?

– Besta, você perdeu! Um arroz com frango *chorreao*, desses cozidos na cerveja, bem molhadinho, de levantar um morto. Sabe quantos pratos eu comi?

– Dois?

– Três e meio, tá?

– E sobrou alguma coisa?

– Acho que não... Se bem que ouvi a velha dizendo que ia guardar um pouco para você...

– Escute, escute...

– O quê?

– A campainha da porta da sua casa. Diga a Jose que abra, que sou eu – e desligou.

O AMOR NOS TEMPOS DO CÓLERA
por Caridad Delgado

Sempre defendi a liberdade do amor. A plenitude de sua realização, a beleza de sua descoberta, as inquietudes de seu destino. Mas, entre os muitos lembretes amargos que nos trouxe a aids, a nós que habitamos

136

a casa comum do planeta Terra, está o de que nada que acontece em algum lugar pode nos ser alheio: nem as guerras, nem as experiências nucleares, nem as epidemias, e muito menos o amor. Porque o mundo se torna cada vez menor.

Ainda que a felicidade seja sempre possível nestes anos de fim de século, um flagelo castiga o amor até transformá-lo numa escolha perigosa e difícil. A aids nos ameaça e só há um meio de evitá-la: sabendo escolher o parceiro, procurando o sexo seguro, além de medidas necessárias, como o uso do preservativo.

Não pensem meus leitores que pretendo lhes dar uma lição de moral ou de puritanismo extemporâneo. Nem que pretendo restringir a livre escolha do amor, que costuma nos surpreender com sua presença cálida e misteriosa. Não. E muito menos que me sirva de minha posição para tratar de temas da mais absoluta intimidade. Mas é que o perigo espreita a todos, sem distinção de pendores sexuais.

Não pretendo descobrir a pólvora quando lembro que a promiscuidade foi o principal agente de transmissão desse flagelo apocalíptico da aids por todo o nosso planeta. Por isso me espanto quando converso com certas pessoas, especialmente os jovens com quem convivo em meu trabalho, e vejo que desconhecem o perigo de certas atitudes diante da vida e praticam sexo como se se tratasse de um simples jogo de cartas em que se ganha ou se perde, pois, como dizem às vezes, "A gente tem de morrer de alguma coisa"...

Conde fechou o jornal. Até quando?, perguntou-se. Uma filha promíscua havia morrido três dias antes, de uma causa menos romântica e nova que a aids, e ela era capaz de escrever essa logorreia em torno das inseguranças sexuais finisseculares. Babaca. Nesse momento Conde lamentou sua insultante inabilidade manual. Nunca, nem quando eram exercícios obrigatórios na sala de aula, tinha conseguido fazer um aviãozinho de papel, nem mesmo um copinho para beber água ou café, apesar dos esforços da professora por quem havia se apaixonado. Mas agora pôs todo o seu empenho e quase amorosamente rasgou a página do jornal, separando do resto do tabloide o fragmento lido. Levantou-se, inclinou-se levemente para a frente e, com a perícia criada pelo hábito, limpou com o artigo as marcas estriadas da defecação. Jogou o papel na cesta e puxou a descarga da privada.

Só quando se apaixonava é que Mario Conde se atrevia, gulosamente, a pensar no futuro. Acender luzes de esperanças para o porvir havia se tornado o sintoma mais evidente de uma satisfação amorosa e vital capaz de exilar de sua consciência a nostalgia e a melancolia entre as quais vivera por mais de quinze anos de persistentes fracassos. Desde que tivera de largar a universidade e engavetar suas pretensões literárias para enterrar-se num departamento de informações classificando os horrores cometidos diariamente na cidade, no país (tipos de delito, *modus operandi*, centenas de crimes e fichas policiais), os rumos de sua vida tinham se desviado maleficamente: ele se casaria com a mulher errada, seus pais morreriam em menos de um ano e o magro Carlos voltaria de Angola com as costas quebradas para definhar, qual uma árvore mal podada, em cima de uma cadeira de rodas. A felicidade e a alegria de viver tinham ficado como que presas num passado que se tornava cada vez mais utópico, inalcançável, e só o alento propício do amor, como nos contos de fadas, podia devolvê-las à realidade e à vida. Porque, mesmo estando apaixonado por uma mulher de cabelo vermelho e apetites notáveis, Mario Conde sabia que seu destino se aproximava de uma escuridão de noite lunar: as esperanças de escrever e voltar a sentir e agir como uma pessoa normal e com chances na lo-teria caprichosa da felicidade iam ficando cada vez mais remotas, pois também sabia que sua vida estava ligada ao destino do magro Carlos, quando Josefina lhe faltasse para sempre e ele se negasse, como iria se negar, a ver seu amigo se consumindo em tristezas e abstinências num hospital de inválidos. O medo desse futuro, que mais cedo ou mais tarde deveria enfrentar sem estar capacitado para assumi-lo, chegava a privá-lo de sono e a dificultar sua respiração. E aí a solidão se oferecia a ele como um túnel sem saída porque – era outra das inúmeras coisas que sabia – nenhuma mulher se atreveria a enfrentar com ele a prova máxima que o destino – o destino? – tinha lhe reservado.

138

Só quando se apaixona Mario Conde se dá ao luxo de esquecer por um instante essa condenação tangível e tem vontade de escrever, dançar, fazer amor para descobrir que o clímax dos instintos animais da prática sexual também pode ser um feliz esforço para dar corpo e memória a velhos sonhos, a esquecidas promessas da vida. Por isso também tem vontade, naquele dia irreproduzível de sua biografia amatória, de se masturbar vendo a mulher nua tocar uma melodia viscosa num brilhante saxofone.

– Tire a roupa, por favor – pede-lhe, e o sorriso condescendente e satisfeito de Karina acompanha o ato de tirar a blusa e a calça. – A roupa toda – exige e, quando a vê nua, reprime um a um os desejos de abraçá-la, beijá-la, tocá-la ao menos, e se despe sem parar de olhá-la: surpreende-o a quietude de sua pele, manchada apenas pelos mamilos e a cabeleira do sexo, de um vermelho mais intrincado, e o nascimento preciso de braços, seios e pernas, articulados com elasticidade ao conjunto. Os quadris, ligeiramente retraídos, de boa parideira, são muito mais que uma promessa. Tudo o surpreende no aprendizado que faz dessa mulher.

Então despe também o saxofone e o sente sólido e frio entre seus dedos – que pela primeira vez calculam o peso inesperado do instrumento –, perdido em suas fantasias eróticas, as quais, agora mesmo, serão a realidade mais palpável.

– Sente aqui – indica-lhe a cadeira e lhe entrega o saxofone. – Toque alguma coisa, alguma coisa bonita, por favor – pede e se afasta, para ocupar outra cadeira.

– O que você quer fazer? – ela pergunta, enquanto acaricia a boquilha do metal.

– Comê-la – diz e insiste. – Toque.

Karina continua bolinando a boquilha e sorri, agora indecisa. Leva-a aos lábios e chupa, ali deixando restos de saliva que cai, de sua boca, como fios de prata. Ajeita o traseiro na beirinha da cadeira e abre as pernas. Coloca entre as coxas o pescoço comprido do saxofone e fecha os olhos. Um lamento metálico e áspero começa a brotar da boca dourada do instrumento, e Mario Conde sente como a melodia se crava em seu peito, enquanto a figura serena de Karina – olhos fechados, pernas abertas para uma profundidade carnosa e mais vermelha, mais escura, que a divide ao meio, seios que tremem ao ritmo da música e da respiração – põe seus desejos numa altura inimaginável e insuportável, enquanto investiga com os olhos os recantos da mulher e suas duas mãos se dedicam a percorrer sem pressa o comprimento e o volume de seu pênis, do qual começam a brotar umas gotas de âmbar que facilitam a manipulação, e se aproxima dela e da música para acariciar seu pescoço e as costas, vértebra por vértebra, e o rosto – olhos, bochechas, testa –, sempre com a cabeça arroxeada e como que em ebulição de seu membro, que vai desenhando em seu percurso um rastro úmido de animal ferido. Ela respira profundamente e para de tocar.

– Toque – Conde volta a exigir, mas sua ordem é um sussurro lamentável, e Karina troca a frieza do metal pelo calor da pele.

– Quero pegá-la – pede e beija a cabeça inflamada, triangular em sua nova dimensão, antes de atacar com a boca inteira uma melodia da qual ela pode participar... Com as línguas entrelaçadas caminham para o quarto e fazem amor sobre lençóis limpíssimos, que cheiram a sol, sabão, ventos de Quaresma. Morrem, ressuscitam, tornam a morrer...

Ele conclui o ritual de criar espuma e serve o café. Ela vestiu uma das camisetas que Conde lavara de tarde e que, quando está sentada, consegue cobrir até o alto de suas coxas. Nos pés usa as sandálias feitas por Candito Vermelho. Ele enrolou uma toalha na cintura e arrasta uma cadeira para ficar bem pertinho dela.

– Você hoje fica para dormir?

Karina prova o café e olha para ele.

– Acho que não, amanhã tenho muito trabalho. Prefiro dormir lá.

– Eu também – ele garante, com um toque de ironia.

– Mario, estamos começando. Não se apresse.

Ele acende um cigarro e reprime o gesto de lançar o fósforo dentro da pia. Levanta-se e vai buscar um cinzeiro de metal.

– É que fico com ciúme – diz e tenta sorrir.

Ela lhe pede o cigarro e dá umas duas tragadas. Ele sente que está de fato com ciúme.

– Já leu o livro?

Ela diz que sim e termina o café.

– Fiquei deprimida, sabe? Mas se você gosta tanto dele é porque se parece um pouco com esses irmãos de Salinger. Gosta de uma vida atormentada.

– Não é que eu goste. Não a escolhi. Nem mesmo você escolhi: alguma coisa a colocou em meu caminho. Depois que a gente passa dos trinta, precisa aprender a se conformar: o que você não foi nunca mais será, e tudo se repete, uma e outra vez; se você triunfou, vai continuar triunfando; se fracassou, acostume-se ao gosto do fracasso. E estou me acostumando. Mas, quando aparece alguém assim, como você, a tendência é esquecer tudo. Até os conselhos de Caridad Delgado.

Karina esfrega as coxas com as palmas das mãos e faz uma tentativa de prolongar a escassa cobertura oferecida pela camiseta.

– E o que vai acontecer se não pudermos continuar juntos?

Conde olha para ela. Não entende como, depois de tanto amor, ela seja capaz de imaginar algo assim. Mas ele mesmo não parou de pensar nisso.

– Não quero nem pensar. Não consigo pensar – diz, porém. – Karina... acho que o destino do homem se realiza na procura, não na descoberta, mesmo que todas as descobertas pareçam a coroação de esforços: o Velocino de Ouro, a América, a teoria da relatividade..., o amor. Prefiro ser alguém que procura o eterno. Não como Jasão ou Colombo, que morreram pobres e decepcionados depois de tanto procurar. Mas alguém que procura o El Dorado, o impossível. Tomara que eu nunca a descubra, Karina, tomara que nunca a encontre no alto de uma árvore, nem protegida por um dragão, como o velho Velocino. Não deixe que eu a agarre, Karina.

– Sinto medo ao ouvi-lo falar assim – diz e se levanta. – Você pensa demais. – Pega o saxofone, largado no chão, e guarda-o no estojo. Conde olha o traseiro dela, que agora a camiseta não consegue cobrir, um traseiro pequeno e avermelhado pelo calor da cadeira, e pensa que não tem a menor importância que ela tenha tão pouca bunda. Mais que uma mulher, ele está contemplando um mito, pensa, quando toca o telefone.

Conde olha para o relógio em cima da mesa de cabeceira e fica imaginando quem deve ser a essa hora.

– Alô – diz ao pegar o fone.

– Conde, sou eu, Cicerón. O negócio está se complicando.

– Mas o que houve, meu velho?

– Lando, o Russo. Apareceu em Boca de Jaruco, ao lado do rio. Ia dar adeus de dentro da lancha quando o agarraram... Gostou da notícia?

Conde suspirou. Sentiu que o horizonte começava a se iluminar com um raio de sol, tênue mas inconfundível.

– Adorei! Quando você me dá o homem? – o silêncio do outro lado da linha perturbou o tenente investigador. – Quando me dá o homem, Cicerón? – repetiu então.

– Amanhã de manhã, está bom?

– Aham, mas não me dê o homem com muito sono – e desligou.

Ao voltar para a sala encontra Karina sorridente e vestida, com o saxofone dentro do estojo, qual uma maleta pronta para viagem.

– Vou embora, policial – diz ela, e Conde sente vontade de amarrá-la. Vai embora, pensa, vai para longe de mim. Sempre terei de ir procurá-la.

– Ele está aí, Conde.

O capitão Cicerón parecia mais sonolento do que feliz quando apontou, do outro lado do vidro translúcido, o homem que naquele momento coçava o queixo. Bom apelido: parecia mesmo um russo. O cabelo louro, quase branco, corria em cascatas suaves sobre uma cabeça perfeitamente redonda e o rosto avermelhado de bebedor de vodca. Com uma jaqueta de gola alta teria passado por Aliócha Karamázov, pensou Conde, e precisou afastar Manolo do vidro para ter uma visão definitiva de sua melhor pista. Observou os olhos cansados e sanguíneos do homem e quis penetrar na rota daquele olhar escuro, viajar até as revelações necessárias, mas sentiu um cansaço míope na base do nariz.

– E o que você arrancou dele?

– Da saída clandestina me contou tudo, mas da droga ainda não consegui tirar nada. Se bem que ainda estou esperando o laudo do laboratório: exame de sangue, da pele raspada dos dedos e, o mais espetacular, os restos de um baseado que encontramos no quintal da casa de praia onde estavam Lando e seus amiguinhos.

– Quantos eram?

– Na lancha, quatro: Lando, a namorada e mais dois amigos, Osvaldo Díaz e Roberto Navarro. Sábado fizeram uma espécie de festa de despedida e houve muita gente. Tinham convidado Deus e o mundo, até o gato. Incrível, né?

144

– E a mulher e os outros?

– Também estamos em cima deles; você se interessa?

Conde tornou a afastar Manolo do vidro. Agora Lando roía as unhas e cuspia para todo lado, com os gestos cansados do típico consumidor de maconha e de outros sabores evanescentes. Lissette e Lando?, perguntou-se, e não soube o que responder. Quando se virou, encontrou ao lado de Cicerón a figura e o sorriso do tenente Fabricio.

– Viu como o pegamos, Conde? – perguntou, e Conde não soube se a pergunta era só euforia ou toneladas de ironia.

– De você não poderia escapar – respondeu, optando por dar o troco com ironia.

– Isso mesmo, de mim não poderia escapar – Fabricio reafirmou.

– Bem – interveio Cicerón –, o que você pensa em fazer, hein, Conde?

– Deixe eu começar por este. Tenho um pressentimento...

– Um pressentimento? – Manolo perguntou e sorriu. Conde o encarou, e o sargento desviou seu olhar para o detido.

– Mas primeiro preciso saber o resultado do laboratório. Me espere aí, Lando – disse, fazendo um gesto para o vidro. Lando, por sua vez, tinha acabado de roer as unhas e recostado a cabeça na beira da mesa. Você está caindo de maduro, pensou Conde, e saiu para o corredor, roçando o ombro no braço do tenente Fabricio, que não se afastou para facilitar sua saída. Esse cara está pedindo.

Lando levantou a cabeça quando ouviu o rangido da porta. Foi um gesto lento e enferrujado como o olhar que agora brotava de seus olhos castanhos. Conde o encarou por um breve instante e andou até a parede do fundo, enquanto Manolo deixava cair sobre a mesa uma pasta cheia de papéis. O tenente acendeu um cigarro e se pôs a observar as manhas do colega. Manolo tinha se sentado num canto da mesa, mal apoiando na madeira uma das nádegas sem fibras, enquanto balançava o pé que não alcançava o chão. Abriu a pasta e começou a ler com todo o interesse. De vez em quando olhava para

Lando, como se a figura do homem pudesse ilustrar alguma coisa do que ia lendo. O Russo, por sua vez, deslocava o olhar do arquivo para os olhos do sargento.

Ainda que o laboratório tivesse confirmado a origem semelhante da maconha de Lando e de Lissette, boa parte do pressentimento de Conde tinha ido por água abaixo com o parecer dos técnicos: o sangue de Orlando San Juan era B negativo e suas impressões digitais não correspondiam a nenhuma das encontradas no apartamento de Lissette. Por um instante pensou que a saída clandestina de Lando podia ser uma fuga de homicida. Agora Conde devia se agarrar à esperança remota de uma relação possível entre aquele homem e a falecida professora de química. O Casino Deportivo? Caridad Delgado? E o diretor?, perguntava-se, querendo perguntar. Do interrogatório dependia o destino imediato do caso, e os dois policiais sabiam o valor da carta que estavam jogando.

No final Manolo fechou a pasta e a deixou quase ao alcance das mãos do preso. Levantou-se e foi sentar na poltrona, do outro lado da mesa, fora do círculo tórrido da lâmpada dos interrogatórios.

– Pois é, major – disse sem afastar os olhos de Lando –, ele é Orlando San Juan Grenet. Foi preso ontem à noite quando tentava sair do país numa lancha roubada e também é acusado de posse de drogas e de assassinato.

Os olhos de Lando perderam o sono.

– Como? Assassinato de quem? O senhor está maluco ou o quê? Manolo sorriu, placidamente.

– Não torne a abrir o bico se eu não lhe perguntar. E que não passe pela sua cabeça a ideia de me chamar novamente de maluco, entendeu?

– Mas é que...

– Mas é que você vai se calar! – gritou Manolo, pondo-se de pé, e até Conde pulou no seu canto. Nunca tinha conseguido explicar de onde o colega tirava aquela força brutal de peso pesado. – Como eu lhe dizia, major, na casa de Guanabo que o preso alugou encontramos restos de um cigarro de maconha, uma maconha de procedência centro--americana, e dois detidos por posse dessa droga identificam Orlando San Juan como seu fornecedor. Isso é gravíssimo, como o senhor sabe.

146

Mas tem mais: essa mesma droga foi encontrada no apartamento de uma moça assassinada há uma semana, e vamos processar o detido por esse crime também.

Lando iniciou um gesto de protesto, mas não chegou a falar. Balançou a cabeça, negando, como se não desse crédito ao que acabava de ouvir. Então Conde afastou-se da parede e esmagou o cigarro no chão. Deu um passo até a mesa e olhou para Lando.

– Orlando, sua situação está difícil, não está?

– Mas não sei nada dessa morta nem de nada disso.

– Não conheceu Lissette Núñez Delgado?

– Lissette? Não, não, conheço uma Lissette, mas essa foi embora há tempos. Laçou um italiano e foi viver uma vida melhor. Agora está em Milão.

– Mas na casa da Lissette de quem estou falando apareceu um cigarro da maconha que você estava distribuindo.

– Olhe, general, com todo o respeito. Não conheço essa mulher nem estou distribuindo nada, juro... Quer que eu jure?

– Não, não precisa, Orlando. Isso é fácil de provar. Uma acareação com os dois vendedores presos, e pronto. Eles vão identificar você, porque estão loucos para identificar quem lhes vendeu a muamba e com isso se livrar de uns bons anos de cana. Diga uma coisa, você vendeu maconha a alguém ligado ao pré-universitário de La Víbora?

– Ao pré-universitário? Não, não, eu não tenho nada a ver com isso...

– Então me diga alguma coisa de Caridad Delgado.

– E quem é essa?

Conde pegou outro cigarro no bolso e o acendeu devagar. Lando, o Russo não ia admitir agora seu envolvimento com a droga e muito menos se tinha alguma relação com Lissette. Mas insistiu, agarrado em sua única esperança concreta:

– Orlando, esta não é a primeira vez que você tem problemas conosco, e não gostamos de ver sempre as mesmas caras, está entendendo? Não gostamos quando nos dão muito trabalho. Você vai ficar aqui até sabermos em que dia seu tataravô nasceu, porque você vai nos contar tudo. Quer me dizer agora alguma coisa de Lissette Núñez ou da maconha que chegou à casa dela? Ou nos vemos hoje à meia-noite, depois que acabarem os filmes?

Lando, o Russo voltou a coçar o queixo, enquanto negava com a cabeça. Nesse instante Conde teria dado tudo para saber o que havia debaixo daquela cabeleira loura, de russo apócrifo, que dançava com o movimento irrefreável da cabeça que negava e negava.

– Vamos, Manolo. Até mais tarde, Orlando, e obrigado por me promover a general.

"La vie en rose", cantava Bola de Nieve, aventurando-se no idioma francês e desafiando abertamente Edith Piaf. Que fantástico, pensou Conde, e tentou imaginar um momento: os cubículos dos interrogatórios provocam uma sensação de clausura propícia às confissões. São a antessala da prisão e do tribunal, e ali a sensação de estar indefeso é um fardo pesadíssimo. Sair daquelas quatro paredes frias e mortificantes é como voltar à vida. Mas a presença de um policial no ambiente cotidiano pode abalar certezas inesperadas: nascem o medo, a desconfiança, a necessidade de esconder dos outros essa aparição indesejável, e às vezes os temores provocam o necessário pulo do gato. Lá-rá-lá-rá-lá, cantava agora. E então o policial desembestou: decidiu ver o diretor em seu próprio terreno. Iria de novo ao pré-universitário. Uma ideia muito vaga tinha lhe aflorado enquanto falava com Lando e propôs a Manolo uma conversa com o diretor.

A manhã de segunda-feira era agradável fora da sede da Central. O vento havia decretado uma trégua e um sol decididamente veranil jogava reflexos de verniz nas ruas da cidade. No rádio do carro, Manolo tinha sintonizado um programa dedicado a Bola de Nieve, e Conde resolveu se concentrar na voz e no piano daquele homem que *era* a canção que cantava: agora dizia "*La flor de la canela... / jazmines en el pelo y rosas en la cara...*", e o tenente se lembrou do final inesperado de seu último encontro com Karina. Viu a si mesmo desarmado, sem argumentos para evitar sua saída, quando ela, vestida, se despedia dele, ali na porta, e ele, mais com cara de menino birrento do que de caçador de mitos, tinha

148

vontade de bater o pé no chão. Por que ela ia embora? As entregas totais da mulher que se transformava com o cheiro ácido do sexo não combinavam com a distância intransponível que depois lhe impunha. Desde o início pensou que devia conversar mais com ela, conhecê-la e entendê-la, mas, entre seus monólogos de desesperado e as conflagrações sexuais que os devoravam, mal sobrava tempo para respirarem, recarregarem as baterias e tomarem um café. O carro passou bem perto do hospital onde estava Jorrín e agora subia pela Santa Catalina, uma avenida cheia de *flamboyants* e lembranças, de festas, cinemas, descobertas sentimentais de todo tipo, de uma *vie en rose* cada vez mais distante na memória e no tempo definitivamente perdido, como a inocência. Bola de Nieve cantava nesse momento "Drume, negrita", e Conde pensou: como pode cantar assim? Era um sussurro melodioso que devorava escalas baixíssimas e ousadas demais, onde habitualmente ninguém transita, por serem a última fronteira tão tênue entre o canto e o murmúrio. Os *flamboyants* da Santa Catalina tinham resistido firmemente aos embates dos vendavais, e as copas de flores avermelhadas eram como um desafio para qualquer pintor. Fora da Central às vezes a vida podia parecer normal, quase rosa.

Manolo estacionou numa rua lateral do pré-universitário e desligou o rádio. Bocejou, com um tremor que percorreu seu esqueleto tão óbvio, e perguntou:

— Bem, qual que é?

— O diretor não disse tudo o que sabe.

— Ninguém diz tudo o que sabe, Conde.

— Esse caso é muito esquisito, Manolo: todos mentem, não sei se para proteger alguém, ou para se proteger, ou porque já se acostumaram e gostam de mentir. Já estou até aqui de ouvir mentiras. Mas agora o que me interessa é que ele sabe de coisas muito interessantes.

— Agora você acha que foi ele?

— Sei lá, não sei mais nada, mas estou achando que não...

— E aí?

Conde olhou para a estrutura sólida da escola. Agora estava na dúvida se tinha ido lá para ver o diretor ou simplesmente por querer voltar, como um eterno culpado, ao local de suas travessuras preferidas.

– Há um terceiro homem nessa história, Manolo. Aposto minha cabeça que há. O primeiro é Pupy, que, apesar de muita culpa no cartório, não acho que tenha se atrevido a tanto, tem anos de malandragem para dar uma mancada dessas com uma mulher que conhecia de outros carnavais. Além disso, sabia como tirar dela tudo o que queria. Só mesmo se tivesse se enganado muito. O segundo é o diretor, que inclusive tem bons motivos: estava apaixonado e podia estar com ciúme. Mas, se o álibi dele se sustenta, é quase impossível que tenha ido à casa de Lissette às onze da noite e a tenha espancado e matado. E o terceiro homem? Se há um terceiro homem, foi ele quem a matou e deve ter sido um dos que estavam na festa, e, embora não tenham encontrado no apartamento as impressões digitais de Lando, ainda não vou descartá-lo. Vejo a coisa assim: a festa acabou, o terceiro homem ficou e por alguma razão matou Lissette, alguma coisa que ela fez com ele ou não quis lhe dar. Porque não foi para roubá-la nem para violentá-la, já que não aconteceu uma coisa nem outra, e é até possível que o último a trepar com ela não tenha sido seu assassino. O que Lissette podia ter que interessasse a esse homem? Drogas? Informações?

– Informações – respondeu Manolo. Seus olhos brilhavam de júbilo.

– Aham. Informações sobre o quê? Sobre as drogas?

– Não, acho que sobre as drogas não. Ela era espevitadinha, mas não acho que estava metida nesse negócio do Lando. Sabia muito bem até onde podia brincar com fogo.

– Mas lembre que Caridad Delgado mora a três quadras de Lando.

– E você acha que se conheciam?

– No duro, no duro, sei lá. Mas que informações?

– Alguma coisa que ela sabia.

– Ou melhor, alguma coisa que valia dinheiro, não acha?

Manolo concordou e olhou para o pré-universitário.

– E que apito toca o diretor nisso tudo?

– É muito simples... ou não. Mas acho que ele conhece o terceiro homem que procuramos.

– Pô, Conde, isso está parecendo o filme de Orson Welles que passaram outro dia.

150

– Não me diga, você viu um filme? Que bom, um dia desses vai até me dizer que leu um livro...

– Hoje, sim, posso oferecer um chá – disse o diretor, e indicou-lhes o sofá que ocupava toda uma parede de seu gabinete.

– Não, obrigado – disse Conde.

– Não, para mim também não – respondeu Manolo.

O diretor balançou a cabeça, decepcionado, e arrastou sua poltrona até colocá-la na frente dos policiais. Parecia se preparar para resistir a uma longa conversa, e mais uma vez Conde pensou que tinha escolhido mal o lugar.

– Bem, já sabem de alguma coisa?

Conde acendeu um cigarro e lamentou não ter aceitado o chá. O único café que tomara ao acordar tinha deixado uma sensação de desconsolo em seu estômago, vazio e esquecido desde que na tarde da véspera devorara os restos de arroz com frango que sobreviveram ao apetite do magro Carlos. Com fome não se pode ser bom policial, pensou, e disse:

– A investigação continua, e devo lembrar que o senhor ainda está na lista dos suspeitos. É uma das cinco pessoas que devem ter estado na casa de Lissette na noite do assassinato e tinha bons motivos para matá-la, apesar de seu álibi.

O diretor se mexeu, desconfortável, como surpreendido por um sinal de alarme. Olhou para os lados, duvidando da intimidade de sua sala.

– Mas por que me diz isso, tenente? Não basta o que minha mulher falou? – o tom era queixoso, de angústia mal contida, e Conde retificou sua opinião: não, não tinha se enganado de lugar.

– Por ora vamos dizer que acreditamos nela, diretor, não se preocupe. E posso lhe garantir que não nos interessa estraçalhar seu casamento e seu sossego familiar, muito menos seu prestígio aqui na escola, depois de vinte anos. São quinze ou vinte?

– Então o que querem? – perguntou, esquivando-se da precisão que Conde lhe pedia e com as palmas das mãos para cima, qual um menino à espera do castigo.

– Além de Pupy e do senhor, que outro homem tinha relações com Lissette?

– Não, se ela...

– Ouça, diretor, não minta para nós, por favor, que isso, sim, é grave, e já não aguento mais nenhuma mentira, nem sua nem de ninguém. Quer que lhe recorde uma coisa? Ela ia para a cama com Pupy em troca de presentes dados por ele. Algum dia abriu o armário de Lissette? Imagino que sim, e o viu bem cheinho, não foi? Quer que lhe recorde outra coisa? Ela ia para a cama com o senhor em troca da impunidade aqui no pré-universitário, onde poderia fazer o que bem entendesse. E não torne a me contradizer, está bem?

O diretor fez a tentativa canhestra de lavrar um protesto, mas se conteve. Pelo visto, como ele mesmo comentou da última vez, os policiais sabiam de tudo. Tudo?

– Olhe esta foto – e Conde lhe entregou o retrato de Orlando San Juan.

– Não, não o conheço. Vão me dizer que este também era namorado de Lissette?

Claro que falei várias vezes com Lissette sobre essas coisas. Não entendia como uma moça assim, tão jovem, tão bonita, e acho que revolucionária, é, revolucionária também, quisesse viver desse jeito e fosse para a cama comigo, assim como ia com outro qualquer, como se não se importasse... Ela andava muito confusa. Já sou quase um velho, o que podia lhe dar? Isso é óbvio: impunidade em seu trabalho, assim como Pupy lhe dava uma calça *jeans* ou um perfume, não é? Tudo bem, é sórdido e vergonhoso... Eu olhava para ela e não conseguia acreditar: tinha uns atrevimentos que, bem, eram invejáveis. De onde os tirou? Não sei. Ou melhor, sei: da educação que teve. O pai e a mãe ocupados demais com suas coisas e tentando compensar com roupas e privilégios a atenção que não lhe davam. Sempre viveu sozinha, aprendeu a se virar. E o que resultou disso foi um Frankenstein. Mas é que a gente não se emenda: estou há vinte e seis anos nisso – nem

152

quinze nem vinte – e sei como se fabricam esses monstrinhos, porque é aqui que eles começam a crescer. E já vi tantos! São os que sempre dizem que sim, que com todo o prazer, que estão prontos para o que der e vier, sem discutir nada, e todo mundo diz, olhe só que maravilha, que atitude, se bem que depois pouco importa se fazem ou não as coisas, e nem interessa saber se as fazem bem. A imagem que fica é esta: são ágeis, solícitos, sempre dispostos e, claro, sem discutir, sem pensar, sem criar problemas... E então nós mesmos dizemos que são bons jovens, confiáveis e todas essas coisas que se dizem. Essa era a origem de Lissette, ainda que ela imaginasse e soubesse o que queria. E eu, trouxa, me apaixonei por ela... Mas, porra, é evidente, é óbvio, pois, se essa garotinha me fez sentir como nunca tinha me sentido na vida, me levou até onde ninguém tinha me levado. Como não ia me apaixonar, isso vocês têm de entender... Mesmo que fosse descobrindo coisas que me assustavam, mas eu pensava, bem, isso é passageiro, contanto que eu viva este pedaço de vida que encontrei. É verdade, ela tinha um caso com um aluno, digo um porque não sei se havia outro. Não, não sei quem é, mas tenho quase certeza de que era de uma das turmas dela. Claro que não me atrevi a perguntar, afinal, que direito tinha sobre a vida dela? Percebi há coisa de um mês, quando encontrei na casa dela uma dessas mochilas que agora os garotos usam; era verde-oliva, de camuflagem, sabem? Estava ao lado da cama dela. Perguntei: e isso, Lissette? Nada, é de um aluno que esqueceu na sala de aula, me disse, mas claro que era mentira, nenhum aluno esquece assim uma mochila na sala de aula e, se tivesse esquecido, ela poderia ter deixado aqui na secretaria, não é? Mas não perguntei mais nada, não queria. Nem podia. E, na noite em que a mataram, havia no banheiro da casa uma camisa de uniforme. Estava úmida e pendurada num cabide. Quando fui embora ainda estava lá. Mas não acho que um garoto seja capaz de fazer o que fizeram com ela. Não, não creio. Já lhes disse que são desligados, muito malandros para estudar, meio devagar, como eles dizem, mas não a ponto de fazer isso. Não cometi nenhum crime, ninguém pode me processar pelo que fiz; apaixonei-me como um adolescente, pior, como um velho, e ainda hoje daria tudo para que nada tivesse acontecido com Lissette. Vocês são policiais, mas são homens, será que não entendem isso?

Conde observou no pátio, onde tinham permanecido, as marcações numeradas para organizar os garotos em forma, como sinais de uma ordem obsoleta. Em sua época a última fila era a preferida, o mais longe possível do diretor e de sua cambada de discursadores e perseguidores de qualquer tentativa de usar bigode, costeleta ou o menor sinal de cabelo cobrindo as orelhas. Com a distância dos anos, e já há tanto tempo perdida toda a paixão, Conde continuava sofrendo com a repressão tenaz a que tinham sido submetidos simplesmente por querer ser jovens e viver como jovens. Talvez o Magro, com seu espírito de redentor da memória, diria de tudo aquilo, Mas, Conde, puta que o pariu, quem é que se lembra disso? Ele, que havia esquecido outras coisas, não conseguia porém perdoar esse acossamento perverso contra o que mais tinha desejado naqueles anos: deixar crescer o cabelo, senti-lo pousando em suas orelhas, entrelaçado com a gola da camisa, para exibi-lo nos embalos de sábado à noite e curtir a maior onda, como todos diziam, e competir em elegância com os que tinham largado a escola e podiam, eles sim, usar o cabelo no tamanho que bem entendessem... Quando entrou na universidade e finalmente ninguém pediu que raspasse a cabeça, Conde adotou sem remorsos o corte que usava até hoje: o cabelo bem curto em todo o crânio. Mas a lembrança daquelas formações à uma da tarde o fez suar.

— Manolo, não crie confusão aqui no pré-universitário, mas preciso de uma lista de todos os rapazes alunos de Lissette, os que teve este ano e os que teve no ano passado, e as notas que todos tiraram em química. E fique bem atento ao nome de José Luis Ferrer. Procure todas as notas dele, tudo o que aparecer. Entendeu?

— Pode me explicar de novo? — perguntou o sargento, fazendo cara de aluno pouco brilhante.

— Vá para a puta que o pariu, Manolo, e não me faça partir para a ignorância. Hoje de manhã você passou à frente do Cicerón e do

Fabricio, portanto sossegue... Vou outra vez à casa dela, vai ver que a camisa ainda está lá e a gente nem notou. Quando terminar aqui você me pega, está bem?

– Sem problema, Conde.

O tenente saiu do vestíbulo da diretoria sem se despedir do olhar vencido e quase suplicante do diretor. Foi para o pátio e andou até os fundos do prédio. Percorreu um dos longos corredores laterais do colégio e lá no fim dobrou à direita. Mais ou menos na metade do corredor debruçou-se no parapeito e verificou que ainda era possível: passou uma perna pelo muro, deixou-se cair sobre um beiral e, depois, como fizera todos os dias durante um ano, utilizou as barras de ginástica presas no muro como escada para descer até o pátio de educação física. Como sempre, a liberdade e a rua estavam a um passo. E Conde correu, como se da corrida dependesse o próprio destino do valente Guaytabó em sua luta mortal contra o malvado turco Anatolio ou o terrível índio Supanqui. Então ouviu o assobio.

Seguindo seus passos, pulava o muro e descia pelas barras de ginástica o autor da chamada, que agora corria para se encontrar com ele.

– Eu o vi pela janela e pedi licença para ir ao banheiro – disse José Luis, e seu peito esquálido de fumante inveterado se agitou com o esforço e as tosses.

– Vamos para a rua – propôs-lhe Conde, e caminharam até os loureiros que cresciam no fundo do pré-universitário. – Tudo bem? – perguntou enquanto lhe oferecia um cigarro.

– Bem, bem – disse, mas se mexia agitado e em duas ocasiões olhou para o prédio que acabavam de deixar para trás.

– Quer que a gente saia daqui?

O garoto pensou e disse:

– Quero, vamos nos sentar ali na esquina.

O Magro e eu, pensou Conde, e escolheu a soleira de uma porta do armazém onde ele e seu amigo costumavam se sentar depois das aulas de educação física.

– Bem, o que houve?

José Luis jogou o cigarro para a rua e esfregou as mãos, como se estivesse com frio.

– Nada, tenente, é que fiquei pensando, desde o dia em que o senhor me deu aquela imprensada, e nesse troço de que tem uma pessoa morta no meio, e fiquei pensando...

– E?

– Nada, tenente, que... – repetiu e olhou para o pré-universitário.

– Que é bem provável que o senhor não saiba de umas coisas que acontecem. O pessoal aqui é do cacete, tem uma porrada de alunos que só querem mesmo é ficar na deles, sem muita confusão e sem esquentar a cabeça. Por isso é que todo mundo vai lhe dizer que a professora Lissette era legal pra caramba.

– Não entendo, José Luis.

O garoto teve de sorrir.

– Não se faça de bobo, tenente, que qualquer um saca essa jogada: com ela todo mundo era aprovado... Ela repassava a matéria dois ou três dias antes do exame e dava os mesmos exercícios que iam cair na prova. Está entendendo? Bem, vá lá, mudava um por cento, um elemento, uma fórmula, mas era a mesma coisa, e a turma botava-a nas nuvens, e ela era a que mais se destacava.

– E muita gente sabe disso? Alguém disse isso ao diretor, por exemplo?

– Sei lá, tenente. Acho que uma garota disse numa reunião de militantes, mas como não sou militante... Não sei se disseram em outro lugar.

– E que mais ela fazia?

– Bem, coisas que outros professores não fazem. Ia às festas do pessoal da turma, ou do bairro, dançava com a gente e ia para a cama com um, bem, sabe como é...

– Mas é que ela não era muito mais velha do que vocês.

– Bom, isso é verdade. Mas às vezes ficava ali de mão-boba, na bolinagem. E era uma professora, né?

Conde olhou o fragmento do pré-universitário visível entre a folhagem das árvores. Deitar-se com uma professora sempre fora o sonho mais bem cotado de todos os alunos que durante cinquenta anos passaram por ali, inclusive ele, quando sonhava com a professora

156

de literatura e pensava que ela era a própria Maga de Cortázar. Olhou para José Luis: seria pedir demais, pensou, mas perguntou:

– Que aluno estava indo para a cama com ela?

José Luis virou o rosto, como surpreendido por um choque elétrico. Esfregava de novo as mãos e mexia o pé, num ritmo sustenido.

– Isso aí é o que eu não sei, tenente.

Conde pôs a mão na coxa do garoto e parou a tremedeira de sua perna.

– Isso aí é o que você sabe, José Luis, e precisa me dizer.

– Mas eu não sei, tenente – defendeu-se o magro, tentando recuperar a segurança da voz –, eu não andava com o grupinho dela.

– Olhe – disse Conde, e tirou do bolso traseiro da calça um bloquinho de notas maltratado. – Vamos fazer o seguinte. Confie em mim: ninguém vai saber que estivemos conversando sobre isso. Nunca. Ponha aqui os nomes do grupinho mais chegado a ela. Me faça esse favor, José Luis, porque, se um deles esteve implicado na morte de Lissette e você não me ajudar, depois você mesmo não vai se perdoar. Me ajude – repetiu Conde, enquanto entregava ao garoto o bloquinho e a esferográfica. José Luis balançou a cabeça, como se pensasse, por que é que eu fui sair da sala de aula, caralho?

Se elas foram o último ato da criação, após os seis dias em que Deus testou todo o imaginável e do nada criou o céu e a terra, as plantas e os animais, os rios e os bosques, e até o próprio homem, esse infeliz do Adão, as mulheres deveriam ser a invenção mais tranquila e perfeita do universo, a começar pela própria Eva, que demonstrou ser muito mais sábia e competente do que Adão. Por isso têm todas as respostas e todas as razões, e eu apenas uma certeza e uma dúvida: estou apaixonado, mas por uma mulher que não consigo conhecer. Na verdade, quem é você, Karina?

Debruçado na sacada, Conde contemplava mais uma vez a topografia agitada de Santos Suárez, com os olhos fixos no ponto do horizonte em que tinha localizado a casa de Karina. A necessidade de penetrar naquela mulher pela brecha até então inviolável de sua história oculta ia se tornando uma obsessão capaz de monopolizar os melhores impulsos de sua inteligência. Guardou no bolso o bloquinho de notas porque no quarto andar em que estava se sentia a presença perturbadora do vendaval tórrido, que não se decidia a deixar em paz as últimas flores da primavera nem as melancolias perenes de Mario Conde.

Sob o sol agressivo do meio-dia os terraços pareciam descampados vermelhos, vedados à vida humana. Um andar abaixo, defronte do edifício, Conde procurou a janela que o tornara espectador furtivo de um drama conjugal e a encontrou aberta, como no primeiro dia, mas o cenário era outro: atrás de uma máquina de costura, aproveitando a claridade que entrava pela janela, a mulher trabalhava serena, escutando a conversa do homem que se balançava numa cadeira. Agora representavam uma cena teatral doméstica tão clássica e sofisticada que incluía o ato de beber café na mesma xícara. Final de telenovela, pensou Conde, fechando o janelão da sacada e apagando as luzes do apartamento. Por um instante tentou imaginar de novo o que havia acontecido naquele lugar seis dias antes e compreendeu que devia ter sido terrível: como se ali se tivesse desencadeado a Quaresma implacável que desde então castigava a cidade. Em pé, na penumbra e diante da figura de giz desenhada no piso de cerâmica, Conde viu as costas do homem que golpeava uma mulher e, sem transição, agarrava seu pescoço e o apertava, dolorosamente. Estava convencido de que bastava tocar num ombro daquela figura de costas e camisa branca para ver um rosto – um dos três rostos possíveis, os três desconhecidos – e pôr o ponto final naquela história, que já estava ficando excessivamente patética.

Desceu para esperar Manolo, mas antes fez uma escala no terceiro andar. Bateu na porta do apartamento que ficava bem embaixo do de Lissette e depois da segunda batida viu-se frente a frente com um rosto que achou remotamente familiar: um velho, que ele calculou ter oitenta anos, com umas poucas mechas de cabelo branco e orelhas de elefante prestes a voar, olhava-o pela porta apenas entreaberta.

– Bom dia – disse Conde, e tirou do bolso sua carteira de policial. – É a respeito da moça do andar de cima – explicou à orelha de papelão enrugado que o velho levou ao primeiro plano e que se mexeu afirmativamente quando seu dono resolveu abrir a porta.

– Sente-se – o ancião convidou, e Conde entrou num lugar parecido mas diferente daquele de onde acabara de sair. A sala do velho tinha móveis de mogno e palhinha, sólidos e antigos, que formavam um conjunto com o aparador envidraçado e a mesa de centro. Mas tudo parecia recém-torneado e envernizado por um excelente mestre carpinteiro.

– Lindos móveis – Conde admitiu.

– Eu mesmo os fiz, há quase cinquenta anos. E os conservo assim – disse o velho, decididamente orgulhoso. – O segredo é limpá-los com um pano úmido em água e álcool, para tirar a poeira, e não usar essas invenções que se vendem para dar brilho.

– É bom poder fazer coisas assim, não é? Bonitas e duráveis.

– Hein? – lamentou-se o velho, que tinha se esquecido de orientar suas próteses auditivas.

– Que são lindíssimos – disse Conde, acrescentando uns decibéis à sua voz.

– E não são os melhores que fiz, nem de longe. Para os Gómez Mena, os milionários, sabe quem são?, pois fiz para eles a biblioteca e a sala de jantar em ébano africano legítimo. Aquilo, sim, era madeira: dura, mas nobre para se deixar trabalhar. Sabe Deus onde foi parar tudo isso quando eles partiram.

– Ainda estará com alguém, não se preocupe.

– Não, não é que eu me preocupe. É um caralho, na minha idade estou vacinado contra tudo e já não me preocupo com quase nada. Mijar direito é minha maior preocupação na vida, imagine só!

Conde sorriu e, ao ver um cinzeiro na mesa de centro, atreveu-se a pegar um cigarro.

– O senhor é islenho, não é?

O sorriso do velho mostrou uma dentadura devastada pela história.

– De La Palma, Isla Bonita. Por que me pergunta?

– Meu avô era filho de islenho e o senhor me lembra ele.

– Então somos praticamente conterrâneos. Muito bem, e o que querem saber agora?

– Bem, no dia em que aconteceu aquilo lá em cima – disse Conde, achando impróprio mencionar ali, onde ela estava tão próxima, a palavra morte – houve uma festa ou algo do gênero. Música e bebidas. O senhor viu alguém subir?

– Não, só ouvi a barulheira.

– E havia alguém aqui com o senhor?

– Minha mulher, que agora foi fazer compras, mas, coitada, está mais surda que eu e não ouviu nada... Quando a gente tira o aparelhinho... E meus filhos já não moram aqui. Há vinte anos vivem em Madri.

– Mas o senhor já viu algumas das pessoas que visitavam Lissette, não é mesmo?

– É, algumas. Mas vinham muitas, sabe? Sobretudo rapazinhos jovens. Mulheres, muito poucas, sabe?

– Rapazinhos com uniforme escolar?

O velho sorriu, e Conde também, porque descobriu naquele sorriso incompleto a mesma malícia de seu avô Rufino quando falava com as mulheres que lhe diziam ser divorciadas. Por causa desse tipo de sorriso, Conde pensou durante anos e anos que todas as divorciadas eram putas.

– É, vi alguns.

– E se fosse preciso seria capaz de identificar algum?

O velho duvidou e, finalmente, negou com a cabeça:

– Acho que não: aos vinte anos todo mundo é parecido... E aos oitenta também. Mas deixe eu lhe dizer uma coisa, meu conterrâneo, uma coisa que não quis dizer aos outros, mas simpatizei com o senhor – fez uma pausa para engolir e estendeu para Conde a mão de dedos fortes, com articulações de nós rudes. – Essa moça não era boa pessoa, não, ouça o que eu digo, que já vi muita coisa na vida e até duas guerras. E não é estranho que tenha se metido nessa encrenca. Uma vez, numa dessas festas, davam uns pulos como se tivessem enlouquecido, e parecia que o teto ia cair na minha cabeça. Não me meto na vida de ninguém aqui, pergunte se quiser, pergunte..., porque também não permito que ninguém se meta na minha vida. Mas naquele dia não tive outro jeito a não ser subir para dizer que não pulassem com tanta força. E sabe o que me disse? Disse que eu deveria ter vergonha de ficar reclamando..., que o que eu tinha de fazer era ir embora daqui com os meus filhos *gusanos*, esse apelido que deram aos que fugiam de Cuba, e que eu era pai de *gusanos*, esses vermes antipatrióticos, e sei lá quantas outras coisas, e que ela fazia em casa o que bem entendia. Claro que estava bêbada, e me disse isso porque era uma mulher, porque se fosse um homem eu mesmo é que a teria matado... Afinal, já vivi minha vida, não é? E para ter dores mijando tanto faz ser na cadeia ou no Parque Central. Ela era ruim, meu conterrâneo, e uma pessoa dessas pode tirar qualquer homem do sério. E lhe digo mais... Olhe para mim, sou um velho de merda que já quase não pode falar e até a comida que engulo me dói, portanto minha presença aqui já é provisória. Mas me alegro com o que aconteceu, e digo isso sem o menor remorso e sem esperar que Deus me perdoe, porque faz tempo que sei que esse bobalhão não existe. E o senhor?

– Conde, Conde, Conde – Manolo pulava, com uma alegria de criança em dia de aniversário, quando o tenente saiu do prédio. – Acho que agora sim ele está preso aqui – disse, mostrando um punho fechado.

– Vejamos, o que aconteceu? – Conde perguntou, tentando não demonstrar entusiasmo exagerado. No fundo, a conversa com o velho carpinteiro o deixara deprimido: deve ser terrível viver pensando na próxima mijada. Mas gostava da mistura efervescente de ódio e amor que ainda se agitava naquele homem à beira da sepultura.

– Olhe, Conde, se o que eu encontrei nas listas do pré-universitário se confirmar, então isso aí é assunto encerrado.

– Mas o que foi, rapaz?

– Veja bem. Anotei um por um os nomes dos alunos de Lissette, começando pelos deste ano, e depois pulei para os do ano passado, que já estão na última série. Aí encontrei José Luis, que tirou 9,7 em química, e mais de 9,2 em todas as outras matérias. Acho que é bom aluno, né? E, bem, para falar a verdade, já estava cheio de anotar nomes e notas e aquilo não me dizia mais nada, até que cheguei ao último nome da última lista do ano passado. Você sabe que as listas são em ordem alfabética, não sabe?

Conde passou a mão no rosto. Eu o enforco ou degolo?, hesitou.

– Termine, rapaz.

– Porra, Conde, não se irrite, que o bom disso é o suspense. Foi assim mesmo que aconteceu comigo. Dá-lhe anotar nomes e no fim, quando já sobrava um só aluno, pimba, apareceu o nome que pode resolver toda esse merda.

– Lázaro San Juan Valdés.

A surpresa do sargento foi espetacular: como se um cachorro o tivesse mordido, levantou os braços e largou os papéis, igual a um menino decepcionado.

– Porra, Conde, mas você já sabia?

– Um passarinho me contou, quando saí do pré-universitário – Conde sorriu e mostrou a folha em que apareciam três nomes: Lázaro San Juan Valdés, Luis Gustavo Rodríguez e Yuri Samper Oliva. – Pois é, San Juan, igual a Orlando San Juan, vulgo Lando, o Russo. Quantos San Juans existirão em Havana, hein, Manolo?

– Puta que o pariu, Conde. Só pode ser ele – disse Manolo, enquanto corria atrás das listas de nomes que o vento começava a arrastar.

– Bem, ande, vamos para a Central. E se quiser pode pisar no acelerador, que hoje você está autorizado – disse, mas teve de cassar a permissão apenas seis quarteirões depois.

– Pô, Conde, estou com fome, velho.

– E você acha que eu não estou?

– Mas não me faça subir agora – pediu Manolo quando entravam na Central.

– Ande, vá comer e diga para me guardarem nem que seja um pão com pão. Vou subir.

O sargento Manuel Palacios pegou o corredor que ia dar no refeitório, enquanto seu chefe apertava o botão do elevador. Os algarismos, no quadro acima, indicavam que a máquina descia, mas Conde insistiu até que o elevador abrisse suas portas e então apertou o quarto andar. No corredor resolveu fazer uma escala indispensável

162

no banheiro. Não tinha urinado desde que se levantara, fazia quase seis horas, e viu com preocupação que caía no vaso um jato de urina escura e fétida, formando uma espuma avermelhada. Devo estar fodido dos rins, pensou, enquanto se sacudia apressado. Vai ver que é por isso que estou perdendo peso, e lembrou-se do velho carpinteiro e de seus desassossegos miccionais.

Voltou ao corredor e empurrou a porta do Departamento de Narcóticos. A sala principal estava vazia, e Conde temeu que o capitão Cicerón estivesse na rua, mas bateu no vidro da porta de seu escritório.

– Entre – ouviu, e então girou a maçaneta.

Numa das poltronas da sala, a mais próxima da mesa, estava sentado o tenente Fabricio. Conde olhou para ele e sua primeira intenção foi a de sair de novo, mas se segurou: não havia razão para uma retirada; resolveu então ser amável, como uma pessoa bem-educada. Afinal de contas, pensou.

– Boa tarde.

– O que houve? – disse o outro.

– E o capitão?

– Não sei – respondeu, largando sobre a mesa os papéis que lia –, acho que está almoçando.

– Não sabe ou acha? – perguntou Conde, fazendo um esforço para não parecer irônico nem grosseiro.

– Por que você quer vê-lo? – Fabricio perguntou, demorando a responder.

– Por favor, me diga onde ele está, que é urgente.

Fabricio sorriu para perguntar:

– E não vai me dizer por que quer vê-lo? Se é por causa do Lando, já vou lhe dizendo que agora sou eu que estou à frente do caso.

– Ah, parabéns.

– Olhe, Conde, você sabe que não gosto da sua ironia nem da sua prepotência – disse Fabricio, se levantando.

Conde pensou em contar até dez, mas nem tentou. Não havia testemunhas e podia ser uma boa ocasião para ajudar Fabricio a resolver de uma vez por todas o problema de seus gostos em matéria de ironia e prepotência. Mesmo que me expulsem da Central, da polícia, da província e até do país.

– Garoto – disse então Conde –, e você, que pinimba é essa comigo? Você tá a fim de mim, por acaso, ou essa mania de encarnar na minha é por outro motivo?

Fabricio deu um passo para replicar.

– Escute aqui, Conde, essa pinimba você enfie no cu. O que você está pensando? Que este departamento é seu também?

– Olhe, Fabricio, não é meu, nem é seu, mas vá para a puta que o pariu – e deu um passo, mas então a porta da sala se abriu. Conde virou a cabeça e viu, parada no umbral, a figura do capitão Cicerón.

– O que está acontecendo aqui? – perguntou o recém-chegado.

Conde sentia tremer cada músculo de seu corpo e receou que a raiva o fizesse chorar. Uma dor de cabeça, manifestando-se como uma pontada atroz, tinha se cravado em sua nuca e agora chegava à testa. Encarou Fabricio e com os olhos prometeu-lhe todos os horrores possíveis.

– Preciso conversar com você, Cicerón – disse enfim Conde, e pegou o braço do capitão para sair da sala.

– O que aconteceu lá dentro, Conde?

– Vamos para o corredor – pediu o tenente. – Não sei o que esse filho da puta tem contra mim, mas não vou mais aturar. Juro que vou foder com a vida desse veado.

– Calma. O que é que você tem? Está louco ou o quê?

A dor de cabeça aumentava, lancinante, mas Conde sorriu.

– Esqueça isso, Cicerón. Espere – e procurou uma duralgina no bolso da camisa. Aproximou-se do bebedouro e a engoliu com água. Do outro bolso tirou um pote de pomada chinesa e esfregou a testa.

– Está se sentindo mal?

– Um pouco de dor de cabeça. Mas já vai passar. E, então, quais são as novidades sobre Lando, o Russo?

Cicerón encostou no janelão do corredor e pegou seus charutos. Ofereceu um a Conde e viu que as mãos do tenente tremiam. Balançou a cabeça num gesto de desaprovação.

164

– Já começou a falar. Fizemos uma acareação dele com os caras de Luyanó, que o reconheceram como o homem que lhes vendeu a maconha em El Vedado. Ele admitiu e deu o nome de dois outros compradores. Mas diz que comprou a maconha de um camponês do Escambray. Acho que inventou um personagem, mas de qualquer maneira estamos averiguando.

– Olhe, na história da professora apareceu um nome que pode ter ligação com Lando: Lázaro San Juan, um estudante do pré-universitário.

Cicerón olhou o charuto e pensou um instante.

– E você quer falar com ele?

– Aham – Conde assentiu e voltou a esfregar mais um pouco de pomada chinesa. O calor penetrante do bálsamo escuro começava a aliviar o peso de sua cabeça.

– Pois é pra já. Vamos.

Cicerón abriu a porta do cubículo e chamou os guardas.

– Já podem levá-lo – disse, e ficou ao lado de Conde para ver a saída de Lando, o Russo. O rosto do homem perdera o tom avermelhado e agora mostrava a palidez mesquinha do medo. Sabia que o cerco se fechava, e as perguntas inesperadas sobre sua relação com Lázaro San Juan tinham ajudado a derrubar as certezas de suas posições.

– Está no ponto, Cicerón – disse Conde, acendendo o cigarro que tinha adiado durante o interrogatório.

– Deixe-o pensando um pouco. Já, já subo com ele. E você, o que vai fazer?

– Primeiro vou falar com o Velho. O fato de Lázaro ser sobrinho de Lando pode ser uma bomba no pré-universitário e quero que ele me repita no ouvido que me dá carta branca para chegar até onde eu tiver de chegar. Pode ser que chova merda em La Víbora. Você vem comigo?

– Vou, vamos ver no que vai dar tudo isso. Olhe, Conde, se Lando está acobertando alguém, deve ser alguém poderoso.

– Você também acredita que haja uma máfia?

– Quem mais acredita?

– Um amigo meu...

Cicerón pensou um instante antes de responder.

– Se uma máfia é um grupo de gente organizada num negócio, pois então acho que há, sim.

– Uma máfia cubana, de maconheiros e afins? Você os imagina com metralhadoras Luparas e comendo espaguete napolitano aqui em Cuba, em 1989, do jeito que está difícil até molho de tomate? Não amole, Cicerón.

– Amolo, sim, porque deve estar rolando muita grana e essa droga não saiu do Escambray nem foi pescada num atol do Caribe. Chegou por mãos de gente que tinha como botá-la no circuito. Atrás disso existe coisa bem organizada, aposto.

Os corredores e as escadas formavam um labirinto irritante para a pressa de Conde. A cada passo tinha de abrir uma porta para em seguida deparar com outra fechada. A derradeira foi a da chefatura, no último andar da Central, onde Maruchi falava ao telefone sentada atrás de sua mesa.

– Boneca, preciso ver o chefão – disse Conde, e apoiou os dedos na mesa.

– Saiu há mais ou menos uma hora, Mario.

Conde bufou e olhou para Cicerón. Mordeu o lábio superior e continuou.

– E onde está o homem, Maruchi?

A garota olhou para Conde e depois para Cicerón. Sua resposta demorava demais para a ansiedade do tenente.

– E aí, minha filha? – atalhou Conde, e ela o interrompeu.

– Então você não sabe de nada?

Conde se ergueu. Seu alarme automático começou a tocar.

– Do quê?

– Está afixado lá embaixo no quadro de avisos... O capitão Jorrín morreu. Às onze da manhã. Teve um infarto fulminante. O major Rangel foi para lá.

166

Estava brincando no quintal. Não sei por que não tinha ido nesse dia com o avô Rufino, ou por que não estava na esquina jogando uma partida de beisebol com os outros garotos da rua ou fazendo a sesta como minha mãe queria, Veja como você está magro, ela se assustava, aposto que está com vermes. E eu estava *justamente* no quintal, *exatamente* tirando vermes da terra para jogá-los para os galos de briga que os engoliam, quando a velha Amérida entrou desabalada *exatamente* pelo corredor de sua casa, que dava para o meu quintal, e gritou aos berros: "Mataram Kennedy, mataram o filho da puta". Desde esse dia tive noção da existência da morte, e sobretudo de seu insuportável mistério. Acho que por isso o padre da igreja do bairro não reclamou quando resolvi trocar a religião pelo beisebol, diante de minhas dúvidas sobre sua explicação mística a respeito das fronteiras da morte: a fé não me bastava para aceitar a existência de um mundo eterno e estratificado, com bons no céu, regulares no purgatório, ruins no inferno e inocentes direto no limbo, a vagar para sempre, solução teórica que ninguém tinha vivenciado nem contado, mas ainda assim fiz concessões quando imaginei que a alma é igual a um saco transparente cheio de um gás avermelhado e tênue, pendurado nas costelas, ao lado do coração, e por isso sai flutuando na hora da morte, como uma bola de ar fugitiva. Desde então só me convenci da inevitabilidade da morte, e sobretudo de sua longa presença e do vazio real deixado por sua chegada: não há nada, é o nada, e por isso tantas pessoas no mundo se consolam de um jeito ou de outro tentando imaginar algo diferente do nada, pois a maior angústia do homem desde que teve consciência de existir foi a ideia de que sua passagem pela Terra era apenas uma estada entre dois nadas. Por isso não consigo me acostumar com a morte, que sempre me surpreende e me aterroriza: é a advertência de que a minha está cada vez mais perto, de que a morte de meus entes queridos também se aproxima e de que então tudo o que sonhei e vivi, amei e odiei também se esfumará no nada. Quem foi, o que fez, o que pensou o avô do meu tataravô, aquele homem de quem não restam nem o sobrenome nem as impressões digitais? Quem será, o que fará, o que pensará meu suposto tataraneto no final do século XXI – se é que chegarei a gerar aquele que deve ser seu bisavô? É terrível desconhecer o passado e poder agir sobre o futuro: esse tataraneto só existirá se eu iniciar a cadeia, assim como existi porque o avô do meu tataravô continuou uma cadeia que o ligava ao primeiro macaco com cara de homem que pôs os pés na – sobre a – Terra. Hamlet e eu diante da mesma caveira: tanto faz que se chame Yorick e tenha sido bufão, ou Jorrín e tenha sido capitão da polícia, ou Lissette Núñez e tenha sido uma alegre putinha de fins do século XX. Tanto faz.

– Que vamos fazer, Conde? Me dá um cigarro, vai.

Manolo pegou o cigarro enquanto olhava para o parque onde estava reunida a turma de garotos recém-saídos da escola. As camisas brancas formavam uma nuvem baixa, hipercinética, agarrada entre os bancos e as árvores. Uns garotos iguais a estes, lembrou-se Conde, tão próximos e tão distantes da solenidade da morte.

– Vou esperar que o Velho saia de lá de dentro para falar com ele.

Do interior da funerária vinha um bafo inconfundível que deixava Conde enjoado. Entrara um instante e, no meio das flores e dos parentes, observou de longe o caixão cinza de Jorrín. Manolo se inclinara na beira do ataúde para ver seu rosto, mas Conde manteve-se a uma boa distância: já era assustadora demais a ideia de que se lembraria de Jorrín numa cama de hospital, pálido e dormindo, para acrescentar agora a possibilidade escatológica de vê-lo definitivamente morto. Mortos demais. Que vá tudo à merda, pensou Conde, negando-se a dar os pêsames aos parentes, e procurou o ar da rua e a imagem da vida, sentado na escada que dava para o parque e a avenida. Gostaria de estar longe dali, fora do alcance e da memória daquele rito absurdo e melodramático, mas resolveu montar guarda e esperar o major.

– E até quando este vento vai ficar enchendo o saco? Não aguento mais – Conde protestou, quando um velho, com uma caneca semicheia de café na mão, desceu a escada e se aproximou dos dois policiais. Mexia a boca sem parar, como se mastigasse alguma coisa leve mas indestrutível, enquanto as bochechas bombeavam ar ou saliva, num

168

ritmo pausado e monótono, para o motor que o mantinha em vida. Usava um paletó cinza de muitíssimos outonos e uma calça preta, com marcas de urinas mal escorridas na periferia da braguilha.

– Dá um cigarrinho, companheiro? – disse o velho, tranquilo, e iniciou um gesto para receber o cigarro pedido.

Conde, que sempre preferiu pagar um copo de rum para um bêbado a dar um cigarro para um pedinte, pensou um instante e percebeu que gostava da dignidade com que o velho lhe pedia. A mão que esperava o cigarro tinha unhas rosadas e limpas.

– Agarre aí, vovô.

– Obrigado, meu filho. Quantas coroas hoje, não é?

– É, muitas – Conde cedeu, enquanto o ancião acendia o cigarro. – O senhor vem aqui todo dia?

O velho levantou a caneca de café.

– Compro cinco reais de café e com isso vou até de noite. Quem morreu hoje? Deve ser importante, porque quase nunca há tantas flores – disse e baixou a voz até deixá-la no tom das confidências. – O problema é que o fornecimento de flores anda complicado e por isso as coroas estão racionadas, às vezes demoram tanto que vi um monte de velórios sem flores. E não é que eu me importe com isso, de jeito nenhum. Quando morrer, para mim tanto faz que me ponham flores ou bosta de vaca. Quem morreu hoje era um mandachuva, não era?

– Nem tanto – Conde admitiu.

– Bem, isso também tanto faz, já se fodeu, o coitado. Obrigado pelo cigarro – disse o velho, de novo no tom habitual, e continuou sua descida.

– Maluco do caralho – comentou então Manolo.

– Nem tanto – Conde admitiu mais uma vez, vendo parar um carro da Central numa das ruas laterais do parque e lembrando-se da origem da dor de cabeça que nem mesmo a prodigiosa combinação de duas duralginas e várias camadas de pomada tinha conseguido derrubar. Do carro saíram quatro homens, dois deles fardados. Pela porta traseira direita saiu Fabricio, e Conde se alegrou ao vê-lo à paisana, porque nesse instante pensou que há coisas que os homens sempre devem ter resolvido da mesma maneira, e já era hora de encerrar aquela história, chegar ao seu último capítulo. Vamos ver a quantas andamos, pensou.

– Me espere aqui – disse a Manolo, e desceu até a rua.

– Onde...? – começou a perguntar o sargento, quando entendeu as intenções de Conde. Então largou o cigarro e correu em sentido oposto, para dentro da funerária.

Conde atravessou a ruela entre a funerária e o parque e se aproximou do grupo de homens que vinha no carro. Com um dedo apontou para Fabricio.

– Não terminamos nossa conversa do meio-dia – disse, e com um gesto propôs que se afastasse do grupo.

Fabricio se separou de seus acompanhantes e seguiu Conde até uma esquina do parque.

– Muito bem, o que é que você quer? – perguntou Conde, que só nesse instante se lembrou de que fazia muitos anos que, para defender sua comida numa escola no campo, tivera a última briga de rua, durante a qual contara com a ajuda de Candito Vermelho. Até hoje agradecia a Candito por não ter sido, naquele dia, moído de pancada pelos três ladrões. – Diga, Fabricio, o que é que você tem contra mim?

– Escute aqui, Conde, quem você pensa que é, hein? Você se acha melhor que todo mundo, não é...?

– Escute aqui, eu não me acho picas. O que é que você quer? – repetiu, e antes de pensar no que fazia foi para cima da cara de Fabricio. Queria surrá-lo, senti-lo desfazer-se entre suas mãos, feri-lo e não voltar a vê-lo nem ouvi-lo nunca mais. Fabricio tentou esquivar o golpe, mas o soco de Conde o pegou na lateral do pescoço e o fez recuar, apenas dois passos, então a esquerda de Conde acertou em cheio o ombro dele. Fabricio tascou um murro de revés e pegou bem na cara de seu atacante. Um calor distante, que ele imaginava esquecido, ressurgiu nas faces de Conde como uma explosão: os socos na cara o enlouqueciam e seus braços se tornaram duas pás desengonçadas que lançavam murros na massa vermelha que via diante de si, até que uma força estranha interveio para alçá-lo e suspendê-lo no ar: o major Rangel tinha conseguido agarrá-lo pelas axilas e só então Conde se deu conta do coro de estudantes que se formara em torno deles, incitando-os ao combate.

– Vai lá, pega pelo queixo.

– Porra, que tabefe.

– Eu torço pelo de camisa listrada.

– Uma bofetada, uma bofetada!

E uma voz rouca, que dizia em seu ouvido, com uma modulação desconhecida.

– Vou te matar, seu puto – para imediatamente variar a inflexão e dizer, quase num sussurro: – Chega, já chega.

– Olhe, Mario Conde, não vou discutir agora com você o que aconteceu, não quero nem ouvi-lo falar disso. Nem vê-lo, caralho. Sei que você gostava de Jorrín, que está tenso, que tem um caso complicado, e sei até que Fabricio é um babaca, mas o que você fez não tem perdão de Deus, e eu pelo menos não vou perdoá-lo, mesmo gostando de você como de um filho. Não vou perdoá-lo, está entendendo? Passe o isqueiro, acho que perdi o meu na confusão que você armou. Este é o último charuto que me resta, e o enterro é amanhã de manhã. Coitado do Jorrín, puta que pariu. Não, não fale nada, já disse, deixe que eu acenda o meu charuto. Pegue seu isqueiro. Não deixei bem claro que você devia ficar mais calmo do que uma freira? Não avisei que não queria nenhum problema? E veja o que você me apronta: aos murros com um oficial, no meio da rua, na frente de uma funerária onde está toda a turma da Central. Mas você está maluco ou é um imbecil? Ou as duas coisas...? Bem, depois falaremos disso; prepare a bunda para receber uns pontapés. Estou lhe avisando. E pare de passar pomada chinesa, que não vou ter pena de você... Porra, logo agora que você está perto dos quarenta anos é que vai se comportar como um menino... Olhe, Conde, depois falaremos disso, viu. Agora procure fazer bem o trabalho. Você pode fazer bem. Descanse hoje à noite, e amanhã, depois do velório, vá buscar o tal garoto na casa dele. Nessas alturas já se deve saber o que é que contou o camponês do Escambray, citado por Orlando San Juan. O garoto tem aula à tarde, né? Bem, você o traz para cá e o pessoal de Cicerón dá uma batida na casa dele para ver se encontra droga, pois vai ver que é lá que o Russo guarda. Mas lembre que se trata de um garoto do pré-universitário, portanto pegue leve, embora mantendo a rédea bem curta, e arranque dele até o nome da parteira que o trouxe ao mundo. Precisamos saber se, afinal, Lando tem algo a ver com a professora ou se foi o garoto quem enfiou a droga na casa dela e até que ponto essa maconha circulou pelo pré-universitário. Essa história ligada ao pré-universitário me horroriza, verdade, juro por minha mãe... E acho que você tem razão, a pista da maconha vai resolver esse assassinato, porque só mesmo por um acaso do destino é que o fulano da droga não seria o assassino, num caso em que, afinal de contas, não houve violação nem roubo, e que se fodam os acasos do destino. Sua cara está doendo? Pois que se dane. Tudo o que eu mais queria era que Fabricio tivesse te arrebentado, aos socos, que é o que eu morro de vontade de fazer. Vá, mexa-se e ande na linha, que agora, sim, ou você entra nos eixos ou não me chamo mais Antonio Rangel. Olhe: eu juro para você.

A depressão é um fardo pesado sobre os ombros que continua a torturá-lo quando ele se joga na cama e fecha os olhos com a esperança de sentir que a dor de cabeça está indo embora. A depressão é uma agonia nos pulsos e nos joelhos, no pescoço e nos tornozelos, como cansados por uma tarefa gigantesca. Não tem forças para se revoltar e gritar "Que se foda essa merda", "Vão para a puta que os pariu", ou para esquecer tudo. A depressão só tem um tratamento, e ele o conhece: a companhia.

Quando saiu da Central, Conde já estava tomado por essa depressão aflitiva. Sabia que tinha transgredido um código, mas dentro dele outro código mais virtuoso o havia lançado para cima de Fabricio. Então, para combater a depressão, fez uma escala num bar, mas ao primeiro gole compreendeu que a fuga solitária por via alcoólica também não tinha sentido. Sentiu-se alheio às alegrias e tristezas dos outros fregueses que de gole em gole mergulhavam em suas confissões necessárias: o rum era um vomitório de incertezas e esperanças, e não uma simples poção para o esquecimento. Por isso pagou, largou no meio o copo de bebida e voltou para casa.

Procurando o alívio possível, Conde disca pela primeira vez o número que Karina mencionara, oito dias antes, quando se conheceram perto de um Fiat polonês de pneu furado. A memória consegue reproduzir o número, e a campainha do telefone toca ao longe, apagada.

– Alô – diz uma voz de mulher. Será a mãe de Karina?

– Karina está, por favor?

– Não, hoje ela não veio aqui. Quem fala?

Quem?, ele se pergunta.

– Um amigo – diz. – A que horas ela chega?

– Ah, não sei dizer, não...

Uma pausa, um silêncio, Conde pensa.

– Poderia anotar um número?

– Posso, um momento... – deve estar procurando onde e com quê. – Sim, pode dizer.

– 409213.

– Quatro-zero-nove-dois-um-três – a voz confirma.

– Aham. Que Mario vai estar nesse número depois das oito. Que espera o telefonema dela.

– Está bem.

– Muito obrigado – e desliga.

Faz um esforço e levanta-se. A caminho do banheiro vai se despindo e deixa a roupa cair por todo lado. Entra no boxe e, antes de se submeter ao tormento da água fria, olha pelo basculante. Lá fora cai a tarde. O vento continua varrendo poeiras, sujeiras e melancolias. Aqui dentro estancaram-se o ódio e a tristeza. Isso não vai parar nunca?

Ao passar diante da casa de Karina, Conde percebeu que o Fiat polonês laranja não estava lá. Faltavam quinze para as oito, mas resolveu que já era tempo de se preocupar. Da calçada olhou para a janela, sem precauções de espião, e viu apenas as mesmas samambaias e os antúrios, agora dourados pela luz de uma lâmpada incandescente.

Na casa do Magro, como sempre, a porta estava aberta, e Conde entrou, perguntando:

– A que horas se janta aqui? – e foi até a cozinha, onde o Magro e Josefina, como atores de teatro burlesco, esperavam por ele com as mãos na cabeça e os olhos bem arregalados, como se dissessem: "Não é possível".

– Não, não é possível – disse o Magro no tom do personagem que representava e depois sorriu: – Você é adivinho?

Conde andou até Josefina, deu-lhe um beijo na testa e perguntou, acentuando sua inocência:

– Adivinho? Por quê?

– Não está sentindo o cheiro, menino? – a mulher perguntou, e então Conde se aproximou com cuidado, como da beira de um precipício, da boca da panela que estava no fogo.

– Não, não acredito, *tamal en cazuela!* – gritou, e descobriu que sua cabeça já não doía e que a depressão podia ser curada.

– É, meu filho, mas não é um *tamal* qualquer: é de milho ralado, que é melhor que moído, coado para tirar a casca e com abóbora em cima para engrossar. Além disso, tem carne de porco, galinha e umas costelinhas de boi.

– Puxa! E olhem o que eu trago aqui – disse, abrindo o saco de papel onde estava a garrafa de rum: Caney de três anos, refulgente e perolado.

– Bem, se é assim acho que podemos convidá-lo – o Magro admitiu e balançou a cabeça para os lados, como se buscasse o consenso de muitos convidados. – E de onde você tirou isso, bicho?

Conde olhou para Josefina e passou um braço por seus ombros.

– Melhor não averiguar, que você não é policial, não é mesmo, Jose? – e a mulher sorriu, mas pegou o queixo de Conde e virou o rosto dele de lado.

– O que aconteceu aqui, Condesito?

Conde deixou a garrafa em cima da mesa.

– Nada, bati com o cabo da vassoura. Assim, olhe... – e com artes de mímico tentou reproduzir a origem do arranhão que o anel de Fabrício tinha feito em sua bochecha.

– Ei, bicho, foi isso mesmo?

174

– Ai, Magro, não me encha mais o saco... Quer rum ou não quer? – perguntou e olhou o relógio. Quase oito da noite. Ela deve estar ligando.

O tema musical indicava que havia terminado a angústia que toda noite a novela brasileira causava, mas Conde recorreu ao julgamento do relógio: nove e meia. Deixou cair a cabeça no travesseiro, cansado, mas esticou a mão com o copo quando percebeu que o Magro se servia de mais rum.

– Acabou – o outro anunciou, no tom das más notícias. – Você teve um dia desgraçado mesmo, hein?

– E nem falo do que me espera com o Velho. E amanhã com esse garoto. E essa filha da puta que não liga nunca. Onde terá se metido, compadre?

– Escuta, chega de me torrar a paciência com essa ladainha, já, já ela aparece...

– Não aguento mais, Magro, não aguento. Percebi isso quando o Velho me disse que esperasse até amanhã para interrogar o garoto e eu aceitei. Devia ter ido procurá-lo hoje mesmo, mas eu queria vê-la. Que desastre.

Conde se recostou para sorver as gotas de rum que sobravam no fundo do copo. Como sempre, lamentou não ter comprado outra garrafa: setecentos e cinquenta mililitros de álcool eram insuficientes para as veias endurecidas daquela dupla de altas médias etílicas. Pois já tinha tomado meia garrafa de rum e sua sede se mantinha inalterada, talvez até pior, e pensou que em vez de álcool estivera bebendo incerteza e desespero. Quanto ainda precisaria beber para se debruçar enfim na beira do dique e se jogar na inconsciência que voltava a ser o objetivo final daquela sede infinita?

– Quero encher a cara, Magro – disse então, e deixou cair o copo em cima do colchão. – Mas encher a cara que nem um bicho, cair de quatro, mijar nas calças e nunca mais pensar na minha vida. Nunca mais...

– É, acho que é disso que você precisa – o outro concordou e terminou seu rum. – E este estava bom, hein? É um dos poucos runs dignos que ainda restam no mundo. Sabe que este é o verdadeiro Bacardi?

– Pô, essa história eu já conheço: que é o melhor do mundo, que é o único Bacardi legítimo que se fabrica e toda essa conversa para boi dormir. Para mim, agora, tanto faz: quero qualquer rum. Quero aguarrás, quero vinho seco, álcool boricado, vinho de beldroega, rum arrebenta-peito, qualquer coisa que suba direto à cabeça.

– Você está a ponto de bala, hein? Bem que eu te disse outro dia: você está gamadão, cara. E isso tudo só porque a mulher não chegou do trabalho. Imagine se ela te der o fora...

– Não diga isso, não quero nem pensar... É que hoje eu precisava dela. Ei, me dá um dinheiro aí para completar. Vou arrumar um litro seja lá onde for – disse e se levantou. Procurou o saco de papel que trouxera e guardou a garrafa vazia.

Na sala, Josefina assistia ao programa *Escriba y lea*. Os participantes deviam descobrir um personagem histórico, latino-americano, ao que tudo indicava um cubano, do século XX. Um artista, agora acabavam de saber.

– Deve ser Pello el Afrokán – disse Conde, aproximando-se da mulher. – Soube de alguma coisa, Jose?

Sem tirar os olhos da televisão, Josefina negou com a cabeça.

– Ai, meu filho, estou há dois dias sem me mexer daqui. Olhe quem era o personagem histórico – disse então, apontando com o queixo para a tela. – O palhaço Chorizo. Isso é uma falta de respeito com esses professores que sabem tanto.

Antes de sair, Conde deu um beijo na testa dela e anunciou seu pronto retorno – com mais rum.

Na esquina, parou e hesitou. À esquerda chamavam-no dois bares e à direita ficava a casa de Karina. Em toda a quadra só havia estacionado um caminhão, e Conde se iludiu pensando que talvez atrás estivesse o Fiat polonês. Dobrou à direita, passou defronte da casa da moça – continuava fechada – e então descobriu o vazio atrás do caminhão. Queria entrar, bater, perguntar, Sou da polícia, porra,

176

onde ela se meteu?, mas o último resíduo de orgulho e bom senso conteve seu impulso adolescente quando pôs a mão na grade do jardim. Continuou rua abaixo, em busca do rum e do esquecimento.

– Compadre, ela não ligou – conseguiu dizer, e teve forças para levantar o braço e voltar a beber. A segunda garrafa de aguardente também chegava ao fim quando, da sala, veio o clarim do Hino Nacional, que encerrava a programação na tevê.

Josefina, de pé na porta do quarto, observou a hecatombe e instintivamente se benzeu: os dois sem camisa, cada um com um copo na mão. Seu filho, inclinado sobre um braço da cadeira de rodas, com todas as banhas transbordando e úmidas, e Conde, sentado no chão, encostado na cama, sofrendo os últimos estertores de um acesso de tosse. No chão, um cinzeiro fumegante como um vulcão, os cadáveres de duas garrafas e o epílogo de outra.

– Estão se matando – disse a mulher, e apanhou a garrafa de aguardente. Saiu, fugitiva. Aquelas cenas apertavam seu coração, pois sabia que era a mais pura verdade: estavam se suicidando, covarde mas resolutamente. Já nada restava, a não ser o amor e a fidelidade daqueles tempos em que o Magro e Conde passavam tardes e noites, naquele mesmo quarto, ouvindo música num volume sobre-humano enquanto conversavam sobre garotas e beisebol.

– Pois, se não ligou, vou sumir por aí.

– Mas você está maluco. Como é que vai sair assim?

– Assim, de bunda no chão, não. Andando – e iniciou o improvável esforço de recuperar a verticalidade. Fracassou umas duas vezes, mas no final conseguiu.

– Vai mesmo embora?

– Vou, besta, vou me arrancando. Vou morrer só e abandonado como um vira-lata. Mas lembre-se de uma coisa: gosto de você pra caralho. Você é meu irmão, e é meu parceiro e é magro, e meu irmão – disse e, depois de largar o copo em cima da mesa de cabeceira, abraçou a cabeça suada do amigo e deu um beijo molhado em seu cabelo, enquanto as mãos maciças do Magro apertavam os braços que o estreitavam, e então o beijo se tornou um soluço rouco e doentio.

– Porra, meu irmão, não chore. Ninguém merece que você chore. Quebre os cornos do Fabricio, mate a moça, esqueça Jorrín, mas não chore, porque senão também vou chorar, cara.

– Pois chore, veado, que eu não consigo parar.

O vento soprava do sul, transportando vapores de flores murchas e de óleo diesel queimado, eflúvios de mortes recentes e de mortes distantes, quando os carros e os ônibus pararam na alameda principal do cemitério. O rabecão tinha avançado uns poucos metros para permitir que os presentes pusessem em prática sua experiência de tantos anos e formassem uma fila espontânea e disciplinada, sem números para marcar o lugar nem temores de sair de mãos abanando, dispostos a acompanhar o féretro até sua cova definitiva. A fila era encabeçada pela mulher e pelos dois filhos de Jorrín, que Conde também não conhecia, e pelo major Rangel e outros oficiais de alta patente, todos de uniforme e condecorações. Era um espetáculo triste demais para a dolorida sensibilidade de Conde: doíam sua cabeça, seu fígado e até sua alma e seu coração; e, quando chegaram à altura da capela central do cemitério, ele disse a Manolo:

– Continue, mais adiante encontro vocês – e se afastou da procissão, que continuou seu trajeto de serpente sonolenta. O sol feria suas pupilas, vencendo a proteção dos óculos escuros, e Conde procurou a sombra de um salgueiro-chorão para se sentar num meio-fio da calçada. Era dos poucos oficiais que não assistiam à cerimônia com o uniforme de gala e precisou ajeitar a pistola quando se deixou cair no meio-fio. O silêncio do cemitério era compacto, e Conde lhe agradeceu. Já bastavam os ruídos interiores, e negou-se a escutar o panegírico mais ou

180

menos imaginável com que se despediriam de Jorrín. Bom pai, bom policial, bom companheiro? Ninguém vai ao cemitério para aprender essas coisas, menos ainda quando já sabe. Acendeu um cigarro e viu, do outro lado da capela, o grupo de mulheres que renovavam as flores de uma sepultura e tiravam a poeira da lápide. Parecia mais um ato social do que um ato de recolhimento, e Conde lembrou que alguém havia comentado com ele a existência, ali no cemitério, de uma mulher Milagrosa, da qual muita gente se aproximava para pedir seu misterioso e frequente auxílio espiritual compreensivo e adaptado aos tempos modernos. Levantou-se e andou até as mulheres. Três estavam sentadas num banco perto da sepultura e duas continuavam empenhadas na limpeza, agora varrendo as folhas e a terra trazida pelo vento, arrumando melhor os ramos de flores nas jardineiras de barro. Todas usavam um pano preto cobrindo a cabeça, como se uniformizadas de incansáveis aldeãs galegas, e trocavam informações sobre boatos mais ou menos verídicos de uma próxima redução da cota semanal de ovos e de seu inevitável aumento de preço. Sem pedir licença, Conde ocupou o banco mais perto das mulheres e observou a sepultura sobre a qual havia flores, velas, rosários de contas pretas e a foto manchada de uma mulher, protegida por uma moldura de vidro.

– É a Milagrosa, não é? – perguntou o policial à mulher mais próxima dele.

– É, sim, senhor.

– E vocês cuidam da sepultura?

– Cabe-nos cuidar dela uma vez por mês. Limpamos, arrumamos e explicamos tudo aos que vêm pedir alguma coisa.

– Quero pedir uma coisa – disse então Conde. Talvez não tivesse cara de pagador de promessas, pois a mulher, uma negra sessentona com braços de presunto macio, olhou um instante para ele antes de falar.

– Ela deu muitos testemunhos de seu poder. E um dia a Igreja vai reconhecê-la: é uma santa milagrosa, uma criatura amada pelo Senhor. Se puder trazer flores, velas, essas coisas, é melhor para fazer o pedido, pois isso ilumina o seu caminho, mas para falar a verdade só precisa mesmo é ter fé, muita fé, e então pedir ajuda a Ela e fazer uma oração.

Um pai-nosso, uma ave-maria, o que o senhor preferir. E pedir com o coração, com muita fé. Entendeu?

Conde assentiu e se lembrou de Jorrín. Já deviam estar se despedindo dele; na certa o Velho, seu companheiro de trinta anos, falaria de sua impecável folha de serviços prestados à sociedade, à família e à vida. Então olhou para o túmulo diante de si e tentou se lembrar de uma oração. Se ia pedir, pediria a sério, tentando resgatar os vestígios dispersos de sua fé de renegado, mas não conseguiu passar dos primeiros versos do pai-nosso que agora, em seu espírito, se confundia com fragmentos do "Pai-nosso latino-americano", de Benedetti, tão popular em sua época de universidade, quando se decretou uma urgente latino-americanização cultural e os conjuntos barulhentos de *rock* se transformaram em adoradores não menos lamentáveis e camaleônicos do longínquo folclore andino e do Altiplano, com quenas, tamboris e ponchos incluídos, e alguns cantaram não em inglês, mas em quéchua e em aimará. Mas agora o essencial era a fé. Qual fé? Sou ateu, mas tenho fé. Em quê? Em quase nada. Pessimismo demais para deixar algum espaço à fé. Mas você vai me ajudar, não vai, Milagrosa? Aham. Vou lhe pedir só uma coisa, mas é uma coisa muito grande, e, como você faz milagres, vai me ajudar, porque preciso de um milagre do tamanho deste cemitério para conseguir o que quero, entende?... Tomara que me entenda e me ouça: quero ser feliz. É pedir muito? Tomara que não, mas não se esqueça de mim, Milagrosa, está bem?

– Muito obrigado – disse à negra quando se levantou. Ela não tinha parado de olhar para ele e sorriu.

– Volte quando quiser, senhor.

– Acho que voltarei – disse, e com um aperto de mão se despediu das mulheres, que tinham mudado de assunto, passando dos ovos ao frango, o qual continuava sem dar as caras no açougue. O mesmo de sempre: o ovo ou a galinha? Voltou para a alameda central do cemitério e viu, à direita, o grupo retornando do enterro. Ajeitou os óculos escuros e foi procurar o carro com a esperança de poder se sentar. Sentia-se fraco e ridículo e sabia que estava ficando mais mole. É como se eu me derretesse. Sujeitinho de merda. Tentou abrir sua porta e a encontrou fechada, tal como a de Manolo. No assento traseiro viu a antena do rádio. Esse aí não confia nem nos mortos, pensou. Será que ela me concederá o milagre?

— Como foi a coisa?

O Greco, fardado, os esperava debaixo da amendoeira plantada perto da entrada do estacionamento da Central. Mal esboçou uma saudação, quando Conde se aproximou, e respondeu logo.

— Sem problemas. Chegamos à casa dele às oito, como Manolo nos disse, chamamos a mãe, explicamos que era uma investigação de rotina por causa de Orlando San Juan e depois chamamos o rapaz, que ainda estava dormindo. A revista feita pelo pessoal do Cicerón não deu em nada, Conde.

— O que achou dele?

— É meio desaforado, no início reclamou, mas acho que é pura fachada.

— Vocês disseram mais alguma coisa?

— Não, mais nada. Crespo está com ele lá em cima, no seu cubículo. Já está tudo preparado, tal como nos pediram.

— Vamos subir, Manolo — disse então, e entraram no prédio praticamente vazio àquela hora, que costumava ser agitada. Encontraram o elevador parado no térreo e de portas abertas. Já começaram os milagres?, pensou Conde ao apertar o botão de seu andar. Quando saíram no corredor, o sargento Manuel Palacios respirou até encher os pulmões, como um mergulhador se preparando para o pulo.

— Começamos?

— Mãos à obra — disse Conde, e o seguiu. Manolo abriu a porta do cubículo onde estavam sentados Lázaro San Juan e o calvo Crespo. Crespo se levantou e cumprimentou Manolo, com certa pose marcial.

— Traga-o, Crespo — pediu o sargento.

Conde, ainda no corredor, viu o rapaz sair. Estava com as mãos na frente, algemadas.

– Tire as algemas – ordenou a Crespo, e observou o rosto de Lázaro San Juan; embora não houvesse nenhuma semelhança com Lando, o Russo, tinham certo ar de família: o olhar meio perdido e a boca quase reta e sem lábios. O rapaz aparentava mais idade do que os dezoito anos recém-feitos. Seu corpo tinha uma estrutura óssea firme e adulta, coberta de músculos bem desenvolvidos. Algumas espinhas no rosto denunciavam sua juventude, mas nem aqueles pontos vermelhos de acne prejudicavam seu encanto masculino. Usava o cabelo repartido no meio e não parecia assustado. Lissette era dessas que, com idêntico apetite, comem bem e comem mal, porque assim comem duas vezes. O rapaz devia ser um de seus manjares favoritos, pensou Conde. Má digestão.

Foram andando pelo corredor como uma procissão acanhada e entraram no elevador. Apertaram o andar de cima e saíram num corredor parecido, mas ladeado por portas de alumínio e vidro. Atravessaram duas portas e abriram uma de madeira, penetrando num cubículo minúsculo na penumbra. Num lado havia uma cortina. Manolo indicou a Lázaro a cadeira, a única ali dentro, e o jovem sentou. Então Crespo acendeu a luz.

– Lázaro San Juan Valdés? – Manolo perguntou, e o rapaz concordou. – Estudante do segundo ano do pré-universitário de La Víbora, não é?

– É – respondeu.

– Bem, sabe por que está aqui?

O garoto olhou ao redor, para ter uma ideia de onde estava.

– Disseram que era uma investigação no pré-universitário.

– Você sabe ou imagina que investigação?

– Acho que é sobre a professora Lissette. Eu estava no banheiro no dia em que o companheiro aí entrou e perguntou por ela – disse, olhando para Conde.

– Pois é – Manolo continuou –, sobre ela mesmo. A professora Lissette foi assassinada na terça-feira, dia 18, lá pela meia-noite. Foi asfixiada por uma toalha. Antes alguém teve contato sexual com ela. Antes alguém a espancou bastante. E ainda antes se bebeu muito na casa dela e até se fumou maconha. O que sabe sobre isso?

O rapaz voltou a olhar para Conde, que tinha acendido um cigarro.

– Nada, companheiro, o que é que eu ia saber?

– Tem certeza? Chame o Greco – Manolo pediu, dirigindo-se a Crespo. O policial pegou um telefone e cochichou alguma coisa. Desligou. Enquanto isso, Manolo folheava o bloquinho que tinha nas mãos e balançava a cabeça como se dissesse sim à leitura, apaixonante, enquanto Conde fumava com ar despreocupado, como se assistisse a uma representação que já conhecia de cor. Sentado no meio da saleta, Lázaro San Juan mexia os olhos de um homem para outro, como se deles esperasse a protelada avaliação de um exame de fim de ano. A dúvida crescia em seu olhar, ostensivamente, como erva daninha bem alimentada.

Duas batidas na madeira da porta e apareceu o esqueleto esguio de Greco. Estou cercado de magros, até eu estou ficando magro, lembrou Conde. Greco trazia um papel na mão. Entregou-o a Conde e saiu. O tenente o olhou um instante e assentiu uma vez, levantando os olhos para Manolo. O olhar de Lázaro San Juan voava de um personagem a outro. Continuava esperando a avaliação.

– Bem, Lázaro, chega de papo furado. No dia 18 você esteve na casa da professora Lissette. Aqui estão as suas impressões digitais. E é muito provável que você é que tenha ido para a cama com ela nessa noite: o seu sangue é tipo O, o mesmo do esperma encontrado na vagina dela quando morreu. – Manolo andou até a cortina que ficava à esquerda de Lázaro, puxou-a e deixou à mostra o vidro translúcido que, como um jogo de espelhos, permitia enfim que se visse uma reprodução em escala da salinha onde estavam, mas menos repleta de cenários, ação e personagens. – Ali está o seu primo Orlando San Juan, acusado de posse e tráfico de drogas, de saída clandestina do país e de roubo de uma lancha do Estado. Confessou todos os crimes e de quebra nos disse que na terça-feira, dia 18, lá pelas sete da noite, você passou na casa dele e ficou um tempinho lá. Acontece que, para completar, a maconha do seu primo é do mesmo tipo da que apareceu na privada da casa de Lissette. Já viu, não é, Lázaro, que você está mais enrolado do que linha em carretel nessa história de assassinato e drogas. Mesmo que não confesse, qualquer tribunal fará uma festa com esses dados que estou lhe dando. Mas, além disso, o colega que me trouxe estes papéis acaba de ir para a rua em busca de Luis Gustavo Rodríguez e Yuri Samper, seus amiguinhos do pré-universitário, e quando falarmos com eles garanto que vão nos confirmar muitas coisas. Bem, como você está vendo, é um papo muito sério. Vai me contar alguma coisa?

Conde observou como se produzia a mutação. Era igual a uma onda, que avançava das entranhas para rebentar na pele. Os músculos de Lázaro perderam volume e a caixa torácica murchou. O cabelo já não caía repartido no meio, mas desgrenhado como uma peruca mal-ajambrada. As espinhas no rosto escureceram e ele já não parecia nem bonito, nem forte, nem jovem, e o instinto disse a Conde que tinham chegado ao epílogo da história. Por que a teria matado? Por que um rapaz de dezoito anos faria uma coisa dessas, tão definitiva e animalesca? Por que a busca da felicidade podia acabar nesse estrago que apenas começava a se produzir e que jamais terminaria, nem mesmo após a pena de dez, quinze anos que Lázaro San Juan cumpriria no rigor degradante de uma cadeia, cercado de outros assassinos iguais a ele, ladrões, estupradores e vigaristas, disputando o cerne obscuro de sua beleza e de sua juventude como um troféu que mais cedo ou mais tarde devorariam com o maior prazer? Nenhum milagre salvaria esse Lázaro.

— Tá legal, tudo isso é verdade, menos que a matei e que dormi com ela, juro por minha mãe. Não a matei nem trepei com ela nesse dia, e Luis e Yuri podem confirmar, os senhores vão ver. A festa, tá legal, isso sim, foi uma invenção dela, que me disse na hora do recreio no pré-universitário, ei, Lacho, era assim que ela me chamava, sabem?, por que você não dá um pulo lá em casa hoje à noite, que eu tenho rum? Ela e eu, bem, fazia uns meses, desde dezembro, ela me deu umas paqueradas e, bem, a gente é homem, e aí começamos a ir para a cama, mas no pré-universitário ninguém podia saber, e não contei para ninguém a não ser para Luis e Yuri, e eles me juraram que mais ninguém ia saber, e assim foi, ninguém sabia. Aí, pô, eu disse para eles que fossem comigo, pra gente tomar umas

186

biritas, e aí tive a ideia de passar na casa do Lando e roubar uns dois baseados daqueles que ele fumava, eu sabia que ele guardava num maço de Marlboro, desses de caixinha, no bolso de uma jaqueta, no quarto, porque um dia o vi tirar um dali e fui lá e roubei, mas isso foi duas ou três vezes. E mais nada, peguei meus colegas na esquina da casa dela, subimos, lá pelas oito e meia, começamos a beber, a ouvir música e a dançar, e eu, tá legal, acendi um baseado e fumamos só nós, ela não quis porque dizia que queria mais rum, e Yuri foi até El Niágara e comprou mais duas garrafas com o dinheiro que ela lhe deu, e mais nada, estou lhe dizendo, ela estava meio bêbada quando a gente foi embora, lá pelas onze, estávamos morrendo de fome porque não tínhamos comido nada, ela nunca tinha comida em casa, e fomos para o ponto e pegamos o ônibus, eles o 15 e eu o 174, que me deixa mais perto de casa, e mais nada, mais nada, e no dia seguinte ficamos sabendo de tudo, levamos um baita susto e resolvemos que, tá legal, era melhor que a gente não dissesse para ninguém que tínhamos estado com ela, porque qualquer um iria desconfiar, como os senhores. Foi assim, juro por minha mãe. Não a matei nem fui pra cama com ela nesse dia, podem acreditar. Perguntem ao Yuri e ao Luis, que estavam comigo, perguntem, tá legal...

Mistérios demais juntos, pensou Conde. Queria pensar no mistério fabricado da morte de Lissette, mas em sua mente se interpunha o enigma inesperado do sumiço de Karina, onde teria se metido na noite anterior, voltou a ligar para ela, depois de falar com Lázaro, e a mesma voz feminina da véspera lhe disse: Não, ontem não apareceu, mas telefonou e dei seu recado. Não ligou de volta? Aquela confirmação foi como um vendaval de popa que enfunou as velas de suas dúvidas e seus temores, pondo-os para navegar à deriva e a toda a velocidade por um mar de sargaços dilacerantes como a incerteza. Tinha a informação de que Karina trabalhava numa empresa que ficava em El Vedado, mas seu entusiasmo o impediu de ser mais policial e nunca lhe perguntou exatamente seu endereço – em suma, se morava mesmo na esquina da casa do Magro – e não se atreveu a perguntar a sua interlocutora telefônica. A mãe de Karina? Algo irremediável tinha acontecido, como na noite da terça-feira, dia 18, pensou. Encostado na janela de sua sala, observou as copas desafiantes dos loureiros, capazes de resistir a tudo, ainda com folhas, sempre verdes. Queria que as horas passassem, voltar para casa e esperar na frente do telefone. Ela ligaria e daria uma boa explicação, ele tentava se convencer. Estava de plantão e esqueci de lhe dizer. Tínhamos um serviço urgente e fiquei na empresa, você sabe como andam ruins os telefones, não consegui ligar, meu amor. Mas sabia que estava mentindo para si mesmo. Um milagre? Só um milagre da primavera, diria o velho Machado, também atormentado por uma paixão que no final lhe escaparia.

Virou-se ao ouvir que a porta da sala se abria. Manolo, com mais papéis na mão, se jogou na poltrona, imitando o cansaço envolvente de um corredor vitorioso. Ria.

— Fico com pena do garotinho, mas ele está fodido, Conde.

— Está fodido? — perguntou o tenente, dando tempo para que o fluxo de seus pensamentos voltasse a correr pelo leito certo. — O que diz o laboratório?

— O esperma é de Lázaro. Sem nenhuma dúvida.

— E Yuri e Luis?

— O que você pensava, pegaram o ônibus primeiro e deixaram Lázaro no ponto. Contaram que sempre iam juntos até a parada de La Víbora e então desciam e pegavam a direção da avenida de Acosta, mas naquela noite ele disse que fossem embora, porque ia esperar o 174 para andar menos.

— E a camisa branca?

— Pois é, era dele, que a levou na tal noite. Às vezes ela lavava a roupa dele. Coitado do Lázaro, com toda essa mordomia, né?

— É, coitado do Lázaro, não sabe o que o espera. E o que contaram da festa?

— Era uma festa diferente da que Lázaro inventou. Dizem que quando ela se embriagou ficou muito chata, porque Lázaro lhe pediu que conseguisse para ele as provas de física e matemática, e ela começou a dizer umas coisas, que não ia mais lhe dar nenhum exame porque depois ele posava de bacana com os outros dizendo o que ia cair na prova, e que ela ia entrar pelo cano, e que ele só queria saber dela para isso e para trepar, eles disseram que ela disse, e então os expulsou de casa. Segundo Luis, a verdade é que Lázaro vendia as respostas das provas, mas ela não sabia. Da pá virada, o garotinho, né? Bem, Lázaro tentou desanuviar a tensão, mas ela insistiu para que os três fossem embora, até que pôs Lázaro para fora quase aos empurrões, quando Yuri e Luis já estavam na escada. A versão dos dois é igual, tim-tim por tim-tim. Então, quando ficaram sabendo da morte da professora, foram falar com Lázaro e resolveram que o melhor era não contar a ninguém que tinham estado lá naquela noite. Foi o que acharam melhor, para evitar problemas, mas diz Yuri que quem teve a ideia de não dizer nada foi mesmo Lázaro.

Conde acendeu um cigarro e observou um instante os laudos do laboratório central que Manolo havia trazido. Deixou-os em cima da mesa e voltou para a janela. Com o olhar fixo numa molécula perdida no horizonte disse:

— Então Lázaro voltou da parada de ônibus. Não tinha chave, portanto foi ela que abriu a porta. E ele a convenceu de que tinha sido um mal-entendido e se deitaram no sofá da sala. Perfeita reconciliação, quase posso ouvir a música de fundo. Mas por que a matou? – perguntou-se e perdeu a molécula escolhida quando viu Lázaro em cima de Lissette; agora via enfim seu rosto, enquanto apertava o pescoço com a toalha, mais forte, mais forte, até que seus braços de remador ficaram exaustos com o esforço e o rosto da moça de beleza enigmática conservou para sempre aquela careta absurda, a meio caminho entre a dor e a incerteza. Por que a matou?

A fumaça é azul e tem cheiro de primavera: fresca e penetrante. Da boca aos pulmões, dos pulmões ao cérebro, a fumaça se move com sua evanescência vaporosa e amanhece atrás dos olhos: descobre-se um brilho de novo dia em cada coisa, com uma percepção diferenciada e sensível revelando arestas de uma lucidez esmaltada que antes não se notavam. O mundo, todo o mundo, é mais vasto e mais próximo, tão brilhante, enquanto a fumaça voa, torna-se respiração perdida em cada célula do sangue e em cada neurônio despertado e posto em alerta máximo. A vida é um barato, não é?, as pessoas são lindas, as mãos são grandes, poderosos são os braços, enorme é o caralho. Graças à fumaça.

Entre as coisas que Cristóvão Colombo descobriu sem imaginar que havia descoberto estava a maconha. Aqueles índios "com tições na boca" tinham a cara feliz demais para serem simples fumantes de tabaco à beira do enfisema. Ervas secas, folhas escuras e fumaça azul capazes de confundir o desconsolado e triste Colombo com um deus rosado vindo de um mistério perdido na memória mítica dos índios. Uma boa festança com maconha. Mas erva fatal quando se descobre enfim que Colombo não é Deus, nem um espírito escolhido por ele.

Contudo, fumá-la é um prazer, é pairar sobre a espuma dos dias e das horas, sabendo que todo o poder nos foi dado: o de criar e o de crer, o de ser e estar onde ninguém pode ser nem estar, enquanto a imaginação voa azul como a fumaça e enquanto respirar é fácil, olhar é uma festa, ouvir é um privilégio supremo.

Pobre Lázaro: irá para a fogueira como um índio, sem fumaça azul nem luzes do amanhecer, e já condenado, no primeiro recinto do sétimo círculo do inferno, a continuar ardendo eternamente ao lado de todos os que foram violentos contra o próximo.

Entrou na antessala da diretoria e o sorriso de Maruchi o surpreendeu. A secretária do major lhe fez um gesto, espere, espere aí, para que ele parasse e, na ponta do pé, saiu de seu lugar atrás da mesa e se aproximou de Conde.

– Mas o que é que há, minha filha?

– Fale baixinho, rapaz – exigiu, pedindo também com as mãos que diminuísse o volume, e sussurrou. – Ele está aqui com Cicerón e com o Gordo Contreras e me chamou para que lhes servisse café. E sabe de quem estavam falando quando entrei?

190

– De um cadáver.

– De você, rapaz.

– De um cadáver – confirmou o tenente.

– Não se faça de bobo. Ele estava dizendo ao Gordo e a Cicerón que você tinha posto os dois na pista de dois casos importantes. E que se tinham descoberto alguma coisa era graças a você. Que tal?

Conde tentou sorrir, mas não conseguiu.

– Bonito – disse.

– Puxa, como você está chato... – ela disse, recuperando o tom de voz.

– Avise a ele que estou aqui, ande.

A chefe de expediente voltou para sua mesa e apertou a tecla vermelha do interfone. Uma voz de lata disse "Sim?", e ela anunciou:

– Major, o tenente Conde está aqui.

– Mande-o entrar – respondeu a voz metálica.

– Obrigado pela notícia, Maruchi – disse Conde, e acariciou o cabelo da secretária. Ela sorriu, com um sorriso lisonjeado que o surpreendeu. Será que essa garota vai mesmo com a minha cara? Aproximou-se do vidro da porta e bateu com os nós dos dedos.

– Entre, ande, não se acanhe – disse a voz do major, e Conde abriu a porta.

O Velho, com seu uniforme e suas condecorações oficiais, estava atrás da mesa como se fosse acompanhar outro enterro – o meu, pensou o tenente – e, diante dele, estavam os parentes do defunto: os capitães Contreras e Cicerón.

– Você está bem acompanhado – disse, para descontrair o ambiente, e viu o Gordo Contreras sorrir e se levantar, fazendo um esforço de veias que incham para içar de uma só vez o peso de seus cento e cinquenta quilos.

– Como vai, Conde? – e estendeu-lhe a mão. Vá à merda, pensou o tenente, e deixou cair sua pobre mão na de Contreras, que sorriu um pouco mais quando descarregou toda a pressão sobre os dedos indefesos de Conde.

– Bem, capitão.

– Bom, sentem-se – o chefe ordenou. – Vejamos, Conde, a quantas anda o seu caso?

Conde ocupou o sofá que ficava à direita do major. A seu lado pôs o envelope que trazia e o tocou antes de responder.

– Está tudo aqui. Trouxe as gravações, caso queira ouvi-las. E amanhã entregamos o relatório à promotoria.

– Bem, mas o que aconteceu, rapaz?

– Lázaro San Juan, como pensávamos. Confirmou a história da festa, com mais dois amigos; beberam rum, fumaram maconha e houve uma discussão com ela quando Lázaro lhe pediu os exames de física e de matemática. O problema é que Lázaro vendia por cinco pesos a resposta de cada exame. Um bom negócio, pois havia provas de até dez perguntas e uma clientela fiel e seleta.

– Não ironize – cortou o major.

– Não estou ironizando nada.

– Está, sim.

– Juro que não, Velho.

– Já lhe disse para não me jurar nada.

– Pois então não juro.

– Escute aqui, vai continuar seu relatório ou não vai?

– Vou – Conde suspirou, mas ainda demorou, pegando o isqueiro para acender um cigarro. – Já vou continuar: ela os botou para fora de casa, parece que o pileque deu nisso, mas Lázaro voltou quando os amigos pegaram o ônibus. Ela abriu a porta, eles fizeram as pazes e foram para a cama, e ele acendeu o outro baseado que tinha levado. Os dois fumaram, mas ela sempre dando tragadas no cigarro que ele segurava, por isso não havia traços de droga em seus dedos. E então ele voltou a lhe pedir os exames. Tinha se viciado, o filho da puta. E ela se emputeceu de novo e tentou expulsá-lo de casa outra vez, e o rapaz diz que ela bateu em sua cara e que aí ele não conseguiu se segurar e foi para cima dela, começou a espancá-la e quando deu por si já havia asfixiado a moça. Diz que não sabe como fez isso. São coisas que às vezes acontecem, mais ainda com dois baseados no bucho... Agora ele está chorando. Custou, mas está chorando. Tenho pena desse garoto, confessou tudo sem olhar para nós. Pediu-me para ficar ao lado da janela e falou o tempo todo olhando para a rua. Não é mole o que tem pela frente. Está tudo aqui – repetiu e voltou a bater no envelope, que soou como um tambor emitindo sinais em pleno silêncio.

– Bonita história, não é? – o Velho perguntou, levantando. – Um garoto do pré-universitário e uma professora como protagonistas, um diretor, um negociante de motocicletas e um traficante de maconha nos papéis secundários; há de tudo, de tudo: sexo, violência, drogas, crimes, bebidas, fraude, evasão de divisas, favores sexuais bem retribuídos – disse, e sua voz mudou repentinamente ao acrescentar: – Dá vontade de vomitar. Amanhã mesmo distribuo seu relatório para todo lado, Conde, para todo lado...

E retornou à sua cadeira e ao charuto maltratado com o qual travava uma luta aquela tarde. Era um havana triste e escuro, de cinza enegrecida e cheiro penetrante e ácido. Deu duas fumadas, como se tomasse um remédio amargo mas necessário, e disse:

– Contreras e Cicerón estavam aqui me informando sobre as outras conexões do caso. O tal Pupy abriu tanto o jogo que por pouco não foi preciso lhe dar umas porradas para que calasse o bico. Graças a ele, fomos subindo e chegamos a três funcionários de embaixadas estrangeiras, passando por dois sujeitos da Cubalse, três do Intur, dois taxistas e sei lá quantos vigaristas, desses que achacam os turistas para ficar com os dólares.

– Oito, para início de conversa – Contreras esclareceu e sorriu.

– E esse negócio da maconha é igual a um pavio que continua queimando e vamos ver aonde vai chegar. O caipira do Escambray é uma encenação que até parece de filme: traziam-lhe a droga para que ele vendesse, como se fosse sua, a diversos otários da laia de Lando. Já pegamos mais três. E vamos encontrar o homem de Trinidad que levava o bagulho para o camponês e continuar até que a bomba estoure, porque é preciso saber de onde saiu essa maconha e como entrou em Cuba, porque desta vez não vou engolir a conversa fiada de que a encontraram no litoral. Até que a bomba estoure...

– E haja chuva de merda – disse Conde, em voz bem baixa.

– O que você disse? – perguntou o major.

– Nada, Velho.

– Mas o que foi que você disse, que não ouvi?

– Que vai ser uma chuva de merda. Não só no pré-universitário de La Víbora.

– Chuva de merda, sim – o major admitiu, e tentou em vão puxar fumaça do charuto enegrecido. – E já estou me molhando – disse, com cara de nojo, mostrando à plateia o falso havana. Levantou-se, foi até a janela e atirou o charuto na rua, como se o odiasse. Claro que o odiava. Quando o major virou as costas para o grupo, Cicerón olhou para Conde e sorriu: levantou o braço direito e seus dedos formaram o V da vitória.

O major retornou à escrivaninha e apoiou os nós dos dedos na madeira. Conde se preparou para o discurso.

– Mesmo que me custe dizer, Conde, devo felicitá-lo. Foi você que destrinchou esse rolo do Pupy e do Lando e já resolveu a história do pré-universitário. A da evasão de divisas e a das compras nas lojas para diplomatas ainda vão derrubar muita gente, e a da maconha centro-americana vai chegar lá nas nuvens, tenho certeza, porque isso não parece uma operação banal. E por tudo isso você está de parabéns, mas amanhã, depois que me entregar o relatório, vá para casa e se ponha à vontade, com pijama e tudo, e não reapareça aqui até ser chamado pela comissão disciplinar.

– Mas, Rangel... – Contreras tentou intervir, e a voz do Velho o interrompeu.

– Contreras, os comentários que você tiver para fazer encaminhe à Comissão. Eu não quero nem saber. Conde fez uma coisa benfeita e o felicitei e vou anotar tudo em sua ficha. Aliás, ele é pago para isso. Mas meteu os pés pelas mãos e se deu mal. Isso está claríssimo. Podem sair, os três. Amanhã às nove horas, Conde – disse, e lentamente se jogou na poltrona. Apertou o botão branco do interfone e pediu: – Maruchi, me traga um copo d'água e uma aspirina.

Conde, Contreras e Cicerón saíram para o vestíbulo, e o tenente disse, baixinho, à secretária:

194

– Dê-lhe uma duralgina. Ele não pediu porque estava na minha frente – e foi embora.

– Manolo, quero lhe pedir um favor.

– Adoro quando você me pede favores, Conde.

– Por isso vou satisfazê-lo: prepare você mesmo o relatório para entregar amanhã ao Velho. Quero ir embora daqui – disse e abriu as mãos para abarcar o espaço que o agredia. O cubículo, mais que nunca, lhe parecia uma chocadeira apertada e quente na qual sua casca iria inevitavelmente arrebentar. A sensação de estar no fim de alguma coisa e a perspectiva de ter de enfrentar o processo que o major Rangel lhe anunciava o deixavam num limbo inalcançável, onde todo e qualquer ato escapava a seu poder. Apanhou os últimos papéis que ainda estavam em cima da mesa e os meteu dentro de um arquivo.

– Puxa, Conde, não é para tanto, né?

– Não, não é para tanto – disse, para dizer alguma coisa, enquanto entregava o arquivo a seu subordinado.

– Não se deixe abater, meu chapa. Você sabe que não vai ter problemas. Cicerón me disse. E eu ouço, Conde: todo mundo na Central está falando da polvorosa que levantamos com esse caso e todos apostam que vai continuar a cair peixe na rede... E Fabricio tem fama de negligente e de chato; isso, aqui dentro, até os gatos dizem. E para completar o major é seu amigo, você sabe – Manolo argumentou, tentando atenuar a evidente perturbação de Conde. Ainda que fossem duas personalidades tão opostas, os meses em que estavam trabalhando juntos haviam criado uma dependência mútua de que ambos desfrutavam como uma prolongação das próprias capacidades e dos próprios desejos. Para o sargento Manuel Palacios era difícil acreditar que no dia seguinte deixaria de trabalhar com o tenente Mario Conde e passaria a responder às ordens de outro oficial. Conde precisava enfrentar essa briga. – Não se preocupe com o relatório, eu faço, mas pare com essa cara.

Conde sorriu: levou as mãos ao queixo e começou a tirar a máscara que se negava a se soltar.

– Não encha, Manolo, não é só isso. É tudo. Estou cansado, aos trinta e cinco anos, e não sei o que vou fazer nem que merda quero fazer. Tento fazer tudo benfeito e sempre meto os pés pelas mãos: essa é minha sina, me disse uma vez um babalaô. Tenho a esperteza da lesma: pela frente vejo tudo bonito, mas atrás vou deixando um rastro sujo. É simples assim. Tome, isto é para você – disse e entregou a ele um papel dobrado que guardava no bolso da camisa.

– Que é isso?

– Um poema épico-heroico que escrevi em homenagem à maconha. Coloque-o no relatório.

– Agora, sim, você se queimou, meu chapa.

Conde teve vontade de se aproximar da janela e observar outra vez – pela última vez? – a paisagem à qual tinha concedido sua preferência, mas achou que não era um bom momento para se despedir daquele pedaço de cidade e de vida. Estendeu a mão para o sargento e apertou-a com força.

– Até breve, Manolo.

– Não quer que o leve para casa?

– Não, deixe, ultimamente tenho apreciado muito os ônibus superlotados.

Não se sentia disposto a fazer especulações climáticas quando saiu do *hall* principal da Central, mas mudou de ideia com a luz do sol que penetrava enviesada pelos altos vidros da fachada e, para marcar distâncias e estados de espírito, procurou seus óculos escuros. Lá fora o vento de Quaresma havia parado de soprar, talvez tendo esgotado seu fôlego naquele ano, e uma tarde esplendorosa de março o recebeu com seu céu limpo e seu brilho perfeito de estação primaveril de postais para turistas que fugiam do frio. Na verdade, era uma tarde ideal para ficar perto do mar, bem do lado da casa de madeira e telhas que uma vez Conde sonhara possuir. Teria aproveitado a manhã para escrever – uma história simples e comovente sobre a amizade e o amor, é claro –, e agora, com as linhas de pesca bem fincadas no mar, esperaria que a sorte pusesse em seu anzol um belo peixe para o jantar desta noite. Num rochedo ali perto, que se exibia na praia qual uma mão estendida, uma mulher bronzeada de tanto sol lia as páginas que ele havia escrito de dia. Com ela faria amor no chuveiro, ao anoitecer, enquanto o cheiro do peixe assando no forno invadia o espaço desse sonho recorrente. Talvez à noite, enquanto lesse um romance de Hemingway ou um conto impecável de Salinger, ela tocaria saxofone, para dar um tom de tristeza a tanta felicidade acumulada.

O Fiat polonês está ali, acaçapado perto do meio-fio, como um pequeno dinossauro, e Conde verifica que seus quatro pneus descansam cheios de ar. A porta da casa permanece fechada, e ele vai até lá pelo pequeno jardim de mimos-de-vênus e bicos-de-papagaio desfolhados por tantos dias de vento. A aldraba de ferro, lavrada em forma de língua pendurada de um leão de olhos astigmáticos, produz um som profundo que corre apavorado para dentro da casa. Ele guarda os óculos escuros, ajeita o revólver no cinto do *jeans* e deseja intensamente que haja uma justificativa. Qualquer justificativa, pois está disposto a aceitá-la sem fazer perguntas. A essa altura já aprendeu – e pode praticá-lo na realidade mais objetiva – que os excessos de dignidade são impulsos daninhos: prefere outorgar, perdoar, até prometer o esquecimento a fim de obter o espaço mínimo de que necessita. Por que não deixou passar ao longe a petulância de Fabricio? Às vezes lhe parece mesquinho, mas sabe que no final se acostumará.

Karina abre a porta e não demonstra surpresa. Aliás, tenta sorrir e abre uma fresta que ele não se atreve a transpor. Usa o *short* do dia em que se conheceram e uma camiseta de homem, sem mangas, que Conde considera ousada. As cavas caem derrotadas e deixam ver o instante preciso em que o peito começa a subir a colina dos seios. Faz pouco tempo que lavou o cabelo, que cai suave, escuro e úmido sobre seus ombros. Gosta demais dessa mulher.

– Entre, estava esperando por você – diz, e se afasta. Fecha a porta e aponta uma das duas poltronas de madeira e palhinha que ocupam a entrada do corredor que leva aos fundos da casa.

– Está sozinha?

– Estou, cheguei há pouco. Como vai o seu caso?

– Acho que bem: descobri que um garoto de dezoito anos fumava maconha e matou uma garota de vinte e quatro que também se drogava e tinha vários namorados.

– É terrível, não é?

– Acredite, já tive casos piores. O que aconteceu com você ontem? – pergunta afinal, olhando em seus olhos. Estava de plantão. Muito trabalho. Fui hospitalizada. Fui presa, por culpa de um policial. Qualquer justificativa, pelo amor de Deus.

– Nada – ela responde. – Recebi um telefonema.

Conde tenta entender: só um telefonema. Mas não entende.

– Não entendo. Tínhamos combinado...

– Um telefonema de meu marido – diz, e Conde volta a pensar que não entende. A palavra marido soa, simplesmente, absurda e fora de contexto na conversa. Um marido? Um marido de Karina?

– O que quer dizer?

– Que meu marido volta esta noite. Ele é médico, está na Nicarágua. Suspenderam seu contrato e vai antecipar a volta. É isso que quero dizer, Mario. Ele me ligou ontem de manhã.

Conde procura um cigarro no bolso da camisa, mas desiste. Pensando bem, não quer fumar.

– Como é possível, Karina?

– Mario, não complique ainda mais as coisas. Não sei por que comecei essa loucura com você. Eu estava me sentindo só, fui com a sua cara, precisava ir para a cama com um homem, entenda isso, mas escolhi o pior homem do mundo.

– Sou o pior?

– Você se apaixona, Mario – diz ela, e ajeita o cabelo atrás das orelhas. Assim, de *short* e camiseta, parece um menino efeminado. Ele sempre tornaria a se apaixonar por ela.

– E daí?

– Daí que estou voltando para minha casa e meu marido, Conde, não posso fazer outra coisa, não quero fazer. Adorei te conhecer, não lamento, mas é impossível.

198

Conde se nega a entender o que está entendendo. Uma puta? Acha que é um engano e não descobre a lógica do possível equívoco. Karina não é para ele, conclui. Dulcineia não aparece porque não existe. Pura mitologia.

– Entendo – diz afinal, e agora, sim, sente uma verdadeira vontade de fumar. Deixa o fósforo cair num vaso cheio de antúrios de coração vermelho.

– Sei como se sente, Mario, mas foi tudo assim, de improviso. Não devia ter conhecido você.

– Acho que devia, que devíamos ter nos conhecido, mas em outra época, em outro lugar, em outra vida: porque eu teria me apaixonado por você da mesma forma. Telefone um dia desses – diz, e se levanta. Faltam-lhe forças e argumentos para lutar contra o irrefutável e sabe que já está derrotado. Percebe que não há outro jeito senão se acostumar com o fracasso.

– Não pense mal de mim, Mario – diz ela, também de pé.

– E você se importa com o que eu penso?

– Eu me importo, sim. Acho que é verdade, devíamos ter nos encontrado em outra vida.

– Que pena esse equívoco. Mas não se preocupe, vivo me equivocando – diz, e abre a porta. O sol se perde atrás do antigo colégio marista de La Víbora e Conde sente que pode chorar. Ultimamente vive tendo vontade de chorar. Olha para Karina e se pergunta: por quê? Pega-a pelos ombros, acaricia seu cabelo pesado e úmido e beija-a suavemente nos lábios. – Me avise quando tiver de trocar um pneu furado. É minha especialidade.

E vai andando para o jardim. Tem certeza de que ela vai chamá-lo agora, dizer que vá tudo para o inferno, que fica com ele, que adora os policiais tristes, que sempre tocará saxofone para ele, que basta que ele lhe diga *play it again*, que serão aves noturnas, devoradoras de amor e luxúria, sente-a correndo para ele de braços abertos, e ao fundo uma música suave, mas cada passo em direção à rua afunda um pouco mais o punhal que sangra veloz a sua última esperança. Quando pisa na calçada é um homem só. Que merda, hein?, pensa. Nem sequer há música.

O magro Carlos balançava a cabeça. Negava-se a aceitar.

– Não encha o saco, bicho. Faz uma porrada de anos que não vou ao estádio e você tem de ir comigo. Lembra quando íamos antes? É, isso mesmo, você foi no dia em que o Coelho fez dezesseis anos e comemorou com a gente no estádio fumando dezesseis cigarros. O vômito daqueles croquetes sola-de-sapato e daquele refresco de óleo de freio que ele soltou no ônibus parecia lava de vulcão, juro por Deus. Saía fumaça, assim... – e sorriu.

Conde também sorriu. Observou os pôsteres desbotados pelo tempo e que tinha visto durante tantos anos quase todos os dias de sua vida. Eram o testemunho de uma crise anti-Beatles do Magro, convertido à religião de Mick Jagger e dos Rolling Stones, da qual se recuperaria para voltar ao porto seguro do *Rubber Soul* e do *Abbey Road* e recomeçar com Conde a insolúvel disputa entre a genialidade de Lennon e a de McCartney. O Magro era da turma de McCartney e Conde militava nas fileiras do falecido Lennon, "Strawberry Fields" era música demais para não se admitir essa supremacia do mais poeta dos Beatles.

– Mas não estou com vontade, besta. O que eu quero é me deitar na cama, cobrir a cabeça e acordar daqui a dez anos.

– Rip van Winkle com esse calor? E daqui a dez anos, qual é? Você ia estar magro como um palito e continuaria na mesma, e ia perder dez campeonatos, centenas de garrafas de rum e até uma mulher que toca violoncelo. Você prefere mesmo o sax ao *cello*? O pior de tudo é que eu ia me chatear pra cacete até você acordar.

– Está me consolando?

– Não, não, estou me preparando para mandar você para a puta que o pariu se continuar com essa baboseira. Vamos comer, que já, já o Coelho e Andrés vão chegar. Gosto da ideia de a gente ir ao estádio, só nós quatro, isso é coisa de homem, não acha?

E mais uma vez Conde sentiu que tinha perdido até mesmo a vontade de brigar e deixou-se arrastar para o refúgio dos amigos, talvez o único lugar seguro que lhe restava naquela guerra aparentemente empenhada em derrubar todas as suas defesas e muralhas.

200

– Hoje eu não estava inspirada – Josefina avisou quando se sentaram à mesa. – De quebra, só tinha um frango, por isso não me veio nenhuma ideia. Mas lembrei que minha prima Estefanía, que estudou na França, me deu um dia uma receita de frango frito à Villeroy, e pensei, vamos ver o que é que vai dar.

– É difícil? Como se faz isso, Jose?

– Não, é muito fácil, foi por isso que eu fiz. Cortei o frango em quartos, joguei em cima uma laranja-azeda e dois dentes de alho e deixei temperando. Mas tem de ser um frango grande. Depois dourei com duzentos e cinquenta gramas de manteiga e duas cebolas cortadas em rodelas. Diz que é uma cebola, mas botei duas, e estava me lembrando da história dos porcos que vão ao restaurante. Vocês conhecem, não é? Bem, depois de dourada, joga-se uma xícara de vinho branco e tempera-se com sal e pimenta. E aí se põe para cozinhar. Quando esfria, desossa-se o frango. E aí começa a história: você sabe que os franceses fazem tudo com molho, não sabe? Este leva manteiga, leite, sal, pimenta e farinha. Então se põe tudo isso no fogo até fazer um creme encorpado, bem grosso, mas sem nenhum carocinho, sabe? Aí vêm mais vinho e suco de limão. A gente põe a metade desse creme numa travessa funda e a outra metade joga em cima do frango e deixa esfriar até endurecer, viu? Aí a gente empana os pedaços e pronto: acabo de fritá-los no óleo quente. É prato para seis franceses, mas com comilões iguais a vocês... Vão deixar um pouquinho para mim?

O cheiro do frango à Villeroy prometia prazeres esquecidos. Quando Conde provou o primeiro pedaço, esteve prestes a se reconciliar com a vida: a sensação de que seu paladar renascia com sabores inéditos e contundentes despertou-lhe a ilusão de que alguma coisa se recompunha dentro dele.

– E a que horas essa gente vem nos pegar? – perguntou ao Magro antes de atacar a segunda porção de frango, já acompanhado de arroz branco, bananas verdes fritas e o arco-íris primaveril da salada de alface, tomate e cenoura temperada com maionese caseira.

– Sei lá, às sete e pouco. Já devem estar chegando.

– Pena que não tenha um vinho branco – Josefina se lamentou, e largou um instante seus talheres. – Olhe, Condesito, você sabe que também é meu filho, por isso vou lhe dizer o seguinte: eu sabia a história de Karina, que ela era casada e tudo. Averiguei logo, aqui no bairro. Mas achei que não tinha o direito de me meter nisso. Pode ser que eu tenha errado, talvez fosse melhor ter lhe dito.

Conde terminou de beber e pôs água em seu copo.

– Fico contente que não tenha me dito, Jose. Quer que lhe diga a verdade? Mesmo a coisa acabando assim, valeu a pena pelos três dias que passei com ela.

– Antes isso – disse a mulher, e pegou novamente os talheres. – Não ficou tão ruim o frango, não é?

O cenário redescoberto do estádio era um apelo às recordações. O verde brilhando sob as luzes azuladas e a grama avermelhada, recém-alisada para o início do jogo, formam um contraste de cores que é patrimônio exclusivo dos campos de beisebol. Andrés, na frente, andava pelo corredor procurando o camarote que tinham conseguido para aquela noite. Atrás, o Coelho abria caminho para a cadeira de rodas, que Conde empurrava com a habilidade adquirida ao longo de dez anos. "Com licença, cavalheiro", dizia o Coelho, que tentava ao mesmo tempo observar o aquecimento do arremessador do Habana, perto do *dugout* da esquerda. No quadro luminoso já estavam indicados os jogadores escalados, e o murmúrio que, qual uma cachoeira, descia das arquibancadas era uma promessa de bom espetáculo: orientales e habaneros iam decidir mais uma vez, como se fosse uma brincadeira, uma contenda histórica iniciada, talvez, no dia em que a capital da colônia fora transferida de Santiago para Havana, mais de quatrocentos anos antes.

O camarote conseguido graças a um paciente de Andrés que trabalhava no Inder era um dos lugares mais cobiçados: bem na beira do campo, entre o *home* e o banco da terceira base. Conde, sentado ao lado do Magro, observou o campo marrom e verde, as arquibancadas lotadas, as cores dos uniformes, azul e branco uns, vermelho e preto os outros, e lembrou que um dia, como Andrés, quis arriscar sua vida naquelas extensões simbólicas, onde o movimento da estrutura diminuta de uma bola era como o fluxo da vida, imprevisível mas necessário para que o jogo prosseguisse. Sempre gostara da solidão da área central, da responsabilidade de receber contra o couro da luva a massa sólida da bola, o espanto intelectual provocado pela capacidade instintiva que o fazia correr atrás da bola branca no momento exato em que ela saía do bastão e mal havia iniciado seu caprichoso trajeto. Aqueles eram os cheiros, as cores, as sensações, as habilidades de uma ligação possível com um lugar e um tempo que ele podia recuperar com o simples gesto de ver e respirar, deliciado, um ambiente único e profundamente incorporado à sua experiência de vida, tão próximo para ele como o das rinhas de galos. A terra, o suor, a saliva, o couro, a madeira, o cheiro verde e doce da grama pisoteada e, mais de uma vez, o gosto de sangue eram sensações assumidas e fortemente assimiladas por sua memória e seus sentidos. Conde respirou tranquilo: alguma coisa lhe pertencia, com amor e sordidez.

— Pensar que eu poderia estar lá embaixo, hein? — disse Andrés, a quem os outros três, muitas vezes, foram aplaudir nos estádios de Havana. Houve época em que foi o melhor jogador de beisebol do pré--universitário, e conseguir jogar na imensidão daquele campo de luxo tornou-se um sonho corriqueiro, até o dia em que Andrés percebeu que suas possibilidades eram insuficientes para realizar a façanha.

— Puxa, fazia tempo que eu não vinha aqui — comentou o Magro, que já não era magro, e acariciou os braços de sua cadeira de rodas.

— Andrés — o Coelho então interveio —, se você nascesse de novo, o que seria?

Andrés sorriu. Quando ria, as rugas precoces de seu rosto exibiam-se em tumultuosa manifestação.

— Acho que jogador de beisebol.

— E você, Carlos?

O Magro olhou para o Coelho e depois para Conde.

— Não sei. Você seria historiador, mas eu, não sei... Músico prova-velmente, mas de cabaré, dos que tocam mambo e essas coisas.

– E você, Conde, seria policial?

Conde olhou para seus três amigos. Naquela noite eram felizes, como as trinta mil pessoas que, nas arquibancadas, começavam a vaiar a entrada em campo dos árbitros.

– Nem jogador de beisebol, nem músico, nem historiador, nem escritor, nem policial: seria juiz de beisebol – disse, e sem transição se levantou, virou para o campo e gritou: – Soprador de apito, filho da puta, sem vergonha...

O reflexo da lua passava pelos vidros da janela e desenhava formas esquivas na superfície da cama, que se transformavam grotescamente quando se alterava a perspectiva a partir da qual eram observadas. Eram as figuras da solidão. Agora o travesseiro parecia um cachorro encolhidinho e quase redondo, de pescoço quebrado. O lençol, caído no chão, parecia um véu abandonado, como o de uma noiva trágica. Ele acendeu a luz e a magia se evaporou: o lençol perdeu seu aspecto trágico e o travesseiro recuperou sua identidade de simples, vulgar, desconsolado travesseiro. No aquário, o peixe-de-briga saiu de sua letargia da escuridão e mexeu as nadadeiras azuis como disposto a voar: só que seu voo era uma volta interminável ao redor das fronteiras impostas pelo vidro redondo. "Rufino, vou conseguir uma merluza para você, mas tem de gostar dela como de mim", disse-lhe Conde, batendo com a unha no vidro transparente, e o bicho adotou posição de combate.

Voltou à cozinha e olhou para a cafeteira. O café ainda não tinha começado a pingar. Com as palmas das mãos apoiadas na mesa, Conde observou a claridade da noite de lua cheia, descansada e sonolenta após tantos dias de ventania implacável. Ao longe podia-se ver o teto de telhas inglesas do castelo do bairro, construído sobre a única colina do lugar. Seu avô Rufino Conde era quem tinha colocado algumas daquelas telhas, mais de setenta anos antes. Não restavam galos de briga, mas o castelo sobrevivia, com suas telhas vermelhas. O cheiro de café o avisou de que o líquido começava a ser coado, mas não teve vontade de bater a mistura de açúcar. Simplesmente jogou cinco colherinhas na cafeteira e mexeu. Esperou que o canto do café coado se transformasse em uma tosse surda e apagou o fogo. Encheu uma xícara grande até quase a beira e deixou-a na mesa. Apanhou a camisa que tinha largado na outra cadeira e pegou um cigarro. Em cima da mesa estava a caderneta onde havia escrito, como páginas de um diário, suas obsessões dos últimos dias: a morte, a maconha, o abandono, as lembranças. Achou bobo e inútil esse esforço, sabia que jamais tornaria a escrever e não resistiu à leitura das revelações sem futuro. Duas noites antes, naquela mesma cadeira, tivera o sonho feliz proporcionado pela música entoada por Karina. Agora era uma cadeira vazia, tal como sua alma desinflada ou seu frágil reservatório de esperanças. Considerou alarmante a facilidade com que o céu e a terra podiam se unir para esmagar um homem, qual um sanduíche pronto para ser mastigado, dolorosamente. Tomou o café, aos golinhos, e tentou imaginar como faria para se levantar da cama quando amanhecesse. Ninguém sabe como são as noites de um policial, pensou, pressentindo que lhe faltariam forças para recomeçar um trabalho que já perdera todo o aspecto de novidade. Lamentou, como sempre, não ter um estoque de bebida alcoólica em casa, mesmo que nunca tivesse aguentado o monólogo frustrante do bebedor solitário. Para beber, como para amar, era imprescindível uma boa companhia, pensou, apesar de seu recorrente onanismo. Mas com o álcool não dava.

Apagou o cigarro no fundo da xícara e voltou para o quarto. Deixou a pistola em cima da cômoda e a calça caiu no chão. Arrancou-a com os pés. Abriu as janelas do quarto e apagou a luz. Não conseguia ler. Quase não conseguia viver. Fechou as pálpebras com força e tentou se convencer de que o melhor era dormir, dormir, sem nem mesmo sonhar. Dormiu antes do que pensava; sentiu como se estivesse submergindo numa lagoa cujo fundo jamais chegaria a tocar e sonhou que morava de frente para o mar, numa casa de madeira e telhas, e que amava uma mulher de cabelo ruivo e seios pequenos, com a pele bronzeada de sol. No sonho via sempre o mar como que na contraluz, dourado e agradável. Na casa estava se assando um peixe vermelho e brilhante, com cheiro de mar, e ele e ela faziam amor debaixo da ducha, que de repente desaparecia para deixá-los na areia, amando-se mais, até pegarem no sono e então sonharem que a felicidade era possível. Foi um sonho longo, em surdina e nítido, do qual acordou sem sobressaltos, quando a luz do sol voltou a entrar pela janela.

Mantilla, 1992

OUTROS TÍTULOS DA BOITEMPO

Hereges
Leonardo Padura

Tradução de Ari Roitman e Paulina Wacht (com a colaboração de Bernardo Pericás Neto)

"Aqui, temos de volta a figura instigante e sedutora de Mario Conde, que no passado foi policial e que agora, volta e meia, se mostra um detetive singular. Sua missão é descobrir o que aconteceu com um pequeno quadro pintado por Rembrandt que, em 2007, apareceu num leilão em Londres. E, ao mesmo tempo, descobrir o paradeiro de uma rica e misteriosa adolescente de Havana", da orelha de Eric Nepomuceno.

O homem que amava os cachorros
Leonardo Padura

Tradução de Helena Pita
Prefácio de Gilberto Maringoni

"Esta premiadíssima obra do cubano Leonardo Padura, traduzida para vários idiomas, é e não é uma ficção. Aborda um fato real: após cumprir pena pelo assassinato de Leon Trotski na Cidade do México, Ramón Mercader refugia-se em Cuba", da orelha de Frei Betto.

Cabo de guerra
Ivone Benedetti

"Na diminuta estante da ficção ambientada nos anos de chumbo, *Cabo de guerra* destaca-se por erigir em personagem central um 'cachorro'. Assim era designado pela repressão o militante da luta armada que, traindo seus companheiros, punha-se a seu serviço como espião", da orelha de Bernardo Kucinski.

A cidade & a cidade
China Miéville

Tradução de Fábio Fernandes

"Olhe à sua volta: existe outra cidade dentro da sua cidade, mas você não está vendo. Fronteiras são mais leves do que o ar; há cidadãos invisíveis a você — você mesmo é invisível a determinadas pessoas. O que é uma cidade, o que é uma nação, até que ponto um lugar compõe a sua identidade?", da orelha de Ronaldo Bressane.

Em 2 de abril de 1989, Mikhail Gorbachev chega a Havana e informa Fidel Castro que a URSS reduzirá seu apoio a Cuba. A relação entre os dois Estados fica abalada e prenuncia a crise que se abaterá em seguida sobre a ilha, deixada à mercê do embargo dos Estados Unidos.

Este livro, publicado em outubro de 2016, foi composto em Adobe Garamond, corpo 11/14,3, e reimpresso em papel Avena 80 g/m² na gráfica Rettec, com tiragem de 1000 exemplares, para a Boitempo, em agosto de 2021.